Die berühmte Filmschauspielerin Alina Vasnis ist in der Nacht vom 15. auf den 16. September 1995 in ihrer Wohnung ermordet worden. Sie war eine widersprüchliche Persönlichkeit – verschlossen und sehr kontrolliert. Von verschiedenen Seiten wird sie als überheblich dargestellt, aber sie war eine sehr gute Schauspielerin. Bei der Obduktion werden Tranquilizerspuren in Alinas Blut festgestellt, was die Ermittlungen der Kommissarin zu einer Schauspielkollegin führt, der Alina vor Jahren eine wichtige Rolle in einer Opernverfilmung streitig gemacht hatte. Aber hat sie Alina so sehr gehasst, dass sie sie umgebracht hat?

Auch ihr Regisseur Andrej Smulow, mit dem sie in den vergangenen Jahren sehr erfolgreiche Filme gedreht und auch privat ein Verhältnis hatte, gerät unter Verdacht. Und es gibt noch mehr Verdächtige, die mit der Künstlerin eine Rechnung zu begleichen hatten. Aber Nastja weiß, dass Alina ein Geheimnis hatte, und nur wenn sie dieses Geheimnis ergründet, kann sie dem Täter auf die Spur kommen …

Alexandra Marinina (Pseudonym für Marina Alexejeva) wurde 1957 in Lvov geboren. Die promovierte Juristin arbeitete zwanzig Jahre lang im Moskauer Juristischen Institut des Innenministeriums, zuletzt im Rang eines Oberstleutnants der Miliz. Seit dem Frühjahr 1998 hat sie sich aus dem Beruf zurückgezogen, um sich ganz dem Schreiben widmen zu können.

Lieferbare Titel im Fischer Taschenbuch Verlag:
Auf fremdem Terrain (Bd. 14313), Der Rest war Schweigen (Bd. 14311), Mit verdeckten Karten (Bd. 14312), Tod und ein bisschen Liebe (Bd. 14314), Die Stunde des Henkers (Bd. 14315), Widrige Umstände (Bd. 15414). In Vorbereitung: Im Antlitz des Todes (Bd. 15416 – November 2003).

Unsere Adresse im Internet: www.fischer-tb.de

Alexandra Marinina

Mit tödlichen Folgen

Roman

Aus dem Russischen
von Ganna-Maria Braungardt

Fischer Taschenbuch Verlag

Deutsche Erstausgabe
Veröffentlicht im Fischer Taschenbuch Verlag,
einem Unternehmen der S. Fischer Verlag GmbH,
Frankfurt am Main, Oktober 2003

Die russische Originalausgabe erschien unter dem Titel
›Posmertnyi obraz‹
im Verlag ZAO Izdatelstvo EKSMO, Moskau
© Alexandra Marinina 1995
Satz: Pinkuin Satz und Datentechnik, Berlin
Druck und Bindung: Clausen & Bosse, Leck
Printed in Germany
ISBN 3-596-15415-4

Mit tödlichen Folgen

Erstes Kapitel

Stassow

Der ehemalige Kripobeamte, frühere Oberstleutnant der Miliz und jetzige Sicherheitschef des Filmkonzerns Sirius, Wladislaw Stassow, tat etwas gänzlich Prosaisches: Er schrieb an einer Liste der Lebensmittel, die er am nächsten Tag einkaufen musste, um sich und seiner Tochter für die ganze Woche Essen zu kochen. Stassows Exfrau Margarita war wieder einmal auf Dienstreise und hatte die achtjährige Tochter Lilja in seiner Obhut gelassen, worüber sich Stassow unglaublich freute. Margaritas Arbeit war hektisch, nervenaufreibend und mit häufiger langer Abwesenheit von zu Hause verbunden, darum hatte er die Tochter sogar öfter bei sich, als er bei der Scheidung zu hoffen gewagt hatte. Stassow liebte Lilja abgöttisch.

Vor allem, dachte er, muss ich viele verschiedene Brotbeläge kaufen – Lilja sitzt gern mit einem Buch und irgendwas zu futtern auf dem Sofa. Für ein achtjähriges Mädchen wog sie zwar ein bisschen viel, selbst bei ihrer Körpergröße (ganz der Papa), aber Stassow hielt es für unnötig, ihre ungesunde Angewohnheit zu bekämpfen. Mit einem Buch und belegten Broten konnte Lilja ganze Tage und Abende allein verbringen, ohne sonderlich auf die Anwesenheit ihrer gestressten, viel beschäftigten Eltern angewiesen zu sein.

Zweitens brauchte er ein großes Stück Fleisch mit Knochen für einen Topf Borschtsch. Zu diesem Punkt auf dem Speisezettel gehörten außerdem rote Bete, Möhren, Zwiebeln und Kartoffeln. Ach ja, und Schmand, nicht zu vergessen.

Drittens ein Stück schieres Fleisch, aus dem er zwanzig Schnitzel schneiden konnte, für jeden Wochentag vier. Die Beilage konnte er vorkochen oder jeden Tag frisch zubereiten, zum Glück brauchten Makkaroni und Buchweizengrütze ja nicht lange – bis er sich umgezogen und seinen Borschtsch gegessen hatte, waren sie gar. Lilja mochte beides nicht, sie aß ihr Fleisch lieber mit Ketchup oder Sauerkraut und dicken Scheiben Schwarzbrot dazu.

So, das war das. Jetzt der Nachtisch. Sollte er Kompott machen? Oder lieber viel Obst kaufen, damit das Kind Vitamine bekam? Nun, das würde er morgen früh auf dem Markt entscheiden, Auswahl gab es ja genug.

Als Stassow mit der Liste fertig war, wollte er gerade den Vorrat an Gewürzen, Buchweizen und Nudeln im Küchenschrank überprüfen, da klingelte das Telefon. Bevor er abnahm, warf er einen Blick auf die Uhr: Halb eins in der Nacht. Verdammt, war in der Firma etwas passiert? Er ließ seine Tochter nachts ungern allein, auch wenn sie keine Angst vor der Dunkelheit hatte. Er starrte den klingelnden Apparat an, achtete auf die Intervalle zwischen den Klingeltönen und stellte erleichtert fest, dass sie kürzer waren als normalerweise. Ein Ferngespräch, es war also Tatjana. Richtig.

»Habe ich dich geweckt?«, fragte sie mit ihrer leicht heiseren, klangvollen Stimme, die bei Stassow augenblicklich ein Ziehen in der Brust auslöste, so sehr vermisste er sie.

»Du wirst es nicht glauben, wenn ich dir sage, was ich gerade gemacht habe.«

»Was denn?«

»Ich habe gerade Irotschka gespielt.«

»Wie das?«

»Ich habe einen Speiseplan für die nächste Woche zusammengestellt.«

»Du Ärmster«, bedauerte Tatjana ihn spöttisch. »Soll ich

dir vielleicht Irotschka schicken? Ich leihe sie dir, bis deine Margarita wiederkommt. Was meinst du?«

»Und was machst du solange ohne sie?«

»Sie wird erst Stassow spielen und mir das Essen für eine Woche vorkochen, und dann setzt sie sich in den Zug und ist morgen früh bei dir.«

»Ein solches Opfer kann ich nicht annehmen«, lehnte Stassow stolz ab. »Das würde die Weltliteratur mir nie verzeihen. Apropos, wie kommst du voran?«

»Prima. Ich denke, ich bin nächstes Wochenende fertig.«

»Und wie viel wird es?«

»Etwa zwanzig Bogen. Schon wieder zwanzig, leider; mein Lieblingsumfang. Mein Verleger bringt mich um.«

»Wieso?«, fragte Stassow erstaunt. »Ist das schlecht, zwanzig Bogen?«

»Natürlich ist das schlecht«, seufzte Tatjana. »Ein Verleger will einen Umfang, aus dem er ein Buch machen kann. Entweder zwölf bis fünfzehn Druckbogen für ein Taschenbuch oder fünfundzwanzig, dreißig für ein Hardcover. Zwanzig, das ist nichts Halbes und nichts Ganzes. Zu dick für ein Taschenbuch, das fällt auseinander, und zu dünn für ein Hardcover, das fühlt sich nach nichts an. Also wird sich der Verleger den Kopf zerbrechen, was er noch an meine zwanzig Bogen dranhängen könnte, damit er ein dickes Buch bekommt. Vielleicht etwas von einem anderen Autor, aber woher etwas nehmen, das genau den richtigen Umfang hat? Geschichten von fünf bis acht Bogen schreibt kaum noch jemand, heutzutage leiden doch alle unter Größenwahn, genau wie ich. Jeder schrubbt achtzehn, zwanzig Bogen. Bis auf die alten Hasen, die den Umfang von vornherein festlegen können.«

»Und das kannst du nicht?«

»Nein. Aber ich lerne, noch besteht Hoffnung.«

Stassow sah wieder auf die Uhr. Sie sprachen schon drei Minuten miteinander.

»Tanja, ich ruf dich zurück, ja? Schade um dein Geld.«

»Red bitte keinen Unsinn. Ich dachte, das hätten wir geklärt. Mit dir zu reden ist mir ein Vergnügen, und mein Vergnügen bezahle ich selbst.«

»Wenn du nicht so dickköpfig wärst und mich heiraten würdest, dann wäre es unser gemeinsames Geld, das du vertelefonierst. So aber fühle ich mich wie ein Schmarotzer.«

»Aber Dima, wir waren uns doch einig ...«

Nur Tatjana benutzte von allen möglichen Koseformen seines Vornamens Wladislaw die seltenste Variante – Dima. Alle anderen sagten Wlad, Stassik oder Slawa.

Er hatte Tatjana vor knapp drei Monaten kennen gelernt. Nach einer Woche machte er ihr einen Heiratsantrag, womit er nicht nur sie ziemlich verblüffte, sondern auch sich selbst. Beim ersten Mal wies Tatjana ihn nicht einmal ab – sie nahm den Antrag gar nicht ernst. Nach einer weiteren Woche wiederholte er den Versuch und erhielt die Zusage, im Winter auf diese Frage zurückzukommen. Doch das genügte Stassow nicht. Er verstand selbst nicht, warum er so darauf versessen war, Tatjana zu heiraten, aber er wusste genau: Nichts auf der Welt wollte er so sehr wie das. Schließlich rang er ihr die Einwilligung ab, ihn im Januar zu heiraten.

»Ja, ich weiß, ich weiß, nicht vor Januar. Aber vielleicht überlegst du es dir ja noch einmal? Warum denn ausgerechnet im Januar? Lass uns jetzt heiraten. Dann lösen sich alle Probleme von selbst.«

»Na schön, Ende Dezember.«

»Nein, jetzt«, beharrte Stassow, denn er spürte, dass er einen günstigen Moment erwischt hatte, die widerspenstige Liebste zu »bearbeiten«. Sie fehlte ihm so! Er liebte sie sehr.

»Anfang Dezember.«

»Sofort! Tanja, ich bitte dich ...«

»Na schön, im November«, gab Tatjana sich geschlagen.

»Abgemacht«, parierte Stassow. »Anfang November, am Tag der Miliz.«

»Dima! Überspann den Bogen nicht, setz mir nicht die Pistole auf die Brust.«

»Danke, Tanja. Am nächsten freien Wochenende komme ich zu dir, dann bestellen wir das Aufgebot. Wie geht es Irotschka?«

»Bestens. Sie flattert umher, singt, kocht, putzt und umsorgt mich wie ein Kindermädchen.«

»Du hast es gut.«

»Du musst dir nur die richtigen Verwandten aussuchen, dann hast du es auch gut.«

Irotschka war die Schwester von Tatjanas erstem Mann. Er war nach ihrer Scheidung nach Kanada gezogen, und seine Schwester wurde die beste Freundin, Mitarbeiterin und Haushälterin von Tatjana Obraszowa, die als Untersuchungsführerin arbeitete und in ihrer Freizeit unter dem Pseudonym Tatjana Tomilina Krimis schrieb, die sehr populär waren. Ein so intensives Arbeiten wäre undenkbar ohne Irotschka Milowanowa, die Tatjana die Hausarbeit abnahm und Tatjanas Zeit so geschickt einteilte, dass aus vierundzwanzig Stunden am Tag mindestens sechsunddreißig wurden – wie eine gute Hausfrau, die aus dürftigen Vorräten im Kühlschrank ein Essen für vier überraschende Gäste auf den Tisch zaubert.

Als Stassow aufgelegt hatte, sah er sein geliebtes Kind im Flanellpyjama schlaftrunken in die Küche wanken.

»War das Mama?«

»Nein, Tante Tanja. Warum schläfst du nicht?«

»Wirst du sie heiraten?«, fragte Lilja, die die strenge Frage des Vaters nach dem Grund ihres Wachseins völlig ignorierte.

»Na ja … Wenn du nichts dagegen hast.«

»Muss ich dann Mama zu ihr sagen?«

»Nicht unbedingt. Du hast doch eine Mama. Wenn Tante Tanja meine Frau wird, kannst du weiter Tante Tanja zu ihr sagen oder einfach Tanja. Wie du willst.«

Lilja atmete erleichtert auf. Bei der Auswahl ihrer Lektüre seit langem sich selbst überlassen, hatte sie schon so viel »Erwachsenes« gelesen, dass in ihrem Kopf ein wildes Durcheinander aus kindlichen Vorstellungen und tragischen »wahren Lebensgeschichten« herrschte. Unter anderem über böse Stiefmütter und leidende Stieftöchter.

»Papa, und wenn Mama heiratet … Wenn Mama heiratet, muss ich dann zu ihrem Mann Papa sagen oder geht auch Onkel Boris?«

Aha, dachte Stassow. Margarita hatte ihm doch geschworen, ihren widerlichen Rudin nicht mit nach Hause zu bringen, wenn Lilja da war. Woher wusste das Mädchen dann von ihm? Also log Margarita schon wieder. Das Leben hatte sie nichts gelehrt.

»Nun, mein Kind, erstens ist noch gar nicht raus, ob Mamas neuer Mann Boris heißt. Wie kommst du denn darauf? Vielleicht heißt er Grigori oder Michail oder Alexander.«

»Aber er heißt Boris Jossifowitsch, nicht Grigori oder Michail. Sag bloß, das weißt du nicht, Papa? Boris Jossifowitsch Rudin.«

»Zweitens, mein Kätzchen«, fuhr Stassow fort, als hätte er den Einwurf nicht gehört, »ist gar nicht gesagt, dass Mama ihn heiraten will.«

»Aber sie treffen sich doch!«

Die Logik des Kindes war unumstößlich, ebenso wie seine Informationen.

»Sie sind befreundet«, erklärte er geduldig. »Aber ob sich zwischen ihnen ein stärkeres Gefühl entwickelt und sie heiraten werden, das steht noch in den Sternen.«

Oder sonst wo. Er konnte Lilja schließlich nicht erklären, dass Rudin verheiratet war und offenkundig keineswegs beabsichtigte, sich scheiden zu lassen. Frauen wie Margarita konnte er haufenweise haben, mehr als genug. »Und überhaupt, Kätzchen, du solltest schlafen gehen. Du musst morgen früh aufstehen, du hast Schule.«

»Aber Papa! Morgen ist doch Samstag.«

»Ach Gott, ich habe ganz vergessen, dass ihr ja Samstags keine Schule habt. Wir hatten früher auch samstags Unterricht.«

»Musst du denn morgen arbeiten?«

»Ich weiß nicht, Kleines, je nach Lage.«

Die Lage war schlecht. Aber das sollte der ehemalige Oberstleutnant der Miliz Wladislaw Stassow erst am nächsten Morgen erfahren.

Masurkewitsch

Als Michail Nikolajewitsch Masurkewitsch, Präsident des Filmkonzerns Sirius, den Schlüssel im Schloss hörte, atmete er tief durch und warf einen Blick auf seine Hände. Sie zitterten wie in seiner Jugend, wenn er eine Prüfung ablegen musste. Gleich würde sie etwas erleben, dieses Miststück, diese hirnlose Schlampe!

Seine Frau schlich behutsam den Flur entlang, sie glaubte offenbar, er schliefe bereits, und wollte ihn nicht wecken. Masurkewitsch saß in völliger Dunkelheit im Wohnzimmer und wartete. Dann flammte das Licht auf, er erblickte Xenija und wurde stocksteif. Seine schlimmsten Befürchtungen wurden bestätigt. Sie war blass, ihre Wangen brannten rot, die leuchtend blauen Augen glänzten.

»Es ist drei Uhr früh«, sagte er so ruhig er konnte. »Darf ich erfahren, wo du gewesen bist?«

»Nein, darfst du nicht«, erklärte Xenija gleichmütig. »Das geht dich nichts an.«

»Begreifst du denn überhaupt nichts?«, explodierte Masurkewitsch. »Ich habe es dir schon tausendmal gesagt, und auch dein Vater hat es dir erklärt: Deine Rumtreiberei muss aufhören! Willst du etwa mit einem von deinen Taxifahrern in der Gosse landen? Du dumme Gans, du Idiotin! Ich verlange ja nicht, dass du mir treu bist, das wäre zu viel verlangt von einer Frau, die schon als Nutte geboren wurde, aber wahre wenigstens den Anstand! Dein Vater hat sich doch deutlich genug ausgedrückt: Wenn du noch einmal mit dem erstbesten Typen in einem Auto erwischt wirst, dann ist Schluss. Dann kriegen wir kein Geld mehr. Und keine Unterstützung mehr fürs Geschäft. Keine Kredite, keine Sonderkonditionen mehr. Willst du das?«

»Lass mich in Ruhe«, sagte Xenija, während sie ihre Brillantohrringe ablegte und sich den Pullover über den Kopf zog.

Eine unausrottbare Angewohnheit – selbst zu Jeans und Pullover trug sie Brillantohrringe.

»Und mit den Brillanten ist es auch vorbei, wenn dein Vater erfährt, was du trotz seines Verbots treibst. Dann müssen wir deine ganzen Klunker verkaufen, um unsere Kredite abzuzahlen.«

Xenija drehte sich zu ihm um, das Gesicht von Hass und Verachtung verzerrt. Sie war vierundvierzig und sah keinen Tag jünger aus, ihre Figur ging aus dem Leim, unter den Augen bildeten feine Fältchen ein dichtes Netz, ihr Haar hatte seinen Glanz eingebüßt. Aber jedes Mal, wenn sie von einem Liebesabenteuer mit einem zufällig aufgegabelten Autofahrer nach Hause kam, war sie fast schön. Sie hatte ein eigenwilliges Hobby, die Tochter von Kosyrjew, einem der bedeutendsten Bankiers Russlands: Sie stieg zu fremden Männern ins Auto, um es in einer stillen Gasse mit ihnen zu treiben. Manchmal endete das damit, dass eine Milizpatrouille mit der Taschenlampe in den Wagen leuchtete und eine schamlos entblößte Frauenbrust und einen nackten Männerhintern zu sehen bekam. Dann wurde ein Protokoll aufgesetzt, die Geschichte publik gemacht, Kosyrjew und Masurkewitsch rauften sich die Haare, und Xenija grinste nur frech, ohne etwas abzustreiten oder Besserung zu geloben. Es schien ihr völlig gleichgültig zu sein, ob ihr Mann Geld hatte oder nicht. Doch Masurkewitsch wusste genau, dass dem nicht so war. Sie war an Luxus und Wohlstand gewöhnt. Und noch mehr daran, sich jeden Wunsch umgehend zu erfüllen. Wenn sie etwas wollte, dann war ihr egal, was es kostete. Xenija wusste, dass Masurkewitsch von seinem Schwiegervater abhängig war und darum alle ihre Launen ertragen würde.

Sie riss die Brillantohrringe vom Teetisch und schleuderte sie mit voller Wucht zu Boden, ihrem Mann vor die Füße.

»Steck sie dir sonst wo hin, du impotente Flasche«, zischte sie. »Damit machst du mir keine Angst. Ich weiß schon, wie ich zu meinen Brillanten komme.«

Sie knallte die Tür zu und verschwand im Bad. Masurkewitsch blieb eine Weile reglos sitzen, dann goss er sich ein Glas Kognak ein und leerte es in einem Zug. Seine Hände wurden warm, das Zittern legte sich allmählich. Er ging zur Badezimmertür, hinter der er die Dusche rauschen hörte.

»Hat dich jemand gesehen?«, fragte er laut.

Xenija antwortete nicht. Vielleicht hatte sie ihn nicht gehört?

»Hat dich jemand gesehen?«, wiederholte er noch lauter.

»Das wirst du morgen schon erfahren«, erwiderte seine Frau spöttisch.

Natürlich. Wenn Xenija wieder gesehen worden war, dann würde das Gerede ihn morgen früh erreichen. Alle wussten von den finanziellen Schwierigkeiten des Konzernpräsidenten und von der Bedingung, deren Einhaltung für die Lösung dieser Probleme unerlässlich war.

»Miststück«, flüsterte er voll ohnmächtiger Wut. »Was bist du doch für ein Miststück!«

Kamenskaja

Den Samstagmorgen verbrachte Nastja Kamenskaja mit ihrer Lieblingsbeschäftigung. Sie faulenzte. Schon am Abend zuvor hatte sie auf die Frage ihres Mannes »Was machst du morgen?« ehrlich geantwortet: »Faulenzen.«

Nun lag sie also im Bett, schlürfte einen starken, heißen Kaffee, hörte Musik und überließ sich ihren trägen Gedanken. Diese allerdings, das sei zu ihren Gunsten erwähnt, galten ihrer Arbeit. Erstens dachte sie über das Verschwinden von Beweisstücken in einem Mordfall nach. Der Mord an einem fünfzehnjährigen Jungen beschäftigte ihre Abteilung schon seit vier Monaten. Zweitens über einen Fall, der vor zwei Tagen in ihrer Abteilung gelandet war: die Ermordung von fünf Personen, der ganzen Familie eines bekannten Moskauer Porträtmalers. Drittens dachte Anastasija Kamenskaja gereizt daran, dass sie ihre neue Uniform abholen musste, und dafür brauchte sie ihren Bezugsschein. Wo sie den gelassen hatte, wusste sie nicht mehr, also musste sie wohl eine Verlustmeldung schreiben.

Dieses Wochenende würde sie in angenehmer Einsamkeit verbringen. Ihr Mann Ljoscha arbeitete im Moskauer Vorort Shukowskij, der Weg dorthin war weit, darum übernachtete er, wenn er mehrere Tage hintereinander im Institut sein musste, bei seinen Eltern, deren Wohnung nur zehn Minuten Fußweg vom Institut entfernt lag. Ab Montag fand wieder eine große internationale Konferenz zu einem Thema statt, für das Professor Tschistjakow, Doktor der physikalisch-mathematischen Wissenschaften, als einer der führenden Spezialisten galt, und da musste er natürlich Tag und Nacht vor Ort sein, um seinen Vortrag vorzubereiten und allerlei Organisatorisches zu erledigen.

Ein weiterer Anlass zum Nachdenken war eine Routinefrage, die Nastja sich schon seit vier Monaten jeden Morgen stellte: War es richtig, dass ich geheiratet habe? An Tagen, da sie das verneinte oder bezweifelte, war sie übellaunig, verfluchte sich selbst und die ganze Welt. Doch solche Tage waren nicht die Regel. Heute, am Samstag, dem sechzehnten September 1995, fiel die Antwort entschieden positiv aus, und das hob sofort ihre Stimmung, machte sie sogar munter.

Nachdem Nastja bis elf im Bett gefaulenzt hatte, ging sie zum weiteren Faulenzen in die Küche, wo sie sich gemütlich in die Ecke kuschelte, sich, in ihren flauschigen Frotteebademantel gehüllt, überbackenen Käsetoast machte und zwei Tassen Kaffee und ein Glas Orangensaft trank. Nach ihrem Tagesplan wollte sie bis vier faulenzen und anschließend an die analytische Auswertung der Morde und Vergewaltigungen in Moskau gehen. Solche Analysen verfasste sie jeden Monat, immer zum Zwanzigsten.

Bislang lief alles nach Plan. Als Nastja bis Viertel vor vier erfolgreich gefaulenzt hatte, beendete sie bedauernd das süße Nichtstun. Sie holte die Unterlagen aus ihrer Tasche und sortierte sie nach solchen, zu denen sie nur ein kurzes Resümee schreiben, und solchen, deren Daten sie vollständig in den Computer übertragen musste. Zehn nach vier unterbrach ein Anruf sie bei dieser Beschäftigung.

»Nastjenka, halt dich bereit, Korotkow ist gleich bei dir«, sagte Oberst Gordejew in einem Ton, der keinen Widerspruch duldete. »Er hatte gestern Vierundzwanzigstundendienst, wurde heute früh um neun zu einer Leiche geholt und ist bis drei da hängen geblieben, er schläft schon im Gehen ein. Er soll dir das gesamte Material übergeben und dann wenigstens ein, zwei Stunden schlafen. In diesen zwei Stunden denkst du über alles nach, was er bis jetzt zusammengetragen hat. Verstanden?«

»Verstanden, Viktor Alexejewitsch. Wer ist denn die Leiche?«

»Alina Wasnis.«

»Wer?«

»Alina Wasnis. Die Filmschauspielerin. Hast du schon mal mit Filmleuten zu tun gehabt?«

»Bislang nicht.«

»Was du da an Dreck … Sehr unschön jedenfalls. Der einzige Lichtblick: Die Wasnis war beim Filmkonzern Sirius engagiert, und dessen Sicherheitschef ist ein ehemaliger Kollege von uns, Wladislaw Nikolajewitsch Stassow. Kennst du ihn?«

»Flüchtig.«

»Ein anständiger Kerl, in jeder Hinsicht, aber eigensinnig. Sieh zu, dass du mit ihm auf einen Nenner kommst.«

»Ich bin auch eigensinnig«, erwiderte Nastja mit spöttischem Lachen. »Soll er doch zusehen, dass er mit mir auf einen Nenner kommt.«

»Na, dein Eigensinn ist wohl bekannt. Gegen deine Kapriolen ist Stassow harmlos.«

»Nicht doch, Viktor Alexejewitsch, bin ich etwa ein Monstrum?«

»Ein Monstrum vielleicht nicht, aber ein ziemliches Biest«, konstatierte Gordejew. »Beherrsch dich, Nastja, ich bitte dich. Filmleute sind hysterisch und unberechenbar. Nichts als Neid, Intrigen und Besäufnisse rund um die Uhr. Da gute Zeugen zu finden ist schwierig, beinahe unmöglich, darum ist Stassow unsere einzige Hilfe in diesem Saustall.«

»Verstehe ich das richtig – ich soll diesen Mordfall übernehmen?«

»Ja, zusammen mit Korotkow. Bis Montag arbeitet ihr zu zweit daran, und dann sehe ich mir die laufenden Fälle an, vielleicht lasse ich ihn dann den Vierundzwanzigstundendienst abbummeln und teile euch noch jemanden zu.«

»Mischa Dozenko«, bat Nastja sofort.

»Hör auf zu handeln, wir sind nicht auf dem Basar. Ich habe doch gesagt, ich sehe mir die Lage an und entscheide dann.«

»Aber Viktor Alexejewitsch, mir geht's doch nicht um mich, sondern um die Sache.«

»Wozu brauchst du denn Dozenko?«

»Er kann so gut mit weiblichen Zeugen umgehen. Er holt alles aus ihnen raus, ohne dass sie es überhaupt merken. Mischa sieht sie mit seinen riesigen schwarzen Augen an, und sie werden augenblicklich schwach und erinnern sich an jedes Detail, nur um ihm zu gefallen.«

»So, so, sie werden also schwach ... Und die männlichen Zeugen, die interessieren dich nicht?«

»Mit den Männern komme ich schon irgendwie selber klar.«

»So, wie denn?«, neckte sie der Chef. »Du hast doch nicht solche Augen wie Mischa.«

»Dafür aber meinen Eigensinn«, sagte sie lachend. »Eine nicht zu unterschätzende Waffe.«

Jura Korotkow tauchte nach rund vierzig Minuten auf, aschfahl, mit Ringen unter den Augen von der schlaflosen Nacht, hungrig und missmutig. Bei seinem Anblick traf Nastja augenblicklich eine Entscheidung.

»Ich werde dich reanimieren, du fährst jetzt nicht nach Hause.«

»Nastja, ich kann mich kaum noch auf den Beinen halten, lass mich nach Hause, ins Bett«, flehte Korotkow.

»Du schläfst hier, dann verschwendest du keine Zeit für den Weg.«

»Und Ljoscha?«

»Was heißt Ljoscha? Erstens ist er in Shukowskij, und zweitens ist er ein Mann mit gesundem Selbstbewusstsein. Selbst wenn er jetzt hier wäre, würde ich dich ins Bett schicken. Also, folgendes Programm: Eine heiße Dusche, dann isst du was, dabei erzählst du mir schnell alles, anschließend ein halbes Glas Martini, um die Anspannung loszuwerden, danach schläfst du sofort ein. Dieses wunderbare Ereignis geschieht um«, sie sah auf die Uhr, »siebzehn Uhr dreißig. Um halb acht wecke ich dich, dann gibt's eine Wechseldusche, nochmal was zu essen, einen Kaffee Marke ›Tod den Feinden‹, und dann bist du wieder wie neu. Anschließend haben wir noch drei Stunden, um vor dreiundzwanzig Uhr alle nötigen Besuche zu machen, wie von der Etikette vorgeschrieben. Na los, was stehst du noch rum und verlierst unnütz Zeit? Ausziehen und ab unter die Dusche!«

»Ein Glück, dass das keiner hört«, murmelte Korotkow müde, während er sich das Hemd aufknöpfte. »Man könnte denken, du wolltest mich ins Bett zerren.«

»Genau das will ich ja auch«, sagte Nastja lachend.

* * *

Korotkow schlief tatsächlich sofort ein. Nastja wusste sehr gut, dass man nach einer enormen Anstrengung ein starkes Schlafbedürfnis verspürte, jedoch, sobald man die Augen schloss, nicht einschlafen konnte. Das Gehirn arbeitete weiter, das Herz pochte wie nach einem Hundertmeterlauf, und wenn man nur wenig Zeit zum Schlafen hatte, brauchte man gut die Hälfte davon, um erst einmal zur Ruhe zu kommen. Darum war bei einer kurzen Ruhepause die richtige Vorbereitung so wichtig. Vor allem durfte man nicht angezogen schlafen, zusammengerollt auf aneinander gerückten Stühlen und mit einer Jacke zugedeckt, sondern musste sich ausziehen und in ein sauberes Bett legen, damit die Muskeln sich entspannen konnten. Davon verstand Nastja etwas, zumal sie selbst unter erheblichen Schlafproblemen litt.

Sie saß in der Küche, zeichnete Kringel, Kreise und Pfeile auf ein Blatt Papier und dachte über das nach, was ihr Korotkow beim Essen erzählt hatte. Heute früh um sieben hatte Alina Wasnis, eine junge, aber bereits ziemlich bekannte Schauspielerin, zum Drehen am Set sein sollen. Als sie um halb acht noch nicht erschienen war, wurde der Drehstab unruhig. Auf Anrufe reagierte die Wasnis nicht. Um acht beschloss der Regisseur Andrej Smulow, Alinas Liebhaber, zu ihr zu fahren. Er besaß einen Wohnungsschlüssel, da sie bereits seit vier Jahren ein Paar waren, was jeder bei Sirius wusste. Smulow erklärte, sein Auto sei kaputt, und bat jemanden, ihn hinzufahren. Also begleitete ihn der Kameramann Nikolai Kotin. Als Alina auf ihr hartnäckiges Klingeln nicht reagierte, betraten sie die Wohnung und fanden Alina tot vor, ermordet. Der mit dem Einsatzteam vor Ort eingetroffene Arzt stellte fest, dass der Tod vor etwa sieben bis neun Stunden eingetreten war, also zwischen null und zwei Uhr nachts.

Der Verdacht fiel, wie stets in solchen Fällen, sofort auf den Liebhaber der Toten, den Regisseur Andrej Smulow. Doch Gespräche mit Leuten aus dem Drehstab ergaben, dass Alinas Tod für Smulow den größten Verlust bedeutete. Michail Masurkewitsch, Präsident der Firma Sirius, erklärte Korotkow:

»Andrejs künstlerische Laufbahn lief keineswegs glatt. Er hat Krimis gedreht, Thriller. Sein erster Film machte sofort Furore, eine viel versprechende Arbeit, und eines Morgens wachte Smulow auf und war berühmt. Dann kam der zweite Film, der war etwas schwächer, dann der dritte, noch schwächer. Keiner konnte begreifen, was los war. Dass Andrej unglaublich begabt ist, war ganz offensichtlich, aber jeder seiner Filme ähnelte irgendwie, mitunter sogar sehr deutlich, dem vorhergehenden. Und dann begegnete er Alina, sie studierte damals noch am Filminstitut und machte gerade einen Film in unserem Musikstudio.

Smulow hat sehr auf Alina gesetzt; erstens ist sie wirklich eine gute Schauspielerin, und außerdem verliebte er sich irrsinnig in sie. Und sie sich in ihn. Er hat sehr viel mit ihr gearbeitet, drei Filme mit ihr gedreht, er war so etwas wie ihr Mentor. Alina war ein deutliches Plus für Smulows

Filme, aber trotzdem wurden sie immer schwächer. Doch Andrej gab nicht auf, und schließlich hat er letztes Jahr eine wirklich glänzende Arbeit abgeliefert. Verstehen Sie? Er hat es geschafft, über sich hinauszuwachsen, hat künstlerisch eine neue Stufe erreicht und erneut Furore gemacht. Und Alina ... Ich weiß nicht, was zwischen den beiden ablief, eine Sternstunde der Liebe oder wie das heißt, jedenfalls hat Alina mit ihrem Spiel alle ungeheuer beeindruckt. Der Film bekam mehrere renommierte Preise, Alina Wasnis und Andrej Smulow galten als Traumpaar. Ehrlich gesagt, wir hatten alle schon Angst, sie würden nach diesem Erfolg heiraten, Alina war ja ledig und Smulow seit langem geschieden. Warum Angst? Na ja, Alina ist attraktiv, ein Sexsymbol, und der männliche Zuschauer möchte gern glauben, dass sie ihm gehören könnte. Aber soviel ich weiß, war von Heirat vorerst nicht die Rede.

Nach diesem Erfolg ging Smulow unverzüglich an den nächsten Film, ebenfalls mit Alina in der Hauptrolle. Ich sage Ihnen, das war ... Jedenfalls, der Film wurde sogar noch besser als der davor. Als hätte Andrej plötzlich einen zweiten Atem bekommen. Vor einer Woche waren die letzten Außenaufnahmen abgedreht, und dabei hat Alina eine solche Meisterschaft bewiesen, dass sie bei der Mustervorführung im Studio Beifall bekam. Können Sie sich das vorstellen? Im Saal sitzen im Grunde dieselben Leute, die bei den Dreharbeiten dabei waren, also Leute, die das alles schon hundertmal gesehen haben, und trotzdem haben sie spontan Beifall geklatscht. Eine Szene war besonders gelungen. Die Protagonistin, also Alina, bemerkt an einem belebten Ort plötzlich etwas Schreckliches. Und stellen Sie sich vor, sie wurde von den Haarwurzeln bis zum Hals leichenblass, die Augen fielen ein, die Lippen wurden ganz grau. Ohne jede Maske, ohne jeden Schnitt, ohne Spezialeffekte! Das hat noch keine Schauspielerin geschafft! Das ist Alina Wasnis. Nach dieser Vorführung prophezeiten wir

Smulow, diese Szene würde in die Filmgeschichte eingehen, wie die Szene mit dem Kinderwagen, der in ›Panzerkreuzer Potemkin‹ die Treppe runterrollt, oder der Abgang und das letzte Lächeln von Giulietta Masini in ›Die Nächte der Cabiria‹. Verstehen Sie, was ich meine? Jedenfalls, der neue Film hätte Smulow und Alina Weltruhm eingebracht. Es war nur noch ein kleiner Rest zu drehen ... Ich weiß nicht, wie Andrej das verkraften wird. Ein furchtbarer Verlust! Für uns alle. In den Film wurde viel Geld gesteckt, aber er hätte enormen Profit abgeworfen. Nun werden wir wieder einen Haufen Schulden haben ...«

Aus dem Gespräch mit der Regieassistentin Jelena Albikowa:

»Alina war sehr verschlossen. Nein, nicht zugeknöpft, aber eben verschlossen. Sie kam mit allen blendend aus, hat gescherzt und gelacht und konnte bei einer Fete die ganze Nacht durchtanzen, aber im Grunde wusste niemand etwas von ihr. Außer Andrej Lwowitsch vielleicht. Sie hatte keine Busenfreundin in unserem Kreis, nicht einmal eine enge Bekannte. Ihre ganze Welt drehte sich um Andrej Lwowitsch. Ob sie gütig war? Ich weiß es nicht. Ich habe ihre Güte nie zu spüren bekommen. Aber dass manch einer sie hasst, das ist eindeutig. Wer genau? Nun, erstens Soja Semenzowa, die alte Vettel. Weshalb? Keine Ahnung. Sie zittert förmlich am ganzen Leib, wenn von Alina die Rede ist. Und zweitens? Na ja, wohl die Frau unseres Chefs. Genaueres kann ich darüber nicht sagen, aber es heißt, Xenija Masurkewitsch habe Alina öffentlich beleidigt und die habe ihr das irgendwie heimzahlen wollen. Nein, die Details kenne ich nicht ...«

Aus dem Gespräch mit dem Regisseur Andrej Smulow:

»Das ist das Ende ... Ich bin erledigt. Ohne Alina bin ich ein Nichts. Ich weiß nicht, wie ich weiterleben soll. Weiter arbeiten. Weiter atmen ...«

Nastja schaltete den Recorder aus und goss sich eine weitere Tasse Kaffee ein. Sie mussten also heute möglichst herausfinden, was es mit der alten Vettel Soja Semenzowa auf sich hatte, warum sie »förmlich am ganzen Leib zitterte«, wenn von Alina Wasnis die Rede war. Und in Erfahrung bringen, was an der Geschichte mit der öffentlichen Beleidigung, die Masurkewitschs Frau Xenija Alina angeblich zugefügt hatte, dran war. Bis zur vereinbarten Zeit, zu der sie Korotkow wecken wollte, hatte Nastja noch eine Stunde, und sie setzte sich ans Telefon. Bis halb acht hatte sie rund ein Dutzend Leute angerufen und Folgendes erfahren:

Die Schauspielerin Soja Semenzowa hasste Alina Wasnis bereits seit vielen Jahren, schon seit Alinas Zeit beim Musikstudio. Die Einzelheiten wisse am besten der künstlerische Leiter des Studios, Leonid Sergejewitsch Degtjar, Privatnummer, Dienstnummer, Adresse …

Xenija Masurkewitsch hatte bei der letzten Vorführung im Filmzentrum vor vier Tagen stark betrunken lauthals erklärt, Alina sei als Persönlichkeit eine Null, ihr ganzes Spiel sei allein von Smulow »erfunden, durchdacht und gebaut«, Alina sei nur eine hübsche Fassade mit nichts dahinter. »Sie kriegt doch keinen ganzen Satz zustande, sie ist einfach ein blödes, beschränktes, ungebildetes Flittchen, das nichts weiter kann als mit dem Regisseur schlafen und sich in Großaufnahme mit nackten Titten zeigen. Was kann man auch erwarten von der Tochter eines ungebildeten lettischen Bauern, der für die Zuzugsgenehmigung nach Moskau eine jüdische alte Jungfer geheiratet hat? Sagenhafte Blödheit, multipliziert mit jüdischer Gerissenheit.« Nach diesem Vorfall hatte Alina Wasnis sich nach der Adresse und der Telefonnummer von Xenijas Vater Valentin Petrowitsch Kosyrjew erkundigt. Dabei habe Alina, normalerweise zurückhaltend und beherrscht in ihren Emotionen, sehr nervös und äußerst entschlossen gewirkt.

Und schließlich tauchte noch ein weiterer Name auf. Ein gewisser Charitonow, der ebenfalls bei Sirius arbeitete. Er hatte sich von Alina Wasnis einen größeren Geldbetrag zu fünfzehn Prozent Zinsen pro Monat geliehen und die Rückzahlung mehrere Monate lang aufgeschoben. Gestern, also am Freitag, dem fünfzehnten September, hatte Alina von ihm energisch die sofortige Rückzahlung der gesamten Summe plus Zinsen gefordert.

Das waren also schon drei Verdächtige. Zwei Frauen und ein Mann. Mit wem sollten sie anfangen?

Masurkewitsch

Als die Einsatzgruppe weg war, rief Masurkewitsch Stassow zu sich.

»Kennst du einen von ihnen?«, fragte er.

Stassow nickte. »Zwei. Jura Korotkow und Untersuchungsführer Gmyrja. Die anderen nicht.«

»Was hältst du von ihnen?«

»Ich verstehe die Frage nicht«, antwortete Stassow vorsichtig.

»Können sie die Sache aufklären?«

»Wer weiß das schon, Michail Nikolajewitsch.« Er zuckte die Achseln. »Das kann man vorher nie sagen. Kommt ganz drauf an. Und …«

»Hör zu«, unterbrach ihn Masurkewitsch, ohne ihn anzusehen, »leg deine Arbeit erst mal beiseite und finde raus, wo meine Frau gestern Abend war.«

»Schon wieder?«, fragte Stassow mitfühlend.

»Ich habe gesagt, finde es raus. Aber ohne Staub aufzuwirbeln. Schnell und diskret.«

»Mein Gott, Sie haben Sorgen! Eine unserer wichtigsten Schauspielerinnen ist tot, eine junge Frau, und Sie …«

»Genau darum geht es mir«, sagte Masurkewitsch hart.

»Sie denken, Ihre Frau hat etwas mit dem Mord zu tun?«, fragte Stassow erstaunt.

»Was ich denke, geht dich nichts an. Finde raus, wo sie gestern war, und zwar möglichst schnell. Nach Hause gekommen ist sie um drei Uhr nachts.«

»Wie Sie meinen.«

Stassow verließ das Büro, ohne sich zu verabschieden, und Masurkewitsch begriff, dass sein Sicherheitschef höchst unzufrieden und beunruhigt war. Masurkewitsch selbst war mehr als beunruhigt. Er war in Panik.

Heute Morgen um neun hatte man ihn aus dem Filmstudio angerufen und ihm mitgeteilt, dass Alina ermordet aufgefunden worden war. Das Klingeln des Telefons hatte Xenija geweckt. Sie hörte das ganze Gespräch mit, und Masurkewitsch bemerkte sehr wohl die Befriedigung, die sich auf ihrem Gesicht spiegelte. Nun gut, es war schließlich kein Wunder, dass eine vierundvierzigjährige welkende Hure eine fünfundzwanzigjährige Schönheit beneidete und sie hasste für ihre Jugend, ihren Ruhm und ihre Attraktivität. Das hatte ihn noch nicht stutzig gemacht. Aber einige Stunden später erfuhr er, dass Alinas Brillanten verschwunden waren. Da erinnerte er sich wieder an Xenijas von Verachtung und kaltem Hass erfülltes Gesicht, als sie ihm die teuren Ohrringe vor die Füße geschleudert hatte, und an ihre Worte: »Steck sie dir sonst wo hin, du impotente Flasche. Damit machst du mir keine Angst. Ich weiß schon, wie ich zu meinen Brillanten komme.« Das blanke Entsetzen packte den Präsidenten des Filmkonzerns Sirius, Michail Masurkewitsch. Ja, er hatte gehört, wie seine Frau Alina vor ein paar Tagen bei der Vorführung im Filmzentrum mit Dreck beworfen hatte. Doch dass Alina vorhatte, sich mit seinem Schwiegervater, dem Bankier Kosyrjew, in Verbindung zu setzen, das hatte er erst heute erfahren. Kein Wunder – Ehemänner, so hieß es ja, erfuhren immer alles als Letzte. Wahrscheinlich hatte Xenija es eher erfahren. Und das war nun das Ergebnis … Der Film, in den sie so viel Geld gesteckt hatten, nicht fertig, der Konzern wieder hoch verschuldet, und er, Michail Masurkewitsch, ein gehörnter Ehemann, der Mann einer Hure und nun vielleicht obendrein einer Mörderin. O Gott, o Gott, warum musste ausgerechnet ihm das alles widerfahren?

Alina Wasnis
Neunzehn Jahre vor ihrem Tod

Das erste Mal empfand Alina Wasnis ein Gefühl von heftiger Einsamkeit, als sie sechs Jahre alt war. Ihre Mutter war gestorben, als Alina fünf war, und sie blieb mit ihrem Vater und zwei älteren Brüdern zurück, dreizehn und neun Jahre alt. Die Schwester ihres Vaters redete ihm gleich nach der Beerdigung zu, möglichst bald wieder zu heiraten, ehe der Haushalt ohne Frau zusammenbrach und die Kinder verkamen. Sie schleppte eine entfernte Verwandte an, auch eine Lettin, die sie geradewegs aus einem Vorwerk bei Liepai holte. Ein halbes Jahr nach dem Tod seiner Frau heiratete Waldis Wasnis wieder. Inga war wortkarg und geizig mit Zärtlichkeiten, aber arbeitsam und sehr gütig. Sie war gut zu den Kindern und besorgte den Haushalt, und mehr wurde von ihr auch nicht verlangt.

Eines Tages sprach ein etwa siebzehnjähriger Junge die sechsjährige Alina auf der Straße an. Er war groß, krankhaft mager, auf seinen eingefallenen Wangen prangten ekelhafte, leuchtend rote Pickel, die ein großes braunes Muttermal umrahmten. Der Junge hielt Alina ein Bonbon in glänzendem Goldpapier hin und hockte sich vor ihr nieder. Das Mädchen näherte sich vertrauensvoll, der Junge nahm ihre Hand und sagte alle möglichen Dinge. Alina verstand damals kaum etwas, er benutzte viele Wörter, deren Bedeutung sie nicht kannte, aber sie begriff, dass er ihr das Höschen ausziehen und irgendetwas mit ihrem langen, dichten kastanienbraunen Haar machen wollte. Die Wörter selbst machten ihr keine Angst, aber die Augen des Jungen … Sie waren Furcht einflößend, genau wie seine vibrierende Stimme, und auch seine Hand, die ihre kleine Hand fest umklammerte und irgendwie klebrig war. Plötzlich stockte der Junge, kniff für einen Moment die Augen zusammen, seufzte tief und ließ ihre Hand los.

»Das darfst du niemandem erzählen«, sagte er und stand auf. »Sonst stech ich dir die Augen aus.«

Alina bezweifelte keinen Augenblick, dass er seine Drohung wahr machen würde.

Zwei Tage lang quälte sie sich, dann fragte sie ihren älteren Bruder Imant, der schon vierzehn war:

»Imant, was ist Sperma?«

Der Bruder wurde puterrot.

»Sag dieses Wort nie wieder«, sagte er streng. »Das ist ein ganz schlimmes Wort, und wenn kleine Mädchen es benutzen, dann kriegen sie einen ekligen Ausschlag im Mund. Verstanden? Hast du das verstanden?«

»Ja, Imant«, antwortete die kleine Alina artig. »Ich werde das Wort nie wieder sagen.«

Aber das war leichter versprochen als getan. Es war das einzige unbekannte Wort, das sie sich von dem Gemurmel des Jungen gemerkt hatte, und schließlich siegte die Neugier. Einige Tage später fragte sie ihre Freundin im Kindergarten danach. Die wusste auch nicht, was Sperma war, versprach aber, sich bei ihren Eltern danach zu erkundigen. Am nächsten Tag kam die Freundin in den Kindergarten und verkündete streng:

»Mit dir spiele ich nicht mehr. Meine Mama hat gesagt, du bist ein schlechtes, verdorbenes Mädchen, wenn du solche schmutzigen Wörter sagst, und ich darf dir nicht mehr zu nahe kommen, damit du mich nicht ansteckst mit deiner Verdorbenheit.«

Am Abend wurde sie bereits von allen Kindern ihrer Gruppe gemieden. In der Nacht presste Alinas das Gesicht ins Kissen, weinte bitterlich und dachte verzweifelt: Na und, dann spielt ihr eben nicht mit mir. Ich werde nie mehr jemandem etwas von mir erzählen. Niemals. Niemandem. Nichts. Ich brauche niemanden. Und mich braucht auch niemand. Ich werde ganz allein sein … Ganz allein …

Viele Jahre lang sollte es in ihrem Leben nur drei Männer und eine fremde, raue und wortkarge Frau geben. Alina würde sich daran gewöhnen, allein zu sein und mit niemandem über sich zu reden. Sie würde lernen, ohne Freundinnen auszukommen, ohne vertrauensvolle Gespräche, ohne die Möglichkeit, jemandem das Herz auszuschütten. Doch hätte ihr Bruder Imant sie damals gefragt, woher sie dieses für ein sechsjähriges Mädchen verbotene Wort kannte … Und hätte die Kindergärtnerin sich dafür interessiert, warum die Kinder auf einmal nicht mehr mit der kleinen Alina spielen wollten … Und wäre Waldis oder Inga Wasnis aufgefallen, dass Alina überhaupt keine Freundinnen hatte, dass niemand sie anrief, besuchte oder einlud … Doch Alina war gut in der Schule und nicht krank, bedurfte also keiner besonderen Aufmerksamkeit von Vater oder Stiefmutter. Hätte Imant ihr nicht mit dem Ausschlag im Mund Angst gemacht, hätten die Eltern ihrer Freundin nicht gesagt, sie sei ansteckend, wenn sie solche hässlichen Worte benutzte, hätte … wäre …

Aber es war, wie es war. Und fortan war Alina Wasnis verurteilt zu Einsamkeit und ständiger, tief im Innern verborgener dumpfer, schmerzhafter Verzweiflung.

Zweites Kapitel

Kamenskaja

Leonid Sergejewitsch Degtjar, Gründer und künstlerischer Leiter des Musikstudios beim Filmkonzern Sirius, hatte bereits von dem tragischen Ereignis gehört und reagierte darum lebhaft und bereitwillig auf Nastjas Bitte um ein Gespräch. Da ihn bereits seit einigen Tagen ein Hexenschuss peinigte, bat er sie unter langen Entschuldigungen und Rechtfertigungen, zu ihm nach Hause zu kommen. Er wohnte im selben Moskauer Stadtbezirk wie Nastja, und gegen neun Uhr abends am Samstag, dem sechzehnten September, betrat sie seine große, höchst eigenwillig eingerichtete Wohnung.

Degtjar, vom Hals bis zur Hüfte in warme Wolltücher gehüllt, wirkte wie ein uralter Greis, doch Nastja, die vorher Erkundigungen eingeholt hatte, wusste, dass er erst zweiundfünfzig war und in »guter« Verfassung ausgezeichnet Ski fuhr und gern Volleyball spielte. Kaum eingetreten, vernahm Nastja die ihr von Kindheit an vertrauten Klänge der Ouvertüre zu »La Traviata«. Augenblicklich fiel ihr ein, dass sie heute Morgen beim Durchsehen des Fernsehprogramms diese Aufzeichnung angekreuzt hatte, und sie bedauerte von ganzem Herzen, dass sie sie nun verpasste. Sie hatte sich so darauf gefreut. Aber vielleicht war ja noch nicht alles verloren: Immerhin hatte der Hausherr den Fernseher angeschaltet, also interessierte ihn die Aufführung ebenfalls. Vielleicht konnte sie ja wenigstens mit halbem Ohr …

»Bitte kommen Sie herein«, forderte Degtjar sie auf. »Entschuldigen Sie bitte, ich schalte noch schnell den Videorecorder ein, um die ›Traviata‹ aufzunehmen, während wir beide uns unterhalten. Ich sehe sie mir dann später an.«

»Könnten Sie sie nicht auf zwei Kassetten aufnehmen?«, entfuhr es Nastja unwillkürlich. Noch bevor sie darüber nachdenken konnte, war die Frage heraus.

Degtjar sah sie erstaunt an und schlurfte voran ins Zimmer.

»Natürlich. Sind Sie auch Opernliebhaberin? Oder interessieren Sie sich nur rein dienstlich dafür?«

»Nein, nicht dienstlich. Ich liebe Opern, und die ›Traviata‹ ganz besonders.«

Degtjar schloss zwei Videorecorder gleichzeitig an, legte Kassetten ein und drehte sich zu Nastja um.

»Warum gerade die ›Traviata‹, wenn man fragen darf? Wegen der schönen Musik?«

Nastja hörte aus seinem Ton den leisen Spott des echten Musikliebhabers und Kenners für die oberflächliche Dilettantin heraus. Natürlich, wirkliche Opernkenner gab es heutzutage nur noch wenige, und eine Kripobeamtin dürfte kaum dazu gehören. Aber die ›Traviata‹ kannte zumindest dem Namen nach jeder. Wenn jemand also sagte, er liebe diese Oper, war das etwa das Gleiche, als wenn man sagte: »Ich liebe Puschkin, besonders ›Eugen Onegin‹.«

»Ich mag tatsächlich am liebsten die ›Traviata‹ und ›Pik Dame‹«, sagte Nastja lächelnd. »Weil es darin um das Leben geht, um echte Tragödien, um Liebe und Tod. Um ganz normale Menschen, einfacher gesagt. Und nicht um Könige, Prinzessinnen, böse Zauberer und verkleidete Helden. Was die Musik angeht, da mag ich am liebsten den ›Troubadour‹ und die ›Schlacht von Legnano‹. Aber das ist natürlich Geschmackssache.«

»Ach ja?«, fragte Degtjar plötzlich lebhaft. »Amüsant, sehr amüsant ...«

»Was amüsiert Sie daran so?«, fragte Nastja misstrauisch.

»Ausgerechnet der ›Troubadour‹ war der Anlass für den Krach zwischen Alina Wasnis und Soja Semenzowa.«

Das Musikstudio der Firma Sirius produzierte neben Videoclips von Pophits auch Opern auf Video. Sie waren für einen engen Kreis echter Musikliebhaber bestimmt, die sich ein Video nicht nur in der Videothek ausleihen, sondern es selbst besitzen wollten, um es immer wieder hören zu können. Diese Videos waren sehr teuer, doch die Sache rentierte sich. Die Filme wurden mit guten Schauspielern, schöner Ausstattung und vielen Außenaufnahmen gedreht, den Ton lieferten Raubkopien oder Lizenzen von Aufnahmen renommierter Sänger und Orchester. Jeder weiß ja, wie schwierig es ist, einen jungen schlanken Tenor zu finden oder eine schöne junge Sopranistin, deren Gesangs- und Schauspielkunst auch für einen Film attraktiv wäre. Der große Caruso war klein und dick. Die weltbeste Sopranistin unserer Zeit, Montserrat Caballé, sprengt jeden Bildschirm. Pavarotti ist fett, Carreras zwar schlank, aber klein. Der große, schlanke Domingo geht auch mit der besten Maske nicht mehr als jung durch. Ein echter Kenner kauft ein Video aber nur, wenn er Weltklassestimmen bekommt. Darum musste kombiniert werden.

Alina Wasnis war im Studio zunächst nur Kleindarstellerin, dann bekam sie Nebenrollen, die Polina in der »Pik Dame«, die Amneris in »Aida«, die Alisa in »Lucia von Lammermoor«. Als Degtjar in den Besitz einer Aufzeichnung der »Troubadour«-Aufführung der Metropolitan Opera mit Luciano Pavarotti und Mirella Freni gelangte, wollte er auch diese Oper verfilmen. Für die weibliche Hauptrolle der schönen jungen Leonora wurde Alina Wasnis zu Probeaufnahmen eingeladen, für die zweite weibliche Hauptrolle, die alte Zigeunerin Azucena, Soja Semenzowa. Soja war bereits über vierzig, und übermäßiger Alkoholgenuss hatte ihr Äußeres so zugerichtet, dass sie für die Rolle bestens geeignet schien. Und plötzlich, wie ein

Blitz aus heiterem Himmel, erschien Alina Wasnis bei Degtjar mit einer Forderung, die ihm Zornesfunken in die Augen trieb.

»Ich will die Azucena spielen«, erklärte das Mädchen.

»Wen willst du spielen?«, fragte der künstlerische Leiter und zugleich Regisseur des »Troubadour«, in der Annahme, er habe sich verhört.

»Ich will die Azucena spielen«, wiederholte Alina.

»Bist du krank? Hast du was am Kopf? Die Azucena? Das ist eine alte Zigeunerin, lies mal das Libretto, wenn du nicht Bescheid weißt. Die Azucena spielt Soja.«

»Ich habe das Libretto gelesen, und eben darum will ich die Azucena spielen. Die Leonora spiele ich nicht. Die interessiert mich nicht. Eine treue Liebende, die lieber ins Kloster gehen und Nonne werden will als einen anderen zu heiraten. Und als der Geliebte sterben muss, vergiftet sie sich. Ein geradliniger Charakter, so simpel wie ein Laib Brot. Was gibt's da schon zu spielen?«

»Genau das, einen geradlinigen Charakter. Ich begreife nicht, was du willst.« Degtjar zuckte mit den Achseln.

»Die Rolle der Leonora interessiert mich nicht«, wiederholte Alina störrisch. »Geben Sie mir die Azucena.«

»Aber ich begreife nicht ...«

»Wissen Sie was, ich kann das schlecht erklären. Ich schreibe Ihnen lieber eine Rollenanalyse, dann können Sie sich selbst überzeugen.«

Am nächsten Tag brachte sie Degtjar mehrere in großer, klarer Schrift beschriebene Blätter. Als der Regisseur sie gelesen hatte, steckte er in der Klemme. Alina entdeckte in der Figur der alten Zigeunerin tatsächlich Dinge, die gewöhnlich unbeachtet blieben, jedenfalls war ihm eine solche Interpretation noch nie begegnet. Und er stellte sich sofort vor, wie man das in Bilder umsetzen könnte. Das war reizvoll, bei einem solchen Zugang konnte es ein außergewöhnlicher Film werden, nicht nur bloßes »Bild«,

Illustration zu den besten Stimmen der Welt, sondern ein Werk voller Dramatik und echter Tragik. Doch wenn er die Azucena mit der jungen Wasnis besetzte, ergaben sich gleich zwei Probleme: Wer sollte die Leonora spielen? Und was war mit Soja Semenzowa, die bereits Probeaufnahmen gemacht hatte und für die Rolle bestätigt worden war? Na schön, ein Ersatz für Alina war leicht zu finden, junge hübsche Schauspielerinnen gab es wie Sand am Meer. Alina hatte ja im Grunde Recht, die Rolle der Leonora war völlig unkompliziert. Aber Soja ...

Mit Soja Semenzowa war es ungemein schwieriger. Sie hatte eine schreckliche Tragödie hinter sich, einen Autounfall mit ihrem Mann und ihrer Tochter, den nur sie überlebt hatte. Nach der Entlassung aus dem Krankenhaus begann sie stark zu trinken und sank von der soliden Schauspielerin der zweiten Garde rasch zur Kleindarstellerin ab, bis sie schließlich ganz ohne Arbeit blieb. Wegen ihrer alkoholbedingten Unzuverlässigkeit und Hysterie wollte niemand mehr mit ihr zu tun haben. Dann war Soja lange in Therapie und rappelte sich wieder auf. Die Azucena war die erste Rolle, die ihr nach einer langen Pause angeboten wurde. Voller Bedenken, nach unzähligen Bitten und Versicherungen ihrerseits, sie sei wieder in Ordnung. Man bedauerte Soja, zudem war sie wirklich keine schlechte Schauspielerin. Wie konnte man ihr jetzt die Rolle wieder wegnehmen, die sie sich mit solcher Mühe, unter solchen Erniedrigungen erkämpft hatte? Wie ihr sagen, dass sie die Azucena nicht spielen würde? Im ›Troubadour‹ gab es nur noch eine weitere Frauenrolle, eine belanglose Randfigur, zudem für eine junge Frau, also absolut nichts für Soja.

Kurz gesagt, es gab einen furchtbaren Krach. Soja schrie wie am Spieß, drohte, »diese Rotznase« umzubringen, weinte, flehte, warf sich Degtjar fast zu Füßen. Schließlich ginge es um ihre Chance zu beweisen, dass sie wieder arbeiten könne. Und diese Chance werde ihr nun genommen. Und dann auch noch auf diese Art! Das würde doch Gerüchte geben, Getuschel! Danach würde kein Regisseur ihr mehr etwas anbieten. Alle würden denken: Was hat diese Alkoholikerin nun wieder angestellt, dass sie umbesetzt wurde? Mit der ließ man sich wohl besser nicht ein.

Jedenfalls, Alina spielte die Azucena, und zwar wirklich großartig. Der Film wurde professionell vermarktet, das Video war im Nu verkauft, es mussten sogar zwei Nachauflagen gemacht werden.

Nach dem »Troubadour« wollte Degtjar den »Rigoletto« verfilmen und dazu die berühmte Aufnahme mit Mario del Monaco und Raina Kabaiwanska benutzen. Er bot Alina natürlich die Rolle der Gilda an, rechnete aber insgeheim damit, dass sie sich auch diesmal widerborstig zeigen und erklären würde, die Gilda interessiere sie nicht, sie wolle lieber die winzige Rolle der Maddalena spielen. Aber auch diesmal reagierte Alina überraschend, von der Maddalena kein Wort.

»Ich übernehme gern die Gilda«, erklärte sie. »Aber so, wie ich sie auffasse, nicht, wie es allgemein üblich ist.«

»Wie denn?«, fragte Degtjar misstrauisch.

»Nun ... Ich kann das schwer erklären, ich schreibe es lieber auf.«

Und das tat sie. Die Geschichte des »Troubadour« wiederholte sich bei »Rigoletto«. Das Video war im Nu vergriffen, es gab drei Nachauflagen.

»Und die Semenzowa?«, lenkte Nastja das Gespräch wieder auf die Frage, die sie am meisten interessierte.

»Nichts. Sie hat kaum zu tun. Nach der Geschichte mit der Azucena fing sie erneut an zu trinken, dann war sie wieder in Behandlung ... Vor kurzem hatte sie Probeaufnahmen für eine Nebenrolle, ohne Erfolg. Sie wurde nicht genommen. Seit damals hasst sie Alina natürlich wie die Pest. Na ja, durchaus verständlich.«

»Leonid Sergejewitsch, finden Sie es nicht sonderbar, dass Alina ihre Interpretationen nicht erklären konnte, sondern sie Ihnen schriftlich gegeben hat?«

»Was wollen Sie damit sagen? Dass jemand anders die für sie geschrieben hat? Nein, nein, das versichere ich Ihnen. Alina war wirklich, wie sage ich das am besten – eine große Denkerin, aber keine große Rednerin, ja so etwa, wenn Sie verstehen, was ich meine. Sie sprach schlecht. Sie hatte ein ausgezeichnetes Gedächtnis, lernte ihre Rollen sehr schnell und beherrschte den Text ohne Stocken, aber ihre eigenen Gedanken auszudrücken, das war für sie immer ein Problem. Als wäre sie plötzlich blockiert, sie stammelte, wiederholte Wörter, konnte keinen Satz richtig zu Ende bringen, ohne das Prädikat zu verlieren. Mündlich konnte sie sich schlecht ausdrücken. Aber schriftlich – ganz großartig. Wissen Sie, das trifft man ziemlich häufig, allerdings meistens umgekehrt. Oft spricht jemand sehr gut, bildhaft und ausdrucksvoll, und sobald er zum Stift greift, ist das alles weg. Trockene, gestelzte Sätze, dass einem schlecht wird. Bei Alina dagegen war es umgekehrt. Sie können sich davon selbst überzeugen, ich habe ihre Aufzeichnungen zu Azucena und zu Gilda noch. Möchten Sie sie lesen?«

»Natürlich, Leonid Sergejewitsch. Vielen Dank. Kannten Sie Alina gut?«

»Wie soll ich sagen … Ich habe drei Jahre lang mit ihr gearbeitet, bis Andrej Smulow sie entdeckt hat. Das liegt jetzt fast vier Jahre zurück. In diesen vier Jahren habe ich sie oft gesehen, immerhin gehörten wir ja zur selben Firma, aber geredet haben wir kaum miteinander. Doch ich kann Ihnen versichern, an der Seite von Andrej hat sie sich als Schauspielerin sehr entwickelt. Sie hatte großes Talent, aber … Das war genauso wie mit dem Reden. Irgendetwas hinderte sie immer daran, sich voll zu entfalten. Ich spürte, sie hat enorme Ressourcen, aber sie waren wie eingesperrt, und wo der Schlüssel dazu lag, wusste sie nicht. Man hatte den Eindruck, sie geniere sich vor Publikum. Studioaufnahmen liefen immer wunderbar, aber sobald wir Außenaufnahmen machten, war es aus. Da war Alina wie erstarrt. Im Studio waren wir ja unter uns, aber draußen versammelt sich fast immer eine Menge Schaulustiger. Andrej wurde damit fertig, Ruhm sei ihm und Dank. Es war immer ein langer Kampf, aber er hat es geschafft. Und eine solche Schauspielerin ist nun tot! Ihr Stern ging ja gerade erst auf. Andrej tut mir wahnsinnig Leid. Er hat sie nicht nur geliebt – sie war *seine* Schauspielerin. Ohne Alina wird er nichts Gescheites mehr zustande bringen, und das ausgerechnet jetzt, wo er einen zweiten Atem bekommen hat ... Schade.«

Er schob Nastja einen Aschenbecher hin.

»Rauchen Sie ruhig, genieren Sie sich nicht, ich sehe doch, wie Sie sich quälen, Sie schauen dauernd zum Aschenbecher. Mich stört der Rauch nicht.«

Nastja nickte dankbar und zündete sich genüsslich eine Zigarette an. Ihr gefiel es hier, in dieser Wohnung, die nur aus einem einzigen offenen Raum bestand, mit Wänden voller Fotos von berühmten Musikern und Sängern. Mit halbem Ohr hörte sie Verdis unsterbliche Musik und mochte gar nicht gehen, obwohl der Anstand verlangte, den Besuch zu beenden – es war schon nach zehn.

»Erzählen Sie mir von Soja Semenzowa«, bat sie.

»Was soll ich Ihnen da erzählen? Wenn ich recht verstehe, wollen Sie wissen, ob sie Alina getötet haben könnte?«

»Sie sind sehr direkt, Leonid Sergejewitsch.«

»Erschreckt Sie das? Also, ich werde Ihnen antworten: Ja, das könnte sie. Von ihrem seelischen Zustand, von ihrer Psyche her ja. Durchaus. Aber von ihren körperlichen Voraussetzungen her kaum. Alina ist zwar keine Basketballerin, aber auch kein Krümel, sie ist etwa einssiebzig groß. Das weiß ich noch aus der Zeit, als ich mit ihr gedreht habe. Soja aber ist klein und mager, wie die meisten Trinker, Beine wie Stecken, Arme wie Streichhölzer. Erschießen – ja, vergiften auch. Aber nicht ersticken.«

»Aber angenommen, Alina Wasnis war bewusstlos? Sie schlief, war betrunken oder ohnmächtig?«

»Ja, dann …« Degtjar zuckte mit den Achseln. »Gibt es denn Anhaltspunkte dafür, dass sie bewusstlos war, als sie starb?«

»Bislang nicht«, gestand Nastja. »Der Obduktionsbefund liegt erst morgen vor. Das war nur so eine Frage, für alle Fälle. Glauben Sie denn, die Semenzowa hat die Kränkung über so viele Jahre nicht verwunden? Damals, vor fünf Jahren, war ihr Hass doch bestimmt wesentlich stärker als jetzt, oder? Warum also nicht damals? Warum gerade jetzt?«

»Aber ja, meine Liebe, gerade jetzt. Eben gerade jetzt, wo Alinas Stern aufgeht, wo ihr Weltruhm winkt. Wo aus dem hoffnungsvollen Talent ein Star geworden ist. Da wird es doch erst richtig schlimm. Da lebt der alte Hass wieder auf. Möchten Sie einen Tee?«

»Es ist mir sehr peinlich, Leonid Sergejewitsch, es ist schon spät, Sie sind krank, und ich belästige Sie. Ich müsste Sie eigentlich längst in Ruhe lassen, obwohl ich noch viele Fragen habe.«

»Sie müssen sich nicht genieren.« Degtjar lächelte. »Ich bin im Moment allein, meine Frau ist mit den Enkeln auf der Datscha, Sie stören also niemanden. Und außerdem, wenn Sie jetzt gehen, was ist dann mit der ›Traviata‹, die Sie angeblich so mögen?«

Er zwinkerte verschmitzt und lachte.

»Bleiben Sie also, bis der Film zu Ende ist, dann nehmen Sie die Kassette mit und geben mir gelegentlich eine leere dafür.«

»Dann fragen Sie mich noch einmal, ob ich einen Tee möchte, und ich werde Ihnen ehrlich antworten, dass mir Kaffee lieber wäre.«

Dieser vom Hexenschuss gekrümmte Mann gefiel Nastja

immer besser, und sie nahm sein Angebot noch zu bleiben mit Freuden an. Doch wie sollte sie so spät noch nach Hause kommen? Anastasija Kamenskaja war keineswegs so kühn und unerschrocken, wie Kriminalisten gern dargestellt werden. Dunkle Straßen fürchtete sie genauso wie jede andere Fünfunddreißigjährige, vielleicht sogar ein bisschen mehr, denn sie las täglich die Verbrechensmeldungen, und sie konnte weder schnell laufen noch zielsicher schießen. Da kam ihr eine Idee.

»Leonid Sergejewitsch, haben Sie die Nummer Ihres Sicherheitschefs?«

»Von Wladislaw Nikolajewitsch? Selbstverständlich. Jeder Mitarbeiter von Sirius, bis hin zur Putzfrau, hat die Nummer, unter der er jederzeit zu erreichen ist. Sein Mobiltelefon.«

»Rufen Sie ihn doch bitte an, ich möchte ihn sprechen.«

Stassow

Er war auf dem Heimweg, müde und mürrisch, nachdem er mehrere Stunden darauf verschwendet hatte zu erkunden, wo sich die Frau seines Chefs letzte Nacht rumgetrieben hatte. Das wenige, das er in Erfahrung gebracht hatte, gefiel ihm nicht. Vormittags war Xenija zu Hause gewesen, bis gegen zwei, dann hatte sie in der Bar des Filmzentrums Kaffee getrunken. Vermutlich nicht nur Kaffee, jedenfalls war sie dort bis etwa gegen fünf gesehen worden. Dann kam ein Loch bis Viertel vor acht, als sie sich mit einer Freundin an der Metrostation »Krasnyje worota« traf, um von ihr wieder einmal ein Rezept für Beruhigungsmittel entgegenzunehmen. Die Freundin arbeitete in einer neuropsychologischen Beratungsstelle und versorgte Xenija mit Rezepten, die ein Arzt ihr auf ihre Bitte hin ausstellte. Sie waren um halb acht verabredet, doch die Masurkewitsch kam wie üblich etwa eine Viertelstunde zu spät. Danach klaffte wieder eine Lücke, und zwar bis zu ihrer Rückkehr nach Hause um drei Uhr morgens.

Der Körper der toten Alina Wasnis wies Spuren eines Erstickungstodes auf, doch Stassow war lange genug Kripobeamter gewesen, um sich nicht an eine einzige Hypothese zu klammern und alles andere zu ignorieren. Gleich nachdem er von Xenijas Treffen mit der Freundin aus der Beratungsstelle erfahren hatte, rief er Masurkewitsch an und bat ihn, die Tasche seiner Frau zu untersuchen. Sie enthielt weder ein Rezept noch entsprechende Tabletten. Auch in ihrem Nachtschränkchen fanden sich keine unangebrochenen Tablettenpackungen. Das bewies natürlich gar nichts, Xenija konnte das Rezept oder die Tabletten sonst wo aufbewahren. Vielleicht benutzte sie das Rezept als Lesezeichen oder trug die Tabletten in der Hosentasche bei sich ... Aber dennoch, dennoch ... Was, wenn sich herausstellte, dass Alina Wasnis vergiftet worden war? Dafür brauchte man zwar einen ganzen Haufen Tabletten, aber wer sagte denn, dass Xenija den nicht besessen hatte? Das Mädchen aus der Beratungsstelle sträubte sich lange, bekannte aber schließlich, es seien zwei Rezepte gewesen, eins für fünfzig Tabletten, eins für dreißig. Einen Grund, Alina Wasnis umzubringen, hatte Xenija Masurkewitsch, und was für einen! Verdammtes Pech.

Stassow bog vom Sadowoje-Ring auf die Brestskaja-Straße ab, als sein Telefon klingelte.

»Wladislaw Nikolajewitsch, hier ist Degtjar vom Musikstudio«, sagte eine unsichere Stimme. »Ich hoffe, es ist nicht schlimm, dass ich so spät noch anrufe?«

»Nein, nein, ich bin noch nicht zu Hause. Was gibt es denn, Leonid Sergejewitsch?«

»Bei mir sitzt gerade ... Also, gewissermaßen ein Gast ... Eine Kripobeamtin, Anastasija Pawlowna Kamenskaja. Sie möchte Sie sprechen.«

»Bitte.«

Kamenskaja. Stassow hatte schon viel von ihr gehört, als er noch in der Petrowka arbeitete. Alles Mögliche, von Staunen und Begeisterung bis zu unverhohlenem Schmutz. Ihr Gehirn funktioniere wie ein Computer, sie kenne keine Müdigkeit und habe ein phänomenales Gedächtnis. Und sei angeblich die Geliebte vom Chef des Dezernats Kapitalverbrechen und arbeite darum unter Sonderkonditionen, säße meistens nur im Büro rum und trinke Kaffee. Außerdem sollte sie einen Beschützer im Ministerium haben, keinen Geringeren als General Satotschny höchstpersönlich, einen mächtigen, einflussreichen Mann. Ob sie mit ihm schlief oder nicht, das war eine andere Frage, aber auf jeden Fall war sie mehrfach mit ihm gesehen worden, quasi Arm in Arm, frühmorgens beim Spaziergang im Park. Kamenskaja …

»Guten Abend«, sagte eine angenehm tiefe Stimme im Hörer. »Kamenskaja am Apparat.«

»n'Abend«, erwiderte er mürrisch. »Was verschafft mir die Ehre?«

»Der Mord, was sonst, Wladislaw Nikolajewitsch. Können wir uns treffen?«

»Wann?«

»Je eher, desto besser. Von mir aus jetzt gleich.«

»Sehen Sie auch ab und zu auf die Uhr, oder ignorieren Sie solche Kleinigkeiten?«, erkundigte er sich. »Mein Kind ist allein zu Hause.«

»Entschuldigen Sie«, sagte sie sanft. »Das wusste ich nicht. Wenn das so ist, dann sagen Sie mir, wann es Ihnen passen würde.«

»Morgen früh um zehn?«

»Danke. Morgen um zehn. Wo?«

»Bei Sirius. Ich bin für eine offizielle Atmosphäre.«

»Gut. Ich bitte nochmals um Entschuldigung. Alles Gute.«

Stassow bog in den Suschtschewski-Wall ein und jagte in Richtung Sawjolowoer Bahnhof. Das Gespräch mit der Kamenskaja hatte einen unangenehmen Nachgeschmack hinterlassen. Vielleicht hatte er überzogen reagiert? Sich hinter Lilja versteckt wie eine Büroschnepfe, die nie Überstunden macht, von wegen: Ich habe Kinder, und nach mir die Sintflut. Warum sollte er sich nicht mit der Kamenskaja treffen? Würde er sich etwa einen Zacken aus der Krone brechen? Er war müde? Schließlich machte sie auch noch nicht Feierabend. Hatte er etwa in den vier Monaten, seit er den Dienst quittiert hatte, seine ehemaligen Kollegen schon vergessen? Empfand keine Solidarität mehr mit ihnen? War gleichgültig geworden?

Er rief bei sich zu Hause an, überzeugt, dass Lilja ohnehin noch nicht schlief. So war es auch, seine Tochter nahm beim ersten Klingeln ab.

»Warum schläfst du nicht?«

»Aber morgen ist doch Sonntag ...«

»Na schön, lies nur, ich habe heute meinen netten Tag. Übrigens, was liest du denn?«

»›Angelique‹.«

»Das ist noch nichts für dich. Lies lieber Conan Doyle.«

»Ich hab den ganzen Sherlock Holmes schon gelesen.«

»Dann lies was über die Liebe, er hat auch was über die Liebe geschrieben.«

»In ›Angelique‹ geht es auch um Liebe«, wandte Lilja ein.

»Das ist noch nichts für dich«, erklärte Stassow kategorisch. »Klapp das Buch zu und stell es zurück.«

»Aber Papa ...«

»Schluss, Kätzchen. Keine Diskussion. Hast du gegessen?«

»Ja, Bouillon und Würstchen mit Salat.«

»Prima. Langweilst du dich auch nicht?«

»Nicht sehr.«

»Hast du auch keine Angst?«

»Nein. Kommst du bald?«

»Verstehst du, ich habe noch was zu erledigen, aber wenn du darauf bestehst, dann verschiebe ich das auf morgen und komme sofort.«

»Nicht doch, Papa, du musst das nicht verschieben. Bei mir ist alles in Ordnung.«

»Na schön, also lies noch ein bisschen, und dann geh schlafen.«

Stassow wusste den Takt seiner Tochter zu würdigen, der zudem eine gehörige Portion kindlicher List enthielt. Sollte der Vater ruhig noch etwas erledigen, dafür konnte sie die Geschichte von Angelique statt nur vierzig Minuten noch ganze zwei Stunden weiterlesen. Vorausgesetzt, sie schlief nicht eher ein.

Er seufzte und wählte erneut, diesmal die Nummer von Degtjar.

»Leonid Sergejewetisch, ist die Kamenskaja noch bei Ihnen?«

»Ja, ich übergebe.«

»Also«, sagte Stassow nach ihrem heiseren »Ja, Wladislaw Nikolajewitsch«, »wenn Sie es sich nicht anders überlegt haben, könnten wir uns jetzt gleich treffen.«

»Danke.«

»Gehen Sie in zwanzig Minuten aus dem Haus, ich hole Sie ab.«

»Danke«, sagte sie noch einmal.

»Vorerst keine Ursache«, knurrte Stassow.

Zwanzig Minuten später bremste er vor dem Haus, in dem der Leiter des Musikstudios wohnte, und erblickte eine große, hagere Gestalt in dunkler Jacke und Jeans. Vergeblich versuchte er sich zu erinnern, wie die Kamenskaja, die er in den Fluren der Petrowka bestimmt hunderte Male gesehen hatte, aussah. Sie öffnete die Wagentür und setzte sich auf den Beifahrersitz. Stassow schaltete das Licht ein und erinnerte sich plötzlich. Ja, natürlich, das war sie, farblos, unscheinbar, das lange Haar zu einem Pferdeschwanz zusammengebunden. Wie mochte es bei ihr wohl mit Männern aussehen? Womöglich ist sie eine alte Jungfer, dachte er.

»Guten Abend, ich heiße Anastasija, von mir aus einfach Nastja und du.«

»Wladislaw. Wlad oder Stass, ganz, wie's beliebt.«

»Und Slawa?«

»Geht auch.« Stassow lächelte. »Und natürlich auch du.«

Er war sofort erleichtert und beruhigt. Ihm war auf Anhieb klar, dass sie nicht die Geliebte von Oberst Gordejew war. Und überhaupt niemandes Geliebte in dem Sinne, der in Bezug auf ein Verhältnis im Kollegenkreis gewöhnlich gemeint ist. Wenn sie etwas mit General Satotschny verband, selbst wenn sie mit ihm intim war, dann stand dahinter etwas ganz anderes. Keine reine Bettgeschichte, sondern intellektuelle Partnerschaft und freundschaftliche Sympathie. Frauen, die so aussahen und sich so benahmen, waren nie bloße Geliebte, das wusste Stassow genau. Und dass so viel über sie getratscht wurde, sprach nur für sie. Nur über Leute, die nichts darstellten, wurde nicht geredet.

»Wohin fahren wir?«, fragte er, während er den Wagen wendete.

»Zur Stschelkowskoje-Chaussee.«

»Was ist denn da?«

»Da wohne ich. Wenn du nichts dagegen hast, gehen wir zu mir, trinken einen Tee und unterhalten uns ein bisschen.«

»Hör mal, ich hab dich heute schon mal gefragt, ob du auch mal auf die Uhr schaust. Tust du das?«

»Hmhm.« Nastja nickte. »Das tue ich, und ich sehe, dass die Zeit bis morgen früh immer knapper wird, und ich habe immer mehr Fragen. Aber bis morgen früh muss ich wenigstens eine einigermaßen klare Vorstellung von der Situation haben.«

»Schläfst du nachts überhaupt nicht?«

»Doch, und wie. Aber ich kann es auch lassen, wenn ich nachdenken muss. Jetzt links, wir nehmen eine Abkürzung durch die Höfe.«

Es war schon nach halb zwölf, als sie mit dem Lift in den achten Stock fuhren. Als die Kamenskaja die Tür aufschloss, musste sie plötzlich lachen.

»Was ist denn?«, fragte Stassow erstaunt.

»Weißt du, ich empfange heute schon zum zweiten Mal einen fremden Mann, während mein Mann nicht zu Hause ist. Das gibt doch eine hübsche Zeugenaussage, oder? Eine wachsame Nachbarin, und ade, guter Ruf. Dabei ist alles total harmlos, das ist das Ärgerliche. Komm rein, leg ab.«

»Du bist verheiratet?«, fragte Stassow unwillkürlich, noch ehe er seine Zunge im Zaum halten konnte.

»Ja, wieso? Sehe ich nicht so aus? Du hast mich für eine alte Jungfer gehalten, stimmt's?«

»Kannst du Gedanken lesen?« Er lachte, bemüht, seine Verlegenheit zu überspielen.

»Nicht alle, nur so banale. Du musst nicht verlegen sein, alle lassen sich von meinem Aussehen täuschen, da bist du keine Ausnahme. Eine stille, verhuschte graue Maus – das ist sehr bequem, da nimmt dich keiner für voll.«

»Und in Wirklichkeit bist du ein bissiger Hecht?«

»In Wirklichkeit bin ich eine bösartige wilde Ratte. Nun steh da nicht rum wie ein Ölgötze, komm in die Küche. Was trinkst du, Tee oder Kaffee?«

»Tee. So spät keinen Kaffee.«

Er sah sich um. Die Küche war winzig, aber, wie Stassows geschultes Auge registrierte, liebevoll und sorgfältig so eingerichtet, dass man viel Zeit darin verbringen konnte. Über dem Tisch hing eine helle Lampe – offenkundig wurde hier nicht nur gegessen, sondern auch gelesen. Die Möbel waren so arrangiert, dass man vom Stuhl aus Herd, Spüle und Arbeitsplatte bequem erreichen konnte. Alles kompakt, nichts Überflüssiges. Stassows eigene Küche war chaotisch, aber er kam nie dazu, sie in Ordnung zu bringen.

»Kennst du Satotschny?«, fragte er plötzlich aus heiterem Himmel.

»Iwan Alexejewitsch? Ja«, antwortete Nastja, während sie aus einem langen dünnen Baguette und einem dicken Stück Käse geschickt Käsetoasts richtete.

»Und was hältst du von ihm?«

»Ein erstklassiger Profi. Aber das weißt du ja selbst. Du hast doch bei ihm gearbeitet, oder?«

Nastja hatte Recht, Stassow hatte im Dezernat organisierte Kriminalität gearbeitet, und Satotschny leitete die zuständige Abteilung im Ministerium.

»Hab ich«, bestätigte er. »Aber mich interessiert deine Meinung.«

»Hör doch auf.«

Sie drehte sich zu ihm um und lehnte sich gegen einen schmalen Küchenschrank, haargenau den gleichen, der auch bei Stassow stand, nur in einer anderen Farbe.

»Wieso interessiert dich meine Meinung? Du hast bloß einen Haufen Mist über Iwan und mich gehört, darum fragst du. Meinst du, ich weiß nicht, dass man mich für seine Geliebte hält? Das weiß ich sehr wohl. Und am liebsten, Stassow, würde ich dir jetzt einfach sagen, wo und was du mich kannst, und zwar drastisch und deutlich. Aber weil unbefriedigte Neugier schlimmer ist als Zahnschmerzen, beantworte ich dir deine Frage. Ich habe nie mit General Satotschny geschlafen. Nie-mals. Aber dass er mir gefällt, das ist wahr. Das stimmt. Ich sage dir sogar noch mehr: Genau einen Monat vor meiner Hochzeit war ich in ihn verliebt, allerdings nur ein paar Tage, das kommt bei mir vor. Weißt du, das ist wie ein Schlag, ich kann nichts dagegen tun. Aber das vergeht schnell, spätestens nach zwei Wochen. Länger als zwei Wochen hat sich noch kein Mann in meinem schnell entflammbaren Herzen gehalten. Bis auf Tschistjakow, deshalb habe ich ihn am Ende auch geheiratet. Zufrieden mit der Antwort?«

»Entschuldige«, sagte Stassow schlicht. »Ich wollte dich nicht kränken. Ich war tatsächlich neugierig. Satotschny ist schließlich nicht irgendwer. Und ihr seid zusammen gesehen worden ...«

»Was noch sehr oft vorkommen wird. Für alle Fälle sage ich dir gleich, dass wir zweimal im Monat sonntags frühmorgens im Ismajlowskij-Park spazieren gehen. Von sieben bis neun. Das ist Tradition, eine Art Ritual.«

»Mein Gott, worüber redest du denn mit Iwan? Er und du ... Ein komisches Paar.«

»Das verstehst du nicht«, erwiderte Nastja kühl, während sie die Brotscheiben mit Käse in einer Pfanne verteilte. »Man muss nicht unbedingt reden. Die Situation selbst erzeugt einen bestimmten seelischen Zustand. Das erste Mal bin ich so mit ihm spazieren gegangen, als ich an einem Mordfall arbeitete, in den ein Mitarbeiter von Satotschny verwickelt war. Wir liefen durch den Park, erörterten, wer derjenige sein konnte, der interne Informationen nach außen dringen ließ, und verdächtigten uns insgeheim gegenseitig. Ein scheußliches Gefühl. Doch dann hielten wir es beide nicht mehr aus und redeten Klartext. Also: Ich traue Ihnen nicht, und zwar aus dem und dem Grund, und ich meinerseits Ihnen auch nicht, aus dem und dem Grund. Jedenfalls, wir redeten miteinander. Und uns fiel beiden ein Stein vom Herzen. Wir fühlten uns auf einmal so wohl, so warm und geborgen ... Seitdem treffen wir uns frühmorgens, gehen spazieren und schweigen, und das ist die reine Seligkeit.«

Stassow schwieg, er musste daran denken, wie er vor vier Monaten mit Tatjana, die er gerade erst kennen gelernt hatte, durch die Straßen gelaufen und dabei vor Entzücken und unerklärlicher Zärtlichkeit schier vergangen war.

»Eure Spaziergänge sind eigentlich viel schlimmer als eine Bettgeschichte«, bemerkte er. »Wenn mir zu Ohren käme, dass die Frau, die ich liebe, Seligkeit empfindet, wenn sie mit einem anderen Mann im Park spazieren geht, würde ich vor Eifersucht umkommen. Dann sollte sie lieber bloß mit ihm schlafen, das ist nicht ganz so kränkend. Ein schlechter Liebhaber zu sein ist keine Schande, dafür kann keiner. Aber zu erfahren, dass du langweilig und uninteressant bist, das ist etwas ganz anderes. Da kann man sich doch gleich aufhängen.«

»Schön, dass du das verstehst«, sagte Nastja spöttisch.

Sie schenkte Stassow Tee ein, sich selbst Kaffee, stellte einen großen flachen Teller mit den Käsetoasts auf den Tisch und setzte sich Stassow gegenüber.

»Und jetzt«, sagte sie, nahm einen kleinen Schluck und setzte ihre Tasse wieder ab, »jetzt wirst du mich fragen, warum ich dir das alles erzähle. Stimmt's? Wir sehen uns zum ersten Mal, kennen uns noch keine fünf Minuten, und ich rede mit dir so vertraulich. Verdächtig, oder?«

»Na ja, eigentlich ... Natürlich ist das verdächtig. Du hast mir einen Bären aufgebunden, ja? Um mich zu testen?«

»Nein, ich sage die Wahrheit. Aber ich habe keine Wahl, Stassow. Und wenn man keine Wahl hat, ist die Sache ganz einfach. Dann gibt es nur einen Weg, und den muss man gehen, ob man will oder nicht. Ich muss einen Mord aufklären, und dafür brauche ich dich. Dir etwas zu verbergen, dich anzulügen oder, wie du sagst, dir einen Bären aufzubinden, wäre gefährlich. Du könntest mich bei meiner Unaufrichtigkeit ertappen, und dann wird es nichts mit uns beiden. Ich muss gut Freund mit dir sein.«

Stassow schauderte innerlich. Konnte sie etwa in ihn hineingucken? Andererseits – sie war so offen, so geradeheraus ...

Er nickte. »Seien wir Freunde. Versteh mich nicht falsch,

ich arbeite erst seit einem Monat bei Sirius. Einerseits bin ich natürlich daran interessiert, dass der Mord an Alina aufgeklärt wird, egal, wer es tut, ihr, ich oder wir alle zusammen. Hauptsache, der Mörder wird gefasst. Wenn nicht, wäre das für euch nicht weiter schlimm, aber mir würde Masurkewitsch den Kopf abreißen. Was soll er mit einem Sicherheitschef, wenn seine Spitzenschauspielerinnen ungestraft ermordet werden können? Verstehst du, was ich meine?«

»Klar«, antwortete Nastja mit einem spöttischen Lachen.

»Andererseits habe ich in diesem einen Monat noch nicht viel Einblick bekommen, kenne die Leute noch nicht so gut, und überhaupt ... Kurz, ich bin eine schwache Stütze. Aber betrachte mich einfach als eine zusätzliche Arbeitskraft. Als einen mehr in eurem Team. Du kannst voll auf mich zählen.«

»Das kann ich nicht.« Nastja seufzte. »Es gibt ein ›Aber‹. Und jetzt bist du an der Reihe, offen zu sein. Und genau wie ich hast auch du keine Wahl, Slawa. Der Chef des Filmkonzerns Runiko, Boris Rudin, wollte dich unbedingt engagieren. Das Gehalt, das er dir geboten hat, wäre doppelt so hoch gewesen wie das, das du von Masurkewitsch bekommst. Trotzdem arbeitest du bei Sirius. Und das bringt mich auf den Gedanken, dass dich mit Masurkewitsch irgendetwas verbindet, etwas Persönliches oder aber etwas Finanzielles, Geschäftliches. Sollten die Ermittlungen also die Interessen von Masurkewitsch oder seiner Frau berühren, dann wirst du mich nicht unterstützen. Mehr noch, du wirst mich behindern. Also, zerstreue bitte meine Zweifel. Und erzähl mir nicht, dass Rudnik der Liebhaber deiner Exfrau ist und du darum nicht bei ihm arbeiten wolltest. Das ist für mich kein Argument, zumal bei der Gehaltsdifferenz, dafür pfeift man doch auf seine Frau, erst recht auf die Geschiedene.«

Donnerwetter! Die Kamenskaja hatte sich offensichtlich bestens auf die Begegnung mit ihm vorbereitet. Ihre beiläufig abgeschossenen Pfeile trafen mitten ins Schwarze. Keine Chance sie anzulügen – wer weiß, wie tief sie gegraben hatte, und er wollte sich nicht beim Schwindeln erwischen lassen. Zudem wäre es dumm gewesen. Sie brauchte ihn, doch auch er brauchte sie. Aber sie irrte sich, er hatte eine Wahl, und er würde sie treffen müssen, diese Wahl, gleich jetzt und hier, in dieser Küche. Er musste entscheiden, ob er Xenija Masurkewitsch decken sollte. Wenn sie Alina Wasnis ermordet hatte und der Sicherheitschef die Frau seines Chefs ans Messer lieferte, dann würde dieser Sicherheitschef für den Rest seiner Tage keine Arbeit mehr finden. Das war sonnenklar. Wer nährte schon gern eine Schlange an seinem Busen? Und wenn er sie deckte und die Miliz bewusst irreführte? Seine ehemaligen Kollegen zu beschwindeln war kein Kunststück, und auch Xenija konnte er raushauen, aber was weiter? Masurkewitsch würde wissen, dass er, der Sicherheitschef Wladislaw Stassow, die Kriminalpolizei professionell an der Nase herumführte und einen Mörder der Strafverfolgung entzog. Morgen würde er diese Information an irgendjemanden weitergeben, übermorgen würde sie in bestimmten Kreisen kursieren, und am fünften Tag würden ein paar knallharte Typen vor seiner Tür stehen und verlangen, dass er für sie arbeitete. Wenn er sich darauf einließe, geriete er womöglich in so kriminelle Machenschaften, dass er nach einem halben Jahr im Knast landete, vielleicht sogar die Höchststrafe bekäme. Wenn nicht – hätte er vielleicht noch zwei Stunden zu leben, maximal drei. Nein, die Kamenskaja hatte wohl Recht, er musste mit ihr auskommen und Alinas Mörder suchen, wer immer das sein mochte. Lieber ohne Job, aber am Leben, als mit Job, aber tot.

»Ich werde dir erzählen, warum ich Boris Rudin nicht mag und nicht für ihn arbeiten will. Und außerdem werde ich dir erzählen, dass Masurkewitsch mich heute zu sich bestellt und mich gebeten hat, das Alibi seiner Frau Xenija zu überprüfen.«

Alina Wasnis
Fünf Jahre vor ihrem Tod

»Leonid Sergejewitsch! Sie sind mit dem Sujet und der Musik des ›Troubadour‹ wahrscheinlich gut vertraut, haben diese Oper aber noch nie auf Russisch gehört. Denn sonst wären Ihnen die Worte der Azucena am Schluss aufgefallen. Die Worte, mit denen die Oper im Grunde endet. Sie blickt aus dem Fenster, als ihr Pflegesohn Manrico hingerichtet wird, und ruft: ›Gerächt hab ich dich, o Mutter!‹ Diese Worte werfen alle Vorstellungen von der Figur der alten Zigeunerin um.

Wer ist Azucena? Eine Zigeunerin aus dem Zigeunerlager. Vor vielen Jahren wurde ihre Mutter im Schloss des Grafen Luna gefangen genommen und wegen Hexerei verbrannt. Weshalb? Weil man sie neben dem Bett eines Sohnes des Grafen ertappt hatte und dieser anschließend krank und siech wurde. Können wir davon ausgehen, dass Azucenas Mutter völlig unschuldig war? Können wir ganz sicher sein, dass die Krankheit des Kindes ein Zufall war und nicht durch bösen Vorsatz der Zigeunerin erzeugt wurde? Denn wenn sie nichts Schlechtes vorhatte, warum schlich sie sich dann ins Schloss, warum stand sie vor dem Bett des Kindes? Ich neige eher zu der Annahme, dass Azucenas Mutter schuldig war, vielleicht gab sie dem Jungen Gift, vielleicht wirkte sie mittels übersinnlicher Kräfte auf ihn ein, jedenfalls war sie schuld. Und wurde völlig zu Recht bestraft, wenn auch unangemessen grausam.

Was geschieht weiter? Azucena, die ihre Mutter rächen will, schleicht sich ins Schloss des Grafen und raubt einen seiner Söhne, der noch ganz klein ist. Sie raubt ihn, um ihn zu verbrennen. Ein Kind töten? Ein unschuldiges Kind? Selbst aus Rache – Sie müssen zugeben, Leonid Sergejewitsch, das ist unchristlich. Das ist gottlos. Und gereicht der in gerechtem Zorn entflammten Azucena keineswegs zur Ehre.

Weiter: Azucena, selbst vor kurzem Mutter geworden (was im Übrigen ihre Grausamkeit unterstreicht – selbst ein Kind zu haben und kein Erbarmen mit einem fremden Kind zu empfinden), trägt das Kind zum Scheiterhaufen, auf dem soeben ihre Mutter verbrannt wurde. Doch in ihrer heftigen Erregung wirft sie statt des Sohnes des verhassten Grafen Luna ihr eigenes Kind ins Feuer. Anschließend, als sie genug geweint und getrauert hat, nimmt sie den geraubten Säugling und zieht ihn auf wie ein eigenes Kind. Fragt sich warum? Wenn du den Grafen so stark hasst, dann setz doch seinen Sohn im Wald aus, sollen ihn die Wölfe fressen. Oder verbrenne ihn ebenfalls, das Feuer war doch bestimmt noch nicht erkaltet. Aber nein, Azucena hat Erbarmen mit dem Kind und empfindet offensichtlich Reue. Nachdem sie gerade ihren eigenen Sohn verloren hat, begreift sie das Entsetzliche, das sie dem Grafen antun wollte und am Ende sich selbst angetan hat. Logisch wäre gewesen, das Kind nun ins Schloss zurückzubringen, um dem Grafen das Leid zu ersparen, das sie gerade selbst erfahren hatte. Aber das tut sie nicht! Also waren es nicht Erbarmen und Reue, von denen sie sich leiten ließ. Was dann?

Ich denke, Azucena behielt den kleinen Grafen nur aus einem einzigen Grund: um die plötzliche Leere auszufüllen. Seit der Geburt ihres Kindes war alles in ihr ganz darauf gerichtet, sich um das winzige Wesen zu kümmern, es zu hegen, zu umsorgen und grenzenlos zu lieben. Der Mechanismus, einmal in Gang gesetzt, befand sich plötzlich im Leerlauf. Die Seele sondert, ähnlich wie die Drüsen, einen bestimmten Stoff ab, bestehend aus Zärtlichkeit, Liebe und

Fürsorge, der darauf gerichtet ist, das Kind zu umhüllen. Doch das Kind ist nicht mehr da. Nun zerfrisst dieser Stoff die Seele, zerstört alles, hinterlässt schlimme Wunden. Azucena greift zum klassischen Objekttausch. Wenn das eigene Kind nicht mehr da ist, nehmen wir eben ein fremdes. Was macht das für einen Unterschied? Hauptsache, nicht den Verstand verlieren.

Sie nimmt den Säugling mit ins Zigeunerlager, nennt ihn Manrico, und er wächst ahnungslos unter Zigeunern auf. Was geschieht mit Azucena in diesen Jahren? Hängt sie an Manrico, ist er für sie wie ein eigener Sohn? Ja und nein. Ja, weil sie an seinem Schicksal Anteil nimmt und ihn in seinem Kampf unterstützt, so weit das überhaupt in ihrer Macht steht. Und nein, weil sie, selbst als sie ihn verliert, als sie sieht, wie er getötet wird, an Rache denkt und an ihre auf dem Scheiterhaufen verbrannte Mutter. Sich nicht vor Kummer die Haare rauft, sondern triumphierend die faltigen Greisinnenfäuste schüttelt. Ich glaube, Leonid Sergejewitsch, während der gesamten Oper tobt in Azucena ein ständiger innerer Kampf zwischen ihrer Zuneigung zu dem Jungen, den sie großgezogen hat, und dem ungerächt gebliebenen Verlust ihrer Mutter.

Können wir annehmen, dass Azucena mit den Jahren weiser wurde und immer seltener an Rache dachte? Wohl kaum. Wäre sie weiser geworden, hätte sie erkannt, dass ihre Mutter zu Recht bestraft wurde, Rache also unangebracht wäre. Da sie das bis ins hohe Alter nicht begriffen hat, ist anzunehmen, dass ihr Rachedurst mit den Jahren nicht abgenommen hat. Ihr Verhältnis zu Manrico dagegen wurde mit den Jahren zwangsläufig milder, denn selbst Feinde gewöhnen sich aneinander und kommen sich näher, wenn sie viele Jahre zusammenleben. Und sie waren keineswegs Feinde. Im Laufe der Zeit wurde der schreckliche Zwiespalt zwischen dem Bestreben, die Mutter zu rächen, und der Liebe zu ihrem Pflegesohn immer schlimmer. Seinen Höhepunkt erreicht dieser innere Konflikt vermutlich genau mit den Ereignissen, von denen die Oper erzählt. Manrico kämpft gegen den ältesten Sohn des Grafen Luna, also gegen seinen leiblichen Bruder, wovon er natürlich nichts ahnt. Azucena dagegen weiß genau, dass Manrico die Hand gegen den eigenen Bruder erhebt, was übrigens auch gegen die göttlichen Gebote verstößt. Die alte Zigeunerin beobachtet diesen Frevel vollkommen gleichmütig. Sie begrüßt den Krieg, den Manrico gegen seinen eigenen Bruder führt, rächt sich damit indirekt an der Familie Luna und freut sich über deren Niederlagen und Verluste. Mehr noch, sie bestärkt Manrico in seiner Liebe zu Leonora, die sein älterer Bruder heiraten will. Was wünscht Azucena denn Leonora, die übrigens Herzogin ist, ein Mädchen aus einer zwar verarmten, aber adligen Familie? Ein Leben im Zigeunerlager? Leonora passt nicht zu ihrem Pflegesohn, das ist ganz offensichtlich, mehr noch, sie wäre eine Fremde und würde den Unmut der anderen Zigeuner wecken. Aber das ist Azucena egal. Hauptsache, Luna erleidet einen weiteren Verlust, Hauptsache, sie kann ihn auch auf diese Weise treffen. Nein, die alte Zigeunerin hat den Gedanken an Rache keineswegs aufgegeben.

Und noch eins: Im Verlauf der Handlung hat Azucena Gelegenheit, mit dem Grafen, Manricos Bruder, zu sprechen. Nutzt sie diese etwa, um dem Brudermord Einhalt zu gebieten, ihm die Augen zu öffnen über die Herkunft seines Erzfeindes? Nein. Sie wartet ab, bis Manrico hingerichtet wird, und erst da ruft sie dem Grafen schadenfroh zu: »Er war dein Bruder!« Dies ist der Augenblick ihres höchsten Triumphes.

Und ein Letztes. Als Azucena in Gefangenschaft des Grafen Luna gerät, erkennt Ferrando, einer seiner Feldherren, in ihr die Tochter der alten Zigeunerin, die vor zwanzig Jahren auf dem Scheiterhaufen verbrannt wurde. Er erkennt sie wieder, nach zwanzig Jahren! Sagt Ihnen das nichts, Leonid Sergejewitsch? Ich habe mir extra mehrere Troubadour-Inszenierungen angesehen, sowohl in Opernhäusern als auch als Aufzeichnungen, und in allen ist Azucena eine zottlige Greisin. Doch wie alt ist sie wirklich? Höchstens fünfzig, eher jünger, vielleicht gute vierzig. Das zum einen. Und zweitens, wenn Ferrando sie nach zwanzig Jahren erkennt, dann hat sie sich offensichtlich nicht so stark verändert, zumindest ist aus der blühenden jungen Frau, die gerade ihr erstes Kind geboren hat, keine hässliche, klapprige und bucklige Alte geworden. Sonst hätte kein Ferrando sie wieder erkennen, sich nach zwanzig Jahren an ihr Gesicht erinnern können.

Als Resümee all dessen, was ich hier aufgeschrieben habe, möchte ich sagen: Azucena ist zweifellos eine negative Figur, wenn man die Logik ihres Handelns betrachtet, doch der Autor empfindet eindeutig Sympathie für sie, das geht aus der Musik hervor. Und ich, wenn Sie es mir erlauben, werde eben diese Zwiespältigkeit spielen, die Zerrissenheit der Figur. Ihr Äußeres muss ihrem realen Alter entsprechen, sie ist eine eindrucksvolle, starke Frau, die ihre Schönheit noch nicht eingebüßt hat.«

Drittes Kapitel

Korotkow

Während Anastasija Kamenskaja die »weiblichen« Spuren verfolgte, um herauszufinden, warum die ausrangierte Schauspielerin Soja Semenzowa und Xenija Masurkewitsch, die Frau des Sirius-Präsidenten, Alina Wasnis so leidenschaftlich gehasst hatten, befasste Jura Korotkow sich mit einem gewissen Nikolai Charitonow, der bei der Filmfirma als Produktionsleiter beschäftigt war.

Charitonow war ein typischer Pechvogel, einer der Menschen, die auf keinen Fall Geschäfte machen sollten, aber nichtsdestotrotz hartnäckig auf schnelles Geld aus sind, die einen Rubel investieren und nach zwei Tagen einen Tausender abräumen wollen. Seine Projekte scheiterten eins nach dem anderen, doch kaum hatte er einen Schuldenberg abgetragen, häufte er unverdrossen den nächsten an. Im Januar 1995 hatte er sich von Alina dreitausend Dollar geliehen, für vier Monate, zu einem Zinssatz von fünfzehn Prozent pro Monat – so viel bekam Alina von der Bank, wo sie ihr Sparkonto unterhielt. Die vier Monate waren am fünfzehnten Mai abgelaufen, doch Charitonow hatte seine Schulden nicht beglichen. Mehr noch, er ging Alina aus dem Weg.

Den ganzen Sommer verbrachte Alina bei Außenaufnahmen zu Andrej Smulows neuem Film »Wahnsinn«, dessen Handlung größtenteils am Meer spielte. Am fünfzehnten September, nach Ablauf von noch einmal vier Monaten, riss ihr der Geduldsfaden, und sie verlangte die gesamte Summe zurück, einschließlich der Zinsen, was nunmehr statt dreitausend bereits sechstausendsechshundert Dollar ausmachte. Charitonow war unangenehm überrascht. Da er Alina schon lange kannte, hatte er damit nicht gerechnet. Alina setzte sich niemals mit jemandem auseinander, stellte nie Forderungen oder bestand auf ihrem Recht, und deshalb hatte er gehofft, sie würde geduldig warten, bis er die Schulden zurückzahlen könnte und würde ihm nicht die Pistole auf die Brust setzen. Doch Alina Wasnis reagierte anders. Zwar brachte sie nicht den Mut auf, selbst mit Charitonow zu sprechen, doch sie schickte ihren Liebhaber Smulow vor, der ihm in eindeutigen Worten übermittelte, dass es Zeit sei und er das Geld unverzüglich zurückzuzahlen habe.

»Und was haben Sie nach Smulows Anruf getan?«, fragte Korotkow, dem dieser Charitonow von Minute zu Minute widerwärtiger wurde.

»Was schon … Ich hab meine Bekannten abgeklappert, um das Geld aufzutreiben.«

»Und, haben Sie es aufgetrieben?«

»Hab ich«, bestätigte Charitonow mit einem tiefen Seufzer. »Was blieb mir denn übrig? Mit Alina hätte ich mich ja vielleicht noch einigen können, aber mit Andrej Lwowitsch, das war mir zu riskant.«

»Und dann?«

»Dann habe ich es zu Alina gebracht.«

»Wann war das? Um welche Uhrzeit?«

»Am Abend, gegen zehn.«

»Sind Sie sich sicher?«

»Womit? Dass das am Abend war?«

»Dass es am Abend war, und dass Sie das Geld zurückgezahlt haben. Sind Sie sich sicher?«

»Natürlich, ich bin doch nicht verrückt.«

»Das Dumme ist nur, Nikolai Steppanowitsch, dass dieses Geld in der Wohnung der Wasnis nicht gefunden wurde.«

»Wie das? Wieso nicht gefunden? Ich habe ihr doch die ganze Summe persönlich übergeben! Vielleicht hat sie es gleich zur Bank gebracht?«

»Abends um zehn? Halten Sie mich nicht zum Narren, Nikolai Stepanowitsch. Es sieht nicht gut aus für Sie. Entweder der Mörder hat das Geld genommen, oder Sie haben es überhaupt nicht zurückgezahlt. Alina Waldissowna kann ja nun nicht mehr aussagen, ob Sie ihr das Geld gebracht haben oder nicht. Es gibt noch eine dritte Möglichkeit: Sie haben sie ermordet, um das Geld nicht zurückzahlen zu müssen. Das wäre natürlich der Extremfall, an den ich eigentlich nicht glauben möchte, und darum müssen wir beide feststellen, wer bezeugen kann, dass Sie wirklich gegen zehn Uhr abends bei der Wasnis waren und dass sie noch lebte, als Sie wieder gingen. Und möglichst jemanden finden, dem sie erzählt hat, dass Nikolai Charitonow da war und endlich das ganze Geld zurückgezahlt hat.«

Diese Methode brachte Korotkow oft weiter. Seinen Verdacht nicht verhehlen, ganz offen mit dem Betreffenden reden, sich bekümmert zeigen und dem Verdächtigen anbieten, ihm bei der Suche nach Entlastungsmomenten zu helfen. Wenn jemand unschuldig war, nahm er den Kripobeamten den Löwenanteil der Arbeit ab, war er aber schuldig, dann verriet er sich auf jeden Fall früher oder später, und je aktiver er handelte, desto eher unternahm er einen falschen Schritt und entlarvte sich selbst.

»Was sagen Sie da?«, Charitonow war aufrichtig erschrocken. »Sie glauben, ich hätte Alina …?«

»Ich möchte das nicht glauben, Nikolai Stepanowitsch«, erwiderte Korotkow sanft. »Aber die Umstände – Sie sehen ja selbst. Kurz gesagt, sie sprechen nicht zu Ihren Gunsten. Wäre das Geld in der Wohnung der Wasnis gefunden worden, würde sich die Frage so nicht stellen. Wo ist es geblieben? Lassen Sie uns zusammen versuchen, Sie von dem Verdacht zu befreien. Denken Sie nach, wer hat Sie in der

Nähe ihres Hauses oder ihrer Wohnung gesehen? Wer kann bestätigen, dass Sie bei ihr waren? Fangen wir erst einmal damit an.«

Charitonow strengte sein Gedächtnis an, schwitzte, wurde nervös, konnte sich aber an nichts erinnern. Dafür lieferte er eine Liste der Leute, von denen er sich an diesem Tag Geld gepumpt hatte, mit dem Versprechen, es in nächster Zeit zurückzuzahlen. Nach der Vernehmung Charitonows befragte Korotkow diese Leute, es waren insgesamt vier, und fand zwei Dinge heraus. Erstens, die gesamte geforderte Summe wurde in der Zeit zwischen ein Uhr mittags und fünf Uhr nachmittags aufgetrieben. Zweitens, allen seinen Gläubigern hatte Charitonow versprochen, das Geld im Laufe einer Woche zurückzuzahlen. Und diese beiden Umstände missfielen Major Korotkow. Wenn Charitonow das Geld bereits um fünf zusammenhatte, warum war er dann erst um zehn zu Alina gefahren? Worauf hatte er gewartet? Warum hatte er gezögert? Und wie wollte er das Geld im Laufe einer Woche zurückzahlen? Hätte er große Einnahmen erwartet, dann hätte er sich doch auch mit Alina einigen können, ihr hoch und heilig versprechen, das Geld binnen einer Woche zu zahlen, anstatt Hals über Kopf sechstausendsechshundert Dollar auftreiben zu müssen. Warum hatte er das nicht getan?

Darauf gab es, wie seine Kollegin Nastja Kamenskaja sagen würde, nur zwei Antworten. Entweder hatte er zu diesem Zeitpunkt bereits vor, Alina das Geld zwar zu bringen (mochte sie es zählen und sich beruhigen), sie dann aber zu töten und das Geld wieder einzustecken. Oder es gab einen Umstand, der ihn hinderte, sich mit Alina oder Smulow zu einigen. Was konnte das sein?

Korotkow entschied, dieses Rätsel der Kamenskaja zu überlassen, während er selbst den Regisseur Andrej Lwowitsch Smulow aufsuchen würde. Gestern, am Samstag, war mit ihm kaum vernünftig zu reden gewesen, er war vollkommen niedergeschlagen, verstand den Sinn der ihm gestellten Fragen kaum und antwortete zusammenhanglos. Heute konnte man wahrscheinlich schon versuchen, von ihm ein paar Informationen zu bekommen.

***

Korotkow genügte ein Blick auf den Regisseur Smulow, um zu verstehen, was echtes, unverhohlenes Leid war. Der vierzigjährige Andrej Smulow sah so gut aus, dass er unweigerlich die heftige Antipathie eines jeden Mannes wecken musste, doch im Augenblick weckte er nicht weniger heftiges Mitgefühl. Er litt Höllenqualen, das sah man auf den ersten Blick.

Smulow lebte in einer großen, bequemen Wohnung, deren Einrichtung von seiner Gastlichkeit zeugte. Die weichen Sessel, kleinen Sofas und niedrigen kleinen Tische im riesigen Wohnzimmer waren zweifellos für viele Gäste gedacht. Überhaupt war die ganze Wohnung mit Geschmack und Liebe eingerichtet.

Smulow hatte sich wieder in der Hand; er bot dem Kripobeamten einen bequemen Sessel in seinem schicken Wohnzimmer an und brachte Tee und zwei Aschenbecher, für jeden einen.

»Fangen wir an, Jura Viktorowitsch«, sagte er, bemüht, gefasst zu klingen. »Fragen Sie.«

Zu allem, was unmittelbar den Morgen des sechzehnten September und das Auffinden des Leichnams von Alina Wasnis betraf, war Smulow bereits gestern vom Dienst habenden Untersuchungsführer befragt worden, der zum Tatort gekommen war. Korotkows Aufgabe heute war eine andere: So viel wie möglich über Alina Wasnis in Erfahrung zu bringen. Die Regieassistentin Jelena Albikowa hatte schließlich gestern erklärt, Andrej Smulow habe Alina am nächsten gestanden und sie besser gekannt als jeder andere.

»Ja, ich kannte sie besser als alle anderen«, bestätigte Smulow. »Aber machen Sie sich keine falschen Hoffnungen, Jura Viktorowitsch, selbst ich kannte sie nicht bis ins Letzte. Alina war unglaublich verschlossen. Und sehr verletzlich. Wir waren vier Jahre zusammen, und in diesen vier Jahren hatte ich immer wieder das Gefühl, sie eigentlich überhaupt nicht zu kennen.«

»Etwas konkreter bitte, wenn es geht«, bat Korotkow. »Und von Anfang an.«

»Von Anfang an ... Na schön, dann eben von Anfang an. Begegnet bin ich Alina in unserem Musikstudio, bei Leonid Degtjar. Und habe mich in sie verliebt. Sofort, auf der Stelle, und zwar so sehr, dass mir die Luft wegblieb. Verstehen Sie? Mit ihr gearbeitet habe ich erst später, das war alles ganz banal. Jeder Regisseur dreht mindestens einen Film mit seiner Geliebten, wenn sie Schauspielerin ist, versteht sich. Egal, ob sie begabt ist oder nicht, als seine Geliebte bekommt sie eine Rolle. Manche besetzen ihre Geliebten sogar, wenn sie keine Schauspielerinnen sind und nie welche waren. Ich habe natürlich gesehen, dass Alina Talent hat, das war unbestritten. Aber es war alles irgendwie ... Verwaschen vielleicht. Wie eine Kassette, auf der geniale Musik sein soll, aber dann drückt man auf den Knopf und hört nichts davon. Es rauscht oder die Geschwindigkeit stimmt nicht, jedenfalls ist es nicht das Wahre. Aber ich habe Alina sehr geliebt, darum habe ich sie trotzdem besetzt und immer wieder versucht, alles aus ihr herauszuholen. Es war offensichtlich, dass sie am Set nicht alles gab, dass irgendetwas sie hemmte, auch wenn sie sich sehr bemühte. Sie werden es nicht glauben, aber es hat zwei Jahre gedauert, bis ich Alina so weit hatte, sich nicht mehr vor mir zu verschließen. Von da an funktionierte es. Ich drehte »Ewige Angst«. Alina spielte die Hauptrolle. Und wie sie spielte! Alle sahen, dass sie eine Schauspielerin der Zukunft vor sich hatten. Eine große Schauspielerin. Eine echte Schauspielerin. Ich war stolz auf sie, ich wusste, dass auch ich einen Anteil an diesem Erfolg hatte. Und ich begann sofort mit dem nächsten Film, »Wahnsinn«, und Sie werden es nicht glauben, aber Alina spielte noch besser. Sie war unglaublich! Einmalig! Die letzte Szene, eine Außenaufnahme, wurde ein Meisterwerk, alle sagten, diese Bilder würden in die Geschichte des internationalen Films eingehen. Wir waren fast fertig mit den Dreharbeiten ... Und nun ... Nun ist Alina tot. Verstehen Sie? Ohne sie bin ich ein Nichts. Ich sage es Ihnen offen, bevor ich ihr begegnete, galt ich schon fast als »Ein-Film-Regisseur«. So nennt man Regisseure, die einen sehr guten Debütfilm machen, und dann läuft es immer schlechter, die Filme werden immer schwächer. So war es auch bei mir. Ich muss Ihnen die Wahrheit sagen, sonst können Sie meine Geschichte nicht verstehen: Ich hatte viel Pech in der Liebe. Sehr viel. Wahrscheinlich lief deshalb auch meine Arbeit nicht. Ich stolperte von einem Drama ins nächste, kannte nichts als Leiden und Eifersucht. Und dann kam Alina. Eine junge, schöne, begabte Frau, die mich liebte, und zwar so, dass ich ihretwegen keine einzige Minute leiden musste. Keine Minute, hören Sie? In vier Jahren nicht den geringsten Stich von Eifersucht, nie die Angst, sie könnte mich verlassen. Ich wage zu behaupten, dass sie mich genauso stark liebte wie ich sie. Kurz, ich war glücklich mit ihr. Sehr glücklich. Und in dieser Hochstimmung drehte ich »Ewige Angst«, und der Film wurde ein Erfolg! Nicht nur für mich, sondern für uns beide. Ich war wie neu geboren, ich begriff, dass ich erstklassige Filme machen konnte. Aber nur, solange sie an meiner Seite war. Ohne sie bin ich ein Nichts. Eine Null. Schöpferisch impotent.«

Smulow wiederholte, was er bereits gestern gesagt hatte. Ohne Alina könne er nicht arbeiten.

»Andrej Lwowitsch, warum haben Sie eigentlich nicht geheiratet?«, fragte Korotkow. »Sie waren doch beide frei. Was hinderte Sie daran?«

»Nichts. Nichts hinderte uns. Aber Alina hatte Aussichten, ein echter Star zu werden, und ein Star ist nur beliebt, solange er unverheiratet ist. Eine Binsenweisheit, die jeder in unserer Branche kennt. Ein Star muss entweder unverheiratet sein oder ständig die Ehepartner wechseln, damit der Zuschauer sich einbilden kann, er sei im Prinzip zu haben. Wäre Alina glücklich verheiratet gewesen, hätten die Zuschauer, zumindest die männlichen, das Interesse an ihr verloren. Und dass unsere Ehe glücklich gewesen wäre, daran habe ich keinen Augenblick gezweifelt. Wir haben uns sehr geliebt.«

»Waren Sie früher einmal verheiratet, Andrej Lwowitsch?«

»Ja. Vor sehr langer Zeit, sehr kurz und sehr unglücklich. Ich sagte Ihnen doch, ich hatte Pech in der Liebe, das hat mich seit meiner Kindheit verfolgt. Darum hat Alina mir so viel bedeutet ...«

»Und Alina? Hatte sie ernsthafte Beziehungen, bevor sie Ihnen begegnete?«

»Jura Viktorowitsch, ich habe Sie doch bereits gewarnt: Ich kannte Alina besser als andere, aber dennoch nicht gut genug. Sie sagte, sie habe keine längeren Beziehungen gehabt, wenngleich sie natürlich Männer hatte, das hat sie auch nicht verheimlicht. Aber ich wiederhole: Das hat sie gesagt. Wie es wirklich war, weiß ich nicht. Ich habe nicht weiter nachgefragt, denn es spielte keine Rolle. In den vier Jahren hat sie mir keinen einzigen Anlass zur Eifersucht gegeben. Keinen einzigen.«

»Wie war sie? Gütig, bösartig, sanft, brutal? Verlogen, aufrichtig? Erzählen Sie mir mehr von ihr, Andrej Lwowitsch.«

Smulow drehte sich zum Fenster, und an der Anspannung seiner Halsmuskeln erkannte Korotkow, dass er mit den Tränen kämpfte.

»Es fällt mir schwer, darüber zu sprechen«, begann er

schließlich mit gepresster Stimme. »Wissen Sie, so ist das nun mal, wenn man begreift, dass der Mensch, den man liebt, etwas Unschönes getan hat, ihn aber trotzdem weiterhin liebt, weil man einfach nicht anders kann. Das hat übrigens niemand so gut beschrieben wie Somerset Maugham. Erinnern Sie sich an ›Der Menschen Hörigkeit‹? Aber verstehen Sie das um Himmels willen nicht wörtlich, nicht in dem Sinne, dass Alina eine gefühllose, unmoralische Schlampe gewesen wäre. Auf gar keinen Fall! Nein, nein! Sie war ... Wie soll ich das sagen ... Gefühlsarm vielleicht. Ich glaube, in der Psychiatrie gibt es so einen Begriff – emotionale Stumpfheit. Moralische Taubheit. Nur ein Beispiel: Einmal ging es mir sehr dreckig, ich hing völlig durch, ich hätte mich glatt aufhängen können. Ich hätte von Alina dringend ein paar freundliche, zärtliche Worte gebraucht. Es war ein Uhr nachts, ich saß in meiner Wohnung, niedergedrückt von Depressionen. Ich rief Alina an, fragte sie: ›Alina, liebst du mich?‹ Ich wollte doch nichts weiter, als von ihr hören: ›Natürlich, Liebster, ich liebe dich sehr. Ich liebe dich sehr.‹ Nichts weiter. Dann wäre es mir gleich besser gegangen.«

»Und was hat Alina gesagt?«

»Sie hat gesagt: ›Bist du jetzt völlig durchgedreht? Ich habe schon geschlafen.‹ Und hat aufgelegt. Nicht, weil sie mich nicht liebte, aber solche Empfindungen waren ihr einfach fremd. Sie konnte sie nicht spüren und nicht verstehen. Das hat mir damals sehr wehgetan. Verstehen Sie, ich habe ja alle ihre Fehler gesehen, ich bin ja nicht blind, kein verliebter Teenager, aber ich liebte sie trotzdem. Je mehr ich sah, umso stärker liebte ich sie.«

»Andrej Lwowitsch, hat außer Ihnen denn noch jemand ihre Fehler gesehen? Oder waren Sie der Einzige, dem Alina ihre negativen Seiten offenbarte?«

»Nicht doch, Jura Viktorowitsch, natürlich war ich nicht der Einzige. Wissen Sie, Alina hatte eine Besonderheit. Sie sprach sehr schlecht. Monoton und ausdruckslos. Für mich spielte das keine Rolle, ich liebte sie, wie sie war, mich rührte ihre fast kindliche Redeweise sogar. Aber wegen dieser Unfähigkeit sich auszudrücken, ihren Standpunkt darzulegen, auf ihrer Meinung zu beharren, zu streiten, zu zanken und zu fordern, hielten viele Alina für eine Transuse, für eine charakterlose, verantwortungslose dumme Gans. In Wirklichkeit war sie keineswegs charakter- und verantwortungslos, nur äußerte sich das nie verbal.«

»Wie denn?«, erkundigte sich Korotkow.

»In Taten, Jura Viktorowitsch, in Taten. Das war für viele überraschend. Eben darum, nehme ich an, hatte Alina so viele Feinde. Eben darum haben viele sie so gehasst.«

Korotkow horchte auf wie ein Jagdhund. War er hier auf etwas Wichtiges gestoßen? Das Motiv Hass und Feindschaft galt bisher nur für die Semenzowa und die Masurkewitsch. Smulow aber sprach von vielen.

»Niemand mag das Gefühl, betrogen worden zu sein, das ist eine Binsenweisheit. Ein Betrogener fühlt sich gedemütigt, weil der Betrüger sich als klüger und gerissener erwiesen hat als er, und kein normaler Mensch bekommt gern demonstriert, dass er dumm und einfältig ist. Wenn man von vornherein weiß, Iwan Petrowitsch Sidorow beispielsweise ist ein Schwein und ein Gauner, dann verhält man sich entsprechend, sichert sich ab, meidet ihn möglichst, und wenn er einem dann doch eine Gemeinheit antut, seufzt man, na ja, was war von dem schon zu erwarten. Bei jemandem wie Alina dagegen ist das ganz anders. Man hält sie für eine dumme Gans, und wenn diese dumme Gans auf einmal aus dem Rahmen fällt, fühlt man sich hintergangen. Wir haben bei uns im Studio ein paar bekannte Klatschbasen, und alles, was von denen kommt, teilt jeder in der Regel durch siebzehn oder durch fünfundvierzig, sie übertreiben immer maßlos, ihre Geschichten nimmt niemand ernst. Man lässt sie reden, nimmt ihnen nicht einmal etwas übel, dabei sind ihre Gerüchte manchmal ziemlich gemein. Aber wenn Alina über jemanden etwas Unangenehmes sagt, dann ist das ein Schlag unter die Gürtellinie. So eine falsche Schlange, sagt nie einen Ton, kein Wort kriegt man aus ihr raus, und dann auf einmal so was. Und dabei kann das, was Alina gesagt hat, durchaus die reine Wahrheit sein, vielleicht unangenehm, aber die Wahrheit und kein Gerücht.«

»Hätten Sie ein Beispiel dafür, Andrej Lwowitsch? Wen hat Alina auf diese Weise gegen sich aufgebracht?«

»Das neueste Beispiel ist Charitonow. Aber von ihm wissen Sie wahrscheinlich schon. Sie hätten hören sollen, wie erstaunt er war, als ich ihn auf Alinas Bitte hin anrief. Er war so aufrichtig verblüfft, als käme der Anruf von einem Außerirdischen. Als er sich das Geld von ihr borgte, war er bestimmt davon ausgegangen, dass sie sich genieren würde, ihn zu mahnen, dass sie geduldig warten würde. Sie genierte sich tatsächlich. Sie wusste, dass sie ohnehin nicht streng und hart mit ihm reden konnte, dass sie nach Worten suchen und sich für ihre Forderung entschuldigen würde. Das Erstaunliche an ihr war die Kombination von innerer Kälte und Härte und äußerer Weichheit, irgendwie Schlaffheit, ja, Unsicherheit. Noch ein Beispiel: Vor kurzem machte ich Probeaufnahmen mit Soja Semenzowa, eine winzige Rolle, eine kleine Episode, aber immerhin. Jedenfalls, sie war schlecht, aber wissen Sie, wir alle haben Mitleid mit Soja, sie hat eine solche Tragödie hinter sich … Haben Sie davon gehört?«

»Ja, ja, ich bin im Bilde. Fahren Sie bitte fort.«

»Jedenfalls, ich wollte Soja besetzen. Aus Mitleid. Und dann, wenn Sie über die ›Troubadour‹-Geschichte Bescheid wissen, dann verstehen Sie sicher: Ich habe Soja gegenüber immer ein peinliches Gefühl. Ich trage daran überhaupt keine Schuld, ich habe damals noch gar nicht bei Sirius gearbeitet, aber da ich Alina liebe, teile ich eben alles mit ihr, auch die Antipathie, die andere gegen sie hegen. Ich weiß nicht, ob Sie mich verstehen … Kurz gesagt, ich wusste, dass Alina Soja die Rolle weggenommen hatte, und als enger Freund von Alina fühlte ich mich für das Verhältnis zwischen ihr und der Semenzowa verantwortlich. Ich wollte etwas ausbügeln … Alina aber ist explodiert: Nein, kommt nicht infrage, ganz entschieden! Wo es um Kunst und Erfolg ginge, sei kein Platz für kleinliches Mitleid. Soja sei eine dem Suff verfallene Irre, die das menschliche Antlitz verloren habe, und so weiter. Mein Gott, hat sie getobt! Und dann hat sie natürlich allen erzählt, dass ich Soja nur aus Mitleid besetze, die Probeaufnahmen seien nämlich grottenschlecht, und Soja würde die Arbeit versauen. Na ja, und so weiter. Alles, was Alina sagte, war die reine Wahrheit. Die Probeaufnahmen liefen schlecht. Und ich habe die Semenzowa aus Mitleid besetzt. Und sie ist versoffen, hässlich und alt. Aber warum das überall rumerzählen? Auch Soja hat es natürlich erfahren. Sehr unschön, das Ganze.«

»Wie lange ist das her?«

»Das war letzte Woche. Also erst vor kurzem. Soja war so wütend! Sie hat natürlich wieder davon angefangen, dass Alina ihr die Rolle der Azucena weggenommen hat, ihre letzte Chance auf eine größere Rolle. Jedenfalls …«

Smulow winkte irgendwie ungeschickt ab. Durch die heftige Bewegung löste sich die Asche seiner Zigarette und fiel auf den Teppich, doch der Regisseur schien das nicht einmal zu bemerken.

»Dafür ist die Geschichte mit Xenija sonnenklar. Daraus lässt sich Alinas ganzer Charakter ablesen. Hat man Ihnen schon davon erzählt?«

»Ja, man hat mir erzählt, dass Xenija Masurkewitsch Alina in aller Öffentlichkeit grob beleidigt hat. Aber was weiter war, weiß ich nicht.«

»Das ist es ja, es war nichts weiter. Alina hat nicht einmal versucht, darauf zu reagieren, hat sie nicht unterbrochen, dieser Gemeinheit nicht Einhalt geboten. Sie stand hinter Xenija und hörte sich schweigend alles an. Xenija ahnte übrigens nicht, dass Alina sie hörte, sie war wie immer betrunken und brauchte einen Auftritt vor Publikum. Alina hörte sich also die ganze Tirade bis zum Schluss an und ging, ohne ein Wort zu sagen. Alle waren natürlich besorgt. Man erklärte Xenija, sie habe zu laut gesprochen und Alina habe sie gehört. Aber das juckte sie nicht, man hat ihr immer alles durchgehen lassen, die ganze Firma Sirius deckt sie. Auch diesmal war sie sich sicher, ungeschoren davonzukommen, obwohl sie solche Gemeinheiten gesagt hat, dass jedem, der es hörte, die Ohren klangen. Doch Alina hat sich am nächsten Tag nach der Telefonnummer von Kosyrew erkundigt, Xenijas Vater. Verstehen Sie? Jeder wusste Bescheid über die Abenteuer der Frau des Firmenpräsidenten, sie ist zigmal in äußerst pikanten Situationen ertappt worden, aber wir alle schwiegen, denn an Xenijas Ruf hängt unser Job, unser Geld. Alina aber kümmerte das nicht. Können Sie sich das vorstellen? Sie hat nicht in aller Öffentlichkeit auf Xenijas Gemeinheiten reagiert, keinen Krach vom Zaun gebrochen, so etwas lag ihr ganz und gar nicht, das sagte ich Ihnen ja schon. Stattdessen begann sie am nächsten Tag in aller Stille zu handeln. Man kann Alina verstehen, die Beleidigungen waren sehr grob, unverzeihlich grob, und sie war ja inzwischen ein Star, was kümmerte sie das Geld von Masurkewitsch, sie wäre auch ohne ihn zurechtgekommen, Rudin zum Beispiel ist schon die ganze Zeit hinter ihr her, bietet ihr Millionenverträge.«

»Aber Andrej Lwowitsch«, sagte Korotkow erstaunt, »Masurkewitschs Geld, das ist doch auch Ihre Arbeit, nicht nur Alinas. Mag ja sein, dass sie nicht abhängig war von diesem Geld, aber Sie! Hat Sie denn gar nicht an Sie gedacht? War es ihr etwa egal, ob Sie weiter Filme machen können?«

»Aber nein.« Smulow lächelte schwach, zum ersten Mal während seines Gesprächs mit Korotkow. »Natürlich war ihr das nicht egal. Aber – ich wollte das nicht weiter betonen, das ist mir wirklich peinlich … Ich bin ja auch ein Star. In gewissem Sinne sogar mehr als Alina. ›Ewige Angst‹ war für sie der erste Erfolg, für mich dagegen schon der zweite. Ich war schon früher ein Star, das ist zwar zehn Jahre her, aber ich bin noch bekannt, besonders bei den Filmfans. Rudins Leute von Runiko haben mir noch eher Verträge angeboten als Alina. Wenn also Masurkewitsch seine Einnahmequellen verliert, bleibe ich trotzdem nicht ohne Arbeit.«

»Darf ich erfahren, warum Sie dennoch bei Sirius geblieben sind? Warum sind Sie nicht zu Rudin gegangen?«

»Was hat das mit Alinas Tod zu tun? Wir sind eben nicht gegangen, ist doch egal, warum.«

»Andrej Lwowitsch, ich bestehe auf einer Antwort.«

»Na schön. Wissen Sie, Rudin hat einen schlechten Ruf. Letzten Sommer hat er ein Filmfestival organisiert, Goldener Adler, Sie haben bestimmt davon gehört.«

Korotkow nickte wortlos.

»Also, bei dem Festival sind nacheinander vier Menschen umgekommen – zwei Schauspielerinnen, ein Schauspieler und ein Regisseur. Und anstatt gleich nach dem ersten Mord das Festival abzubrechen und dafür zu sorgen, dass die besten Kriminalisten aus Moskau geschickt werden, hat Boris Jossifowitsch Rudin das Festival seelenruhig zu Ende geführt, auch nach drei weiteren Toten. Sein Sicherheitsdienst ist hundsmiserabel, aber das ist nicht das Ausschlaggebende. Das Ausschlaggebende – er ist ein total amoralischer Typ, verstehen Sie, er wollte es sich nicht mit den Sponsoren verderben, die sich von dem Festival hohe Werbeeinnahmen versprochen hatten. Übrigens hat auch unser Sicherheitschef es abgelehnt, bei Runiko zu arbeiten, er weiß ebenfalls Bescheid über die widerliche Festival-Geschichte. Jedenfalls, die Filmwelt hat über Rudin und seinen Filmkonzern eine Art Boykott verhängt. Darum sind auch Alina und ich …«

Er sprach nicht zu Ende, schluckte krampfhaft und zog gierig an seiner Zigarette. Smulow rauchte ohne Unterbrechung, seine Hände zitterten, seine Stimme brach manchmal, aber dennoch hielt er sich tapfer, und Korotkow empfand für ihn nicht nur Mitgefühl, sondern auch Respekt.

»Noch ein Letztes, Andrej Lwowitsch. Kommen wir noch einmal zurück auf Freitag, den fünfzehnten September. Rufen Sie sich alles ins Gedächtnis, was mit Alina zusammenhängt.«

»Dann muss ich mit dem Vortag anfangen, dem Donnerstag. Wir sahen uns das abgedrehte Material an, und danach gratulierten alle mir und Alina zu der Szene, in der sie so glänzend gespielt hat. Die, in der sie buchstäblich bleich und grau im Gesicht wird. Eine unglaubliche Meisterschaft! Aber ich sagte ja bereits, Alina hat eine große Zukunft vor sich. Das heißt, hatte … Ja, verzeihen Sie. Also. Alle gratulierten uns, spendeten Lob, klatschten Beifall. Alina war erregt, sie hatte ja nicht geahnt, dass sie so gespielt hat, und nun hatte sie es mit eigenen Augen gesehen. Sie fuhr nach Hause, ich blieb noch, ich musste mit Jelena Albikowa den nächsten Drehtag vorbereiten. Wir arbeiteten bis gegen halb neun, dann rief ich Alina an. Wir entschieden, dass es zu spät sei, um noch zu ihr zu kommen. Alina achtete sehr auf ihre Form, ich meine, ihre körperliche Verfassung. Wenn wir frühmorgens drehten, übernachteten wir nie zusammen. Wahrscheinlich müsste ich Ihnen das nicht erzählen, aber damit Sie verstehen … Jedenfalls, Alina sah morgens in der Regel nicht besonders gut aus, wenn wir die Nacht zusammen verbracht hatten. Wir blieben meist lange auf, und am nächsten Morgen hatte sie dann Ringe unter den Augen und Fältchen. Sie brauchte mindestens zehn Stunden Schlaf, um gut auszusehen und gut zu spielen. So war sie beschaffen. Als ich sie am Donnerstag anrief, war es für sie eigentlich schon Zeit zum Schlafengehen. Sie musste um sieben schon am Set sein. Wir hatten die ganze Woche Vormittagsdrehs, von sieben bis eins, ab eins war ein Regisseur von einem anderen Studio am Set. Wir haben kein eigenes Set, wir mieten es nur, kaufen Drehzeiten, bei Mosfilm oder beim Gorkistudio. Das heißt, kleine Sets haben wir selber, wenn wir eine Szene in einer Wohnung oder in einem Büro drehen wollen oder zum Beispiel in einem Zugabteil, dann kommen wir mit unseren eigenen Mitteln aus. Aber wenn wir viel Raum und umfangreiche Dekorationen brauchen, dann müssen wir eben betteln gehen.«

»Ich habe verstanden, Andrej Lwowitsch, fahren Sie bitte fort. Sie riefen Alina am Donnerstag gegen neun Uhr abends an und …«

»Und wir entschieden, dass ich lieber nach Hause fahren sollte, damit Alina am nächsten Morgen nicht aussah wie eine tiefgefrorene Flunder. Ihre eigene Formulierung. Ich sprach mit ihr und fuhr nach Hause. Am nächsten Morgen, am Freitag, trafen wir uns am Set. Ich wunderte mich, dass Alina nicht besonders gut aussah, obwohl sie doch früh schlafen gegangen war. Sie sagte, die Vorführung am Vortag habe sie sehr aufgeregt, sie habe lange nicht einschlafen können, sich fast bis zum Morgengrauen schlaflos im Bett herumgewälzt. An diesem Morgen spielte sie auch nicht mit voller Kraft, das fiel dem ganzen Team auf. Kurz, wir drehten bis eins, dann bat ich Alina, sich auf Vordermann zu bringen. Ich könne ja verstehen, Weltruhm, ein Oscar, das Sexsymbol des russischen Films – das alles sei natürlich aufregend und raube einem den Schlaf, aber Arbeit sei Arbeit, besonders, wenn wir in einem gemieteten Studio drehten. Wir hätten nur noch den Samstag und den Sonntag und vorerst kein Geld, um das Studio länger zu mieten. Wenn also die Hauptdarstellerin nicht in Form sei und wir die geplanten Szenen nicht anständig abdrehen könnten, würde uns das in Schwierigkeiten bringen. Darum schlug ich Alina vor, gleich nach dem Dreh nach Hause zu fahren, ein Beruhigungsmittel zu nehmen und zu schlafen. Sich zumindest auszuruhen und möglichst mit niemandem zu reden, um nicht über das zu sprechen, was sie so aufregte, um ihr Nervenkostüm zu schonen. Alina versprach, das zu tun.«

»Nachdem sie nach Hause gefahren war, haben Sie da noch mit ihr telefoniert?«

»Einmal. So gegen sieben Uhr abends. Sie sagte, sie habe ein Beruhigungsmittel genommen, Baldrian oder Hopfentee, liege im Bett und döse vor sich hin. Ich erklärte, ich würde sie nicht mehr anrufen, um sie nicht zu wecken, falls sie schlafen sollte. Sie verabschiedete sich von mir bis zum nächsten Tag, das heißt bis zum Samstagmorgen. Am Samstag um sieben wollten wir weiter drehen. Den Rest kennen Sie.«

»Ja«, bestätigte Korotkow. »Den Rest kenne ich. Ich habe nur noch eine Frage, eine ganz kurze, und dann lasse ich Sie für heute in Ruhe. Sagen Sie bitte, pflegte Alina Geld und Wertsachen an einem besonderen Ort aufzubewahren? Und wenn ja, wo?«

»Ich weiß nicht.« Smulow schüttelte den Kopf. »In den vier Jahren habe ich nie dergleichen gesehen. Geld nahm sie immer entweder aus ihrem Portemonnaie oder aus einer Schublade ihrer Schrankwand. Schmuck bewahrte sie in einer Schatulle auf, die stand auf einem Regal ebenfalls in der Schrankwand. Sie war allerdings abgeschlossen. Der Schlüssel hing am Schlüsselbund mit ihren Wohnungs- und Briefkastenschlüsseln. Am selben Schlüsselbund hingen auch Ersatzschlüssel für ihr Auto und ihre Garage. Aber das ist nur das, was ich gesehen habe. Je länger ich Alina kannte, desto stärker vermutete ich, dass ich sie überhaupt nicht kannte. Aber das habe ich wohl schon einmal gesagt ...«

»Andrej Lwowitsch, woher hatte Alina denn den Schmuck? Sie sagten, in der Schatulle lagen normalerweise zwei Ringe, einer aus Gold mit einem großen Brillanten und einer aus Weißgold, ebenfalls mit einem Brillanten. Drei Paar Ohrringe – ebenfalls Gold, Weißgold, Brillanten, Smaragde. Zwei Kolliers, eins dicker und teurer als das andere. Fünf Armbänder, darunter eins aus Weißgold, passend zum Ring.« Korotkow schloss sein Notizbuch, aus dem er die Aufzählung der bei Alina gestohlenen Schmuckstücke abgelesen hatte. »Woher stammte das alles?«

»Von ihrer verstorbenen Mutter«, erklärte Smulow. »Alinas Vater war, das heißt, ist noch immer, ein kühler Mann ohne Sentiments, von ihm hat Alina wohl diese Kälte geerbt. Aber er machte einen klaren Unterschied zwischen seiner ersten und seiner zweiten Frau. Seine erste Frau, Sonja, war die Mutter von Alina und seinen beiden Söhnen, und den Schmuck, den sie hinterlassen hatte, sollte nur Alina bekommen. Inga, ihre Stiefmutter, durfte ihn nicht einmal anfassen. Alina erzählte mir einmal, ihr Vater habe nur ein einziges Mal die Stimme gegen Inga erhoben. Und zwar, weil sie beim Staubwischen auch die Schatulle abwischte und einen Blick hineinwarf. Alinas Vater erwischte sie beim Betrachten der Schmuckstücke. Da war was los! Der Vater war außer sich vor Wut. Er brüllte, dieser Schmuck gehöre der Frau, die ihm drei Kinder geboren habe, und werde später seiner Tochter gehören, die ihm Enkel zur Welt bringen werde. Und wenn sie, Inga, Brillanten haben wolle, solle sie erst einmal ein Kind kriegen, um zu beweisen, dass sie ein Recht darauf habe. Sonja, das hat Alina erzählt, stammte aus einer sehr reichen Familie. Inzwischen sind alle ihre Verwandten mütterlicherseits nach Israel ausgereist, Alina hat also nur noch ihre lettische Verwandtschaft. Und von der hat sie herzlich wenig.«

»Warum? Das verstehe ich nicht.« Korotkow runzelte die Stirn.

73

»Na weil … Ich will nicht die Gemeinheiten wiederholen, die Xenija über Alina gesagt hat, aber ein Körnchen Wahrheit steckt doch darin. Alinas Vater und ihre Stiefmutter sind typische Letten vom Land. Sie haben die Russen ihr Lebtag gehasst, alles Russische ging ihnen gegen den Strich. Hat man Ihnen nicht erzählt, wie Waldis Wasnis Sonja Schweistein geheiratet hat? Sonja machte mit ihren Eltern Urlaub an der Ostsee. Dort hatte sie eine Affäre mit einem ortsansässigen Bauern. Die beiden waren jung, die Nächte sternenklar … Sie wurde schwanger. Als anständiger Mann trug Waldis ihr natürlich Hand und Herz an, aber dass ein Mädchen aus einer reichen jüdischen Familie aus Moskau in ein lettisches Dorf zog, kam natürlich nicht infrage. Als echter Mann gab Waldis nach und zog nach Moskau. Solange Sonja noch lebte, hielt sich in der Familie noch irgendwie der Geist der Zivilisation und der russischen Kultur. Doch dann, als Inga ins Haus kam, war es damit vorbei. Nein, nein, um Himmels willen, ich will nichts gegen sie sagen, zumal auch Alina nie ein böses Wort über sie verlor. Aber … Aber. Alles Russische war schlecht. Alles Moskauische war schlecht. Lesen konnte man nur Vilis Lacis und Janis Rainis. Ansehen nur die Filme des Rigaer Filmstudios, hören nur die Musik von Raimonds Pauls, und zwar ausschließlich in der Interpretation von Olga Pigars. Alla Pugatschowa kam nicht infrage. Als Alina sagte, sie werde an der Filmhochschule studieren, verstand ihre Familie das als Versprechen, nach dem Studium beim Rigaer Filmstudio zu arbeiten. Als sie dann erfuhren, dass Alina in russischen Filmen mitspielte, redeten Waldis und Inga nicht mehr mit ihr. Alinas Brüder sind natürlich nicht ganz so hinterwäldlerisch. Alois, der jüngere, ist überhaupt ganz normal, ein richtiger ›neuer Russe‹. Er hat sein eigenes Unternehmen gegründet, ein Mädchen aus Helsinki geheiratet und lebt mal hier, mal dort. Imant, der ältere, steht Waldis geistig näher und hat Alinas Arbeit nie gutgeheißen. Besonders gestört hat ihn, dass wir beide unehelich zusammenlebten. Ich habe einmal mit halbem Ohr gehört, wie er sie eine Schlampe und eine Nutte nannte, die von Kindesbeinen an nichts anderes im Sinn gehabt habe als die Hosenschlitze von Männern. Jedenfalls, zu Waldis, Inga und Imant hatte Alina faktisch kaum Kontakt. Eine einigermaßen herzliche Beziehung hatte sie nur zu Alois, aber der ist nie lange in Moskau. Wissen Sie, Jura Viktorowitsch, Alina war sehr, sehr einsam. Ich wage zu behaupten, dass sie auf der ganzen Welt niemanden hatte außer mir und ihrem Bruder Alois. Und wenn ich ganz ehrlich bin, hatte sie eigentlich nur mich.«

Alina Wasnis
Vier Jahre vor ihrem Tod

»Warum zeigen alle die Gilda als unschuldiges Kind, rein und unverdorben? Das ist alles Unsinn, Leonid Sergejewitsch. Lesen Sie das Rigoletto-Libretto noch einmal, ganz aufmerksam, Wort für Wort, dann werden Sie auch entdecken, was ich entdeckt habe.

Wann spielt die Handlung der Oper? Zur Zeit des Königs Franz I. Erinnern Sie sich aus dem Geschichtsunterricht, was für eine Zeit das war? Haben Sie die Bücher von Dumas gelesen? Haben Sie von Benvenuto Cellini gehört? Der Begriff Jungfräulichkeit kam unter Franz I. gar nicht vor. Die Sitten waren mehr als lose. Und was der Herzog von Mantua getan hat, war nichts Außergewöhnliches. So verhielten sich alle Herzöge Italiens in dieser Zeit, das war normal und allgemein üblich. Und wenn sich alle so verhielten, dann muss sich das auch auf die Psyche der weiblichen Bevölkerung ausgewirkt haben. Und nun zurück zu Gilda.

Wo lernt sie den Herzog kennen? In der Kirche. Und was sagt sie darüber, erinnern Sie sich? ›Wenn ich an Festestagen vor dem Altare kniete, sah ich dort einen Jüngling in frischer Jugendblüte ...‹ Na, wie finden Sie das, Leonid Sergejewitsch? Denken Sie sich doch nur eine Sekunde in diese Worte hinein, dann wird Ihnen alles klar. Können Sie sich vorstellen, dass so etwas einem keuschen, reinen Mädchen widerfährt, das zum Beten in die Kirche kommt? Bringen Sie mich nicht zum Lachen. Dafür drängt sich ein ganz anderer Gedanke auf: Gilda, ein normales, fröhliches Mädchen, das genau weiß, wo die Kinder herkommen, sitzt zu Hause, weil der Vater ihr verbietet auszugehen. Nur in die Kirche darf sie, sonst nirgendwohin. Natürlich wird das Verbot nicht befolgt, Gilda trifft sich mit ihren Freundinnen, läuft zu diversen Rendezvous und ist durchaus im Bilde über die Sexualprobleme der Zeit. Rigoletto befiehlt der Dienerin Giovanna, auf seine Tochter zu achten. Doch im Verlauf der Oper sehen wir, wie Giovanna (übrigens ebenfalls eine normale Frau, weit entfernt von irgendeinem Idealbild) vom Herzog Geld annimmt und ihm hilft, ein Rendezvous mit Gilda zu arrangieren. Wie können wir uns sicher sein, dass sie das zum ersten Mal tut? Nein, sie hat das schon ein Dutzend Male getan, hat mit jedem Verehrer Gildas Begegnungen im Garten arrangiert. Beweisen Sie mir, dass das nicht stimmt!

Also, Gilda kommt in die Kirche, und jung, fröhlich und hübsch, wie sie ist, macht sie allen schöne Augen. Und fällt natürlich dem Herzog auf, der, als einfacher Mann verkleidet, ebenfalls in die Kirche gekommen ist, um sich ›umzusehen‹ und vielleicht ein junges Hühnchen zu fangen. Ein wortloses Augenspiel, in dem Gilda bereits geübt ist, und die Bekanntschaft ist geschlossen. Das genau bedeuten die Worte: ›Zwar unsre Lippen schwiegen, doch deutlich sprach sein Blick.‹ Damit Blicke ›deutlich sprechen‹ können, muss man sie zu lesen verstehen. Für eine im Kokettieren erfahrene Frau ein Kinderspiel, aber für ein Mädchen, das noch nie ... noch nichts ... und völlig ahnungslos ist? Würde sie überhaupt wagen, einen fremden Mann anzusehen, selbst wenn sie urplötzlich die Leidenschaft überkommen sollte? Das bezweifle ich.

Weiter. Der verkleidete Herzog kommt (mit Giovannas Hilfe) zu der Verabredung mit Gilda. Und was tut unser Mädchen? Sie verheimlicht dem Vater, dass sie einen jungen Mann kennen gelernt und sich mit ihm verabredet hat. Warum? Weil sie weiß: Sie tut Unrecht. Sie weiß es, tut es aber dennoch. Mit anderen Worten, wir können nicht behaupten, Gilda sei das unschuldige Opfer eines Betrugs, sie habe nichts Schlechtes im Sinn gehabt und sei übel hintergangen worden. Sie hatte sehr wohl Schlechtes im Sinn, und darum hat sie ihrem Vater nichts gesagt.

Schließlich rauben die Leute des Herzogs Gilda und bringen sie direkt in die Gemächer des erwähnten Herzogs. Gilda verbringt dort eine relativ lange Zeit. Nachdem sie von dort zurück ist, und zwar, beachten Sie das, ohne blaue Flecke und nicht in zerrissener Kleidung, schwört Rigoletto Rache. Gilda fleht den Vater selbstverständlich an, seinen Zorn zu zügeln. Warum? Weil sie den Herzog liebt. So steht es im Libretto. Und nun, Leonid Sergejewitsch, lassen wir mal die Konventionen der Oper beiseite und werfen einen Blick auf das echte Leben. Gilda hat eine relativ lange Zeit mit dem Herzog im Bett verbracht und weist keine Spuren von Gewaltanwendung auf. Der Schluss ist eindeutig: Sie fühlt sich keineswegs vergewaltigt und geschändet. Im Gegenteil, das Ganze hat ihr großes Vergnügen bereitet, und sie versucht ehrlich zu sein, und bemüht sich, den Vater von seinem Zorn abzubringen. Und nun stellen Sie sich ein keusches Mädchen vor, das noch niemals … und so weiter, und das plötzlich geraubt und gefesselt und erst im Bett eines Mannes wieder losgebunden wird, und dieser Mann zwingt sie auch noch zum Geschlechtsverkehr. Können Sie sich ein Mädchen vorstellen, dem das alles so sehr gefällt, dass es anschließend sein Leben für diesen Mann geben würde? Und vergessen Sie nicht, dass der Mann es obendrein auch noch betrogen hat: Er hat sich als armer Student ausgegeben, dabei ist er der Herzog von Mantua. Mit anderen Worten, er hat ihr die Unschuld geraubt, aber eine Heirat kommt nicht infrage, und so ist sie nun für den Rest ihres Lebens entehrt, geschändet, hat am Ende womöglich auch noch ein uneheliches Kind am Hals. Und für das alles liebt Gilda ihn so treu? Machen Sie sich nichts vor, Leonid Sergejewitsch. Solche Mädchen gibt es nicht. Um sich so zu verhalten, wie sie es in der Oper tut, muss sie ganz anders sein. Zweifellos erfahren. Kokett. Schnell verliebt. Leidenschaftlich und temperamentvoll. Und zugleich hochanständig. Denn selbst als der Herzog sie mit Maddalena betrügt, ist die Eifersucht nicht so groß, dass sie den Tod des Treulosen fordert. Es verletzt sie, aber sie weiß genau, dass der Herzog sie nicht verführt hat, das sind Ammenmärchen für den Papa, sie sind sich einfach begegnet, gefielen einander, verbrachten eine Nacht zusammen und fühlten sich beide wohl dabei. Und es ist ungerecht, dass der Herzog dafür nun mit dem Leben bezahlen soll. Das Verlangen war beiderseitig und das Vergnügen ebenso. Den Herzog trifft keine Schuld. Sie selbst dagegen, Gilda, sie ist schuldig: Sie hatte Angst, ihrem Vater die Augen über sich zu öffnen, ihm zu sagen, dass sie schon lange keine Jungfrau mehr ist, dass es ihr mit dem Herzog im Bett gefallen hat und dass sie selbst das nicht weniger wollte als er. Aus Feigheit hat sie den Vater in dem Irrtum gelassen, der Herzog habe sie betrogen und ihr Gewalt angetan. Und dafür muss sie bezahlen. Was sie auch tut, indem sie sich ins Messer des Banditen wirft, um den Herzog zu retten. Der im Grunde völlig unschuldig ist …«

Viertes Kapitel

Kamenskaja

Die frühe Herbstkälte wurde urplötzlich von einem warmen Altweibersommer mit strahlender Sonne am Tag und angenehm kühlen Nächten abgelöst. Nastja hatte Stassow nicht beschwindelt, als sie ihm erzählte, sie ginge zweimal im Monat sonntags am frühen Morgen mit General Satotschny im Ismailowskij-Park spazieren. Dieser Sonntag war einer ihrer »Spaziertage«. In letzter Zeit schloss sich ihnen auch Maxim an, der Sohn des Generals, der das letzte Jahr zur Schule ging und sich an der Milizschule bewerben wollte, und dafür musste man körperlich gut in Form sein – die sportlichen Normen bei der Aufnahmeprüfung waren ziemlich hart. Nastja und Iwan schlenderten gemächlich die Alleen entlang, während Maxim unermüdlich rannte, mal Hundertmeterstrecken, mal fünfhundert Meter, mal fünf Kilometer Cross.

»Und, Papa?«, fragte der Junge keuchend, als er sie erreichte.

Satotschny sah auf seine Stoppuhr.

»Es geht, ganz anständig«, lobte er zurückhaltend. »Mit dem Laufen kannst du für heute aufhören, geh jetzt ans Krafttraining. Da drüben steht ein Reck, siehst du? Ab, fünfmal zwanzig Klimmzüge.«

»Schrecklich!«, stöhnte Nastja. »Sie sind ja ein Sadist, Iwan Alexejewitsch! Warum quälen Sie das Kind so? Wozu so viele Klimmzüge?«

»Für alle Fälle.« Der General lachte. »Das kann nicht schaden.«

»Wie viel werden denn laut Norm verlangt?«

»Zwölf.«

»Wieso dann hundert? Übertreiben Sie es nicht?«

»Kein bisschen. Wer weiß, wie es nächsten Sommer aussieht. Vielleicht wird er am Tag der Prüfung krank, fühlt sich nicht wohl, hat Angina oder eine Grippe, oder er fällt unglücklich und ist verletzt. Und erfüllt deshalb die Norm nicht und versäumt ein ganzes Jahr. Nein, nein, das Risiko ist zu groß. Wenn er jetzt auf zwölf Klimmzüge trainiert wird, dann reicht der kleinste Anlass, und er fällt durch. Aber wenn er regelmäßig fünfmal zwanzig trainiert, dann schafft er selbst bei schlechter körperlicher Verfassung am Prüfungstag auf jeden Fall seine zwölf Stück.«

»Klingt vernünftig«, räumte Nastja ein. »Wenn auch hart.«

Sie setzten sich in der Nähe des Recks auf eine Bank. Satotschny beobachtete seinen Sohn, und Nastja vertiefte sich erneut in ihre Gedanken über die ermordete Alina Wasnis. Also, sie war verschlossen, hatte keine Freundinnen. Oder vielleicht doch, aber nicht bei Sirius. Schlecht entwickelte mündliche Sprache, dafür eine sehr flotte Feder. Nachdenklich, nicht geneigt, Klischees und ausgetretenen Pfaden zu folgen, hatte ihren eigenen Standpunkt, ihren eigenen Blick. Gefühlskalt. Weitere Details würden sich sicher aus Korotkows Gespräch mit dem Regisseur Smulow ergeben, bislang beruhte Nastjas Entwurf auf den Informationen vom Samstag.

Aus der Wohnung der Wasnis war Schmuck verschwunden. Das Geld, das Charitonow ihr bringen sollte, fehlte ebenfalls. Und was hatten sie? Spuren. Spuren von Alina, von Smulow, der seit vier Jahren wenigstens ein-, zweimal die Woche in der Wohnung gewesen war, der quasi mit ihr dort gelebt hatte. Und Oberflächen mit deutlichen Anzeichen dafür, dass dort Fingerabdrücke entfernt worden waren. Wischspuren. Zwei Tassen im Geschirrschrank in der Küche waren besonders gründlich gespült worden, mit Soda und Reinigungspaste, das behauptete jedenfalls der Kriminaltechniker Oleg Subow. Aus einer Tasse hatte offenbar der Mörder getrunken. Und aus der anderen? Die Hausherrin selbst? Warum war sie dann so sorgfältig gespült worden? Die Antwort lag auf der Hand: In der Tasse konnten Spuren einer fremden Substanz zurückgeblieben sein. Aber ob Alina Wasnis vergiftet worden war, würde erst am Montag feststehen, früher war mit dem Obduktionsbefund nicht zu rechnen. Abgewischt worden waren außerdem der Knauf der Wohnungstür, der Klingelknopf, Griffe und Türen des Kühlschranks und des Geschirrschranks in der Küche, die polierte Oberfläche eines kleinen Tisches im Zimmer sowie sämtliche Lichtschalter in der Wohnung. Der Mörder hatte offensichtlich keine Eile gehabt und sich erlaubt, akkurat und vorsichtig zu sein.

Was noch? Die Aufzeichnungen, die Nastja von Leonid Degtjar bekommen hatte, belegten eindeutig, dass zwei Dinge Alina stark beschäftigt hatten: Schuld und Rache. Nicht Liebe, nicht Eifersucht, nicht Verrat. Nur Schuld und Rache. Vielleicht musste man da ansetzen?

»Iwan Alexejewitsch, sind Sie nachtragend?«, fragte sie plötzlich den neben ihr sitzenden General.

»Wieso fragen Sie?«, reagierte er erstaunt.

»Bitte«, beharrte Nastja.

»Nein, wohl nicht besonders. Das heißt, mein Gedächtnis ist natürlich intakt, ich vergesse Kränkungen nicht, aber der Impuls, mit dem Beleidiger abrechnen zu wollen, der vergeht schnell. Ich habe zu viele alltägliche Probleme und Sorgen, als dass ich mich von Emotionen ablenken lassen könnte, Nastja. Ich habe ständig den Kopf voll.«

»Und wenn Sie sich schuldig fühlen, quält Sie das dann lange?«

»Ich weiß nicht, das habe ich noch nie ausprobiert.« Satotschny lächelte. »Ich habe eine Regel: Wenn du etwas getan hast, bekenne deine Schuld sofort, entschuldige dich, bügle deinen Fehler wieder aus, wenn du kannst. Aber etwas Schlechtes tun und dann lange damit leben – nein, das ist mir noch nicht passiert. Wahrscheinlich ist Schuldgefühl für mich völlig unerträglich, darum unternehme ich sofort etwas dagegen. Sagen Sie, Nastja, interessieren Sie sich für meine Persönlichkeit? Oder hat das mit Ihrer Arbeit zu tun?«

»Mit der Arbeit. Mein Opfer ist irgendwie verschlossen, niemand weiß so richtig etwas über sie, enge Freundinnen hatte sie nicht. Oder doch, aber dann hat sie sie merkwürdigerweise sorgfältig versteckt. Und nun suche ich nach Erklärungen ...«

»Vielleicht eine kriminelle Vergangenheit?«, schlug Satotschny vor.

»Nein, nein, sieht nicht so aus. Schule, dann Filmhochschule, Schauspielerin. Wo sollte da etwas kriminell sein? Übrigens, Iwan Alexejewitsch, was ich Sie noch fragen wollte: Kennen Sie zufällig Stassow?«

»Wladislaw? Der vor kurzem in Ruhestand gegangen ist?«

»Genau.«

»Ja. Ein guter Mann. Warum, hatten Sie mit ihm zu tun?«

»Hmhm.« Sie nickte. »Er ist jetzt Chef der Sicherheitsabteilung beim Filmkonzern Sirius, wo mein Opfer gearbeitet hat.«

»Na, da können Sie von Glück reden. Slawa ist ein kompetenter Bursche und in jeder Hinsicht äußerst anständig.«

»Und etwas ausführlicher?«

»Das geht nicht.« Der General lachte. »Ich tratsche nicht. Bilden Sie sich selbst eine Meinung. Ich kann ihn nur als Profi beurteilen, was er für ein Mensch ist, das müssen Sie selbst herausfinden.«

»Er ist störrisch, stimmt's?«

»Er hat seine Prinzipien.«

»Übrigens, Ihr in jeder Hinsicht anständiger Slawa hat versucht, aus mir rauszukriegen, ob ich Ihre Geliebte bin.«

»Und, hat er es herausbekommen?«

»Ich fürchte, er hat mir nicht geglaubt. Obwohl ich ihm alles offen erzählt habe.«

»Lassen Sie diesen Unsinn, Nastja. Sie sind ein vernünftiger, logisch denkender Mensch, Ihnen muss doch klar sein, dass das sowieso niemand glauben wird. Demütigen Sie sich nicht, versuchen Sie nichts zu erklären, das ist sinnlos.«

»Und der gute Ruf?«

»Wessen? Ihrer?«

»Ach was, meiner, der interessiert doch keinen. Ich rede von Ihrem Ruf.«

»Mir schadet das nicht.« Satotschny lächelte sein berühmtes sonniges Lächeln, bei dem sich seine gelben Tigeraugen sofort in zwei warme Sonnen verwandelten, die sein hageres, knochiges Gesicht und, so schien es, auch alles im Umkreis erleuchteten. »Solange ich bei der Miliz bin, gibt es über mich solche Gerüchte. Frauen von stellvertretenden Ministern, bekannte Schauspielerinnen oder Damen aus der Politik – wen hat man nicht alles zu meiner Geliebten erklärt. Und statt zu leugnen und mit Schaum vorm Mund meine moralische Integrität zu beweisen, streite ich gar nicht erst, ich ignoriere das Gerede einfach und ziehe dann eine Menge Nutzen daraus.«

»Mein Gott, welchen Nutzen haben Sie denn von dem Gerücht, dass ich Ihre Geliebte bin?«

»Oh, einigen. Zum Beispiel weiß ein Haufen Leute, dass wir beide sonntags in diesem Park spazieren gehen. Und zwar nicht nur Leute aus unserem Ministerium oder von der Petrowka. Wenn ich mich also für ein vertrauliches Gespräch für einen Sonntagmorgen hier verabrede, dann nehmen diejenigen, die sich für meine Kontakte interessieren, das völlig gelassen. Satotschny ist am Sonntagmorgen früh aus dem Haus gegangen, Richtung Park? Ach, da geht er bloß mit seiner Ische spazieren, nicht weiter spannend, keine Aufregung. Dabei passiert da gerade das Spannendste. Klar?«

»Sie benutzen mich also als Tarnung?«

»Was sonst. Das können Sie doch auch tun, wer hindert Sie daran? Ihr Mann zum Beispiel, weiß der von unseren Spaziergängen?«

»Natürlich. Er unterstützt sie sogar. Er findet, ich sei kaum an der Luft, und freut sich, dass ich wenigstens zweimal im Monat zwei Stunden spazieren gehe.«

»Na sehen Sie. Wenn Sie ihn also mal betrügen wollen, haben Sie sonntags zwei Stunden Zeit dafür. Ohne jeden Verdacht. Sie erzählen ihm einfach, wir beide hätten beschlossen, jeden Sonntag spazieren zu gehen.«

»Ich werde darüber nachdenken«, erwiderte Nastja ernsthaft. »Auf die Idee bin ich noch nie gekommen.«

»Weil Sie erst seit kurzem verheiratet sind, Sie haben noch keine Erfahrung. Sie sind wahrscheinlich daran gewöhnt, nach eigenem Gutdünken über Ihre Zeit zu verfügen, und sind ohne kleine Listen ausgekommen. Eines Tages werden Sie meinen Rat zu schätzen wissen, wenn Sie Ihren Mann über haben.«

»Papa«, rief Maxim. »Ich hab vier Blöcke gemacht, reicht das für heute?«

»Nein, mein Sohn. Keine Faulheit, streng dich ruhig an.«

»Ich bin erschöpft.«

»Dann mach eine Pause. Lauf ein bisschen rum, mach ein paar Lockerungsübungen. Und dann die letzten zwanzig Stück.«

Nastja sah mitfühlend zu Maxim. Gut, dass zu ihrer Zeit an der Milizschule noch keine Mädchen genommen wurden und sie an der Universität studiert hatte. Diese verdammten Sportnormen hätte sie garantiert nicht geschafft.

Stassow

Er kannte Soja Semenzowa zwar, war aber zum ersten Mal bei ihr zu Hause. Er staunte, wie sehr die Atmosphäre in ihrer Wohnung dem Eindruck widersprach, den Soja auf ihre Umwelt machte. Einfach unglaublich, wie die Wohnung dieser früh gealterten Frau die Aura einer echten Diva verbreitete. Mehrere frische Blumensträuße, an den Wänden riesige Fotografien der Semenzowa in verschiedenen Rollen, alle aus ihrer Jugend und ihrer aktiven Schauspielzeit. Alles blitzsauber und ordentlich, auf einem kleinen Tisch zwischen drei Sesseln ein origineller Aschenbecher und zwei angebrochene Flaschen, französischer Kognak und irischer Sahnelikör. Kaum zu glauben, dass hier die Soja lebte, die alle im Studio nur völlig verlottert kannten, mit tiefen Falten, in unglaubliche, schrecklich geschnittene Klamotten in unschönen Farbkombinationen gehüllt. Jetzt, da sie den Sicherheitschef bei sich zu Hause empfing, war sie die Liebenswürdigkeit in Person und ganz Dame von Welt.

»Soja Ignatjewna«, begann Stassow behutsam, bemüht, schnell eine andere Gesprächstaktik zu entwickeln als die, die er sich zurechtgelegt hatte für ein Gespräch mit einer heruntergekommenen unglücklichen Trinkerin. »Könnten Sie sich bitte Freitag, den fünfzehnten September, in allen Einzelheiten ins Gedächtnis rufen?«

»Warum?«, fragte die Semenzowa hochmütig, setzte sich in einen Sessel und schlug die Beine übereinander.

Stassow empfand Unbehagen und heftiges Mitleid mit dieser Frau. Die dick geschminkten Wimpern und die großzügig mit Lidschatten bemalten Augenlider konnten ihre Falten nicht verbergen; auf dem Kopf trug sie offensichtlich eine Perücke, die üppige blonde Locken imitierte. Das Make-up unterstrich nur die mangelnde Glätte ihrer Haut, die glänzenden Strumpfhosen lenkten die Aufmerksamkeit auf Beine, auf die sie längst nicht mehr stolz sein sollte. Früher war Soja Semenzowa eine schlanke, zierliche Statuette mit wohlgeformten Beinen und Händen gewesen. Nun aber wirkte sie wie verschrumpelt, der Alkohol und die zahllosen Medikamente hatten sie innerlich ausgebrannt und nur die leere, schlaffe Hülle übrig gelassen. Die Bewegung, mit der sie die Beine übereinander schlug, mochte vor fünfzehn, zwanzig Jahren aufreizend und sexy gewesen sein, heute war sie nur lächerlich und kläglich.

»Wir versuchen zu rekonstruieren, was Alina an jenem Tag getan hat. Darum ist es für uns so wichtig herauszufinden, wer sie wo und wann gesehen oder wenigstens mit ihr telefoniert hat. Könnten Sie mir dazu etwas sagen?«

»Nein, das kann ich nicht. Am Freitag habe ich Alina nicht gesehen.«

»Versuchen Sie sich bitte zu erinnern, Soja Ignatjewna, vielleicht hat jemand zu Ihnen gesagt, er habe Alina gesehen? Oder sie angerufen? Für uns ist jede Kleinigkeit wichtig. Denken Sie bitte gründlich nach.«

»Möchten Sie etwas trinken?«, fragte sie plötzlich und griff nach der Kognakflasche.

»Nein, danke.«

»Aber ich.« Herausfordernd hob sie den Kopf.

Sie nahm einen Kognakschwenker von der Ablage unterm Tisch, füllte ihn und leerte ihn in einem Zug.

»Was sehen Sie mich so an? Ja, ich trinke, auch morgens. Aber nur, wenn ich nicht arbeite. Wenn ich drehe, bin ich nüchtern. Da können Sie fragen, wen Sie wollen. Niemand hat Soja Semenzowa je betrunken am Set gesehen. Und was ich zu Hause tue, das geht keinen etwas an.«

Der Kognak wirkte sofort, und Stassow begriff, dass Soja wirklich krank war. Sie wurde augenblicklich betrunken. Aber möglicherweise hatte sie auch schon angefangen, bevor er gekommen war, und goss nun nur nach. Ihre Wangen röteten sich unter der dicken Schicht Schminke, ihre Augen glänzten.

»Wäre dieses Flittchen nicht gewesen, wäre ich jetzt voll im Geschäft«, erklärte sie mit vor Erregung klirrender Stimme. »Bedanken Sie sich bei ihr, dass ich trinke. Das war alles sie ... Sie ...«

Soja schenkte sich erneut ein und leerte das Glas wieder in einem Zug.

»Also, was wollen Sie wissen, Slawa?«

Stassow ärgerte ihr plump vertraulicher Ton, aber er beschloss, das zu ignorieren. Sie wollte sich mit ihm gleichaltrig fühlen? Bitte sehr. Hauptsache, sie erzählte etwas Brauchbares.

»Gehen wir doch einmal zusammen den letzten Freitag durch, den ganzen Tag, Schritt für Schritt. Wann sind Sie aufgestanden?«

»Ich stehe sehr früh auf. Ich bin Schauspielerin, ein Arbeitspferd, keine Boheme-Pflanze, die sich die ganze Nacht amüsiert und dann bis abends schläft.«

»Ich verstehe, Soja Ignatjewna, aber trotzdem, wann genau sind Sie aufgestanden?«

»Na ja ... Wahrscheinlich um acht. Nein, um halb acht. Um acht war ich schon draußen.«

»Und wohin sind Sie gegangen?«

»Was spielt das für eine Rolle? Ich war spazieren.«

Klar, dachte Stassow. Sie hat sich am frühen Morgen eine Flasche besorgt.

»Wie lange waren Sie spazieren?«

»Etwa eine halbe Stunde.«

»Und dann gingen Sie wieder nach Hause?«

»Ja, nach Hause. Sehen Sie, ich ...«

Langsam und mühselig ging Stassow mit ihr Stunden und Minuten durch, wobei er immer wieder nachfragen, berichtigen und die Zeitabstände nachrechen musste. Von halb acht bis halb zwei ging alles auf, bis auf die Minute. Um halb zwei war Soja Semenzowa im Büro des Filmkonzerns Sirius erschienen, einer gemütlichen Villa in einer ruhigen kleinen Gasse im Zentrum von Moskau. Soja wollte sich das Drehbuch des Films abholen, in dem Andrej Smulow ihr eine kleine Rolle angeboten hatte. Eine Woche zuvor hatte sie die Probeaufnahmen gemacht und erfahren, dass sie angenommen worden war. Auf der Treppe stieß sie mit der Maskenbildnerin Katja zusammen, die sie seit vielen Jahren kannte.

»Ach, Soja, es ist wirklich nicht zu fassen, diese Alina ist doch ein Aas!«, zwitscherte Katja sofort los, nachdem sie Soja auf die Wange geküsst hatte. »Andrej Lwowitsch ist das so peinlich, er ist ganz durcheinander.«

»Wovon redest du?«, fragte die Semenzowa misstrauisch, denn ihr schwante nichts Gutes.

»Wovon schon! Smulow war mit deinen Probeaufnahmen nicht zufrieden, aber er wollte dich trotzdem engagieren, weil er weiß, dass du eine gute Schauspielerin bist. Aber Alina hat überall rumerzählt, dass die Probeaufnahmen schlecht sind und Andrej Lwowitsch dich nur aus Mitleid besetzt, weil ja alle wissen, dass du trinkst, und weil er dich moralisch unterstützen will. Verstehst du, das hat er ihr unter vier Augen anvertraut, und sie tratscht es gleich in allen Studios rum. Auch einen Diebstahl hat sie erwähnt, eine uralte Geschichte. Du sollst irgendwem was gestohlen haben. Das Ganze ist natürlich Sarubin zu Ohren gekommen, der hat Smulow zu sich bestellt und ihm verboten, dich zu besetzen.«

Sarubin war der Produzent des Films, er war dafür verantwortlich, dass die Ausgaben einen bestimmten Prozentsatz des erwarteten Gewinns nicht überstiegen. Pedantisch zählte er jede Kopeke, sparte, wo er konnte, damit der Film möglichst billig wurde. Allerdings geizte er nie, wenn eine zusätzliche Investition größeren Gewinn versprach. Die Semenzowa zu besetzen entbehrte von seiner Warte aus jeder Vernunft. Da ihr vor vielen Jahren der Titel »Verdiente Schauspielerin« verliehen worden war, bekam sie selbst für eine kleine Rolle eine ziemlich hohe Gage. Wozu, wenn man die Rolle ebenso gut mit einer anderen Schauspielerin besetzen und dafür wesentlich weniger ausgeben konnte? Außerdem, wenn Smulow mit den Probeaufnahmen unzufrieden war, konnte niemand ausschließen, dass sie nicht auch schlecht spielen würde. Es ging zwar nur um eine Episode des Films, aber eine einzige falsche Perle konnte ein ganzes Kollier verderben. Wozu das Risiko?

Bebend vor Wut erreichte Soja das Zimmer, in dem sie das Drehbuch abholen wollte. Unterwegs begegneten ihr Schauspieler, Requisiteure, Produktionsassistenten, und allen stand ins Gesicht geschrieben: Ja, was Katja ihr erzählt hatte, war die Wahrheit. Manche sahen sie mitleidig an, andere unverhohlen schadenfroh, doch sie alle, da war sich Soja sicher, wussten bereits, dass sie rausgekantet worden war. Und zwar nicht von irgendwem, sondern von der Wasnis, diesem Aas. Zum zweiten Mal.

Das Gespräch mit der Maskenbildnerin und der anschließende Weg durch die Flure der Villa waren das Letzte, was Soja Semenzowa mehr oder weniger klar darlegen konnte. Der Rest war verworren und unsicher. Sie erinnerte sich nicht, mit wem sie gesprochen hatte, wohin sie gegangen war, wen sie angerufen hatte. Sie förderte lediglich Informationsbrocken zutage. Zum Beispiel erinnerte sie sich, dass sie mit Smulow sprechen wollte und sich erkundigt hatte, wo er sei. Sie erfuhr, er habe bis eins in dem gemieteten Studio gedreht und würde gegen drei ins Büro kommen und das abgedrehte Material bringen.

»Haben Sie auf ihn gewartet?«, fragte Stassow, der bereits ahnte, dass Soja, nachdem sie die Hiobsbotschaft bekommen hatte, umgehend zur Flasche gegriffen hatte. Vermutlich trug sie immer etwas bei sich. Das erklärte die »Gedächtnislücken«. Das Einzige, dessen sie sich sicher war: Sie war im Büro gewesen. So viel war sicher. Sie war von vielen Menschen gesehen worden, hatte mit ihnen gesprochen, doch an Einzelheiten dieser Gespräche erinnerte sie sich nicht.

Allerdings war auch eine andere Erklärung möglich: Soja hatte überhaupt keine Gedächtnislücken, sie versuchte nur, Stassow etwas zu verbergen. Er musste sehr vorsichtig sein mit dieser Frau, durfte sie einerseits nicht kränken, sie andererseits aber auch nicht misstrauisch machen.

»Ich ... Nein, ich habe nicht auf ihn gewartet. Er wurde wahrscheinlich irgendwo aufgehalten, und ich hatte es eilig.«

»Wohin wollten Sie?«, erkundigte er sich unschuldig.

»Etwas erledigen.«

Die Semenzowa warf ihm einen raschen Blick zu und goss sich erneut Kognak ein.

»Gut, gehen wir weiter, Soja Ignatjewna. Sie verließen das Büro also ungefähr um ... fünf? Um sechs?«

»Gegen fünf.«

»Und wohin gingen Sie dann?«

»Hören Sie, Slawa, dort, wohin ich dann ging, wurde nicht über Alina gesprochen, ausgeschlossen. Alles, was im Büro passiert ist, habe ich Ihnen erzählt. Ich habe Alina dort nicht gesehen und sie auch nicht angerufen. Und was ich über sie gehört habe, belegt nur, dass sie ein brutales, herzloses, dummes Flittchen war. Ich verstehe ja, dass ich ihr scheißegal war, wer war ich schon für sie? Eine ehemalige Rivalin. Und das ist schon lange her! Aber wie konnte sie Andrej Lwowitsch so etwas antun? Er hat sich ihr anvertraut, und sie hat ihn derartig bloßgestellt. Er schämt sich doch jetzt, mir in die Augen zu sehen.«

»Trotzdem, Soja Ignatjewna, wohin gingen Sie gegen fünf?«

»Zum Frisör.«

»Und wie lange blieben Sie dort?«

»Bis gegen sieben, glaube ich. Wissen Sie, es dauert neuerdings immer sehr lange beim Frisör. Die modernen Frisuren sind kompliziert – Dauerwelle, Strähnchen färben, das alles braucht Zeit.«

»Und nach dem Frisör?«

Je näher sie dem Freitagabend kamen, desto deutlicher wurde die Panik, die Soja erfasste. Stassow fiel das gestrige Gespräch mit der Kamenskaja ein: Nach ihren Worten hatte Degtjar keine Sekunde daran gezweifelt, dass Soja von den psychischen Voraussetzungen her Alina durchaus getötet haben könnte. Was die körperliche Verfassung anging, da gab es natürlich Zweifel, und zwar erhebliche, aber nur, wenn Alina nicht bewusstlos gewesen war. Aber wenn doch? Irgendwie war Soja sehr nervös.

Sie hatte Antworten parat auf jede Frage zu ihrem Aufenthalt bis zehn Uhr abends, als sie nach ihren Worten nach Hause gekommen und ins Bett gegangen war, und diese Antworten waren wesentlich glatter als ihre verworrene Aussage über die dreieinhalb Stunden, die sie im Sirius-Büro verbracht hatte. Das gefiel Stassow ganz und gar nicht.

»Soja Ignatjewna, ich habe das Gefühl, Sie lassen etwas aus, Sie wollen mir etwas verheimlichen. Habe ich Recht?«

Die Reaktion der Semenzowa war so heftig, dass Stassow ein wenig erschrak.

»Ich verheimliche Ihnen nichts! Hören Sie? Was soll ich denn verheimlichen? Über meine Schande wissen alle Bescheid! Alle wissen es! Alle! Diese Wasnis war einfach ein unersättliches Drecksstück. Die Demütigungen, die ich vor fünf Jahren hinnehmen musste, als sie mir die Rolle der Azucena weggenommen hat, waren ihr noch nicht genug. Ich war damals bei ihr zu Hause, hab geheult, sie angefleht, auf die Azucena zu verzichten und die Leonora zu spielen, wie ursprünglich vorgesehen. Ich habe ihr doch alles erklärt, alles! Wie wichtig es für mich wäre, diese Rolle zu bekommen. Und was ich durchgemacht habe, als meine Familie umgekommen ist! Wie qualvoll meine Therapie war! Ich habe ihr doch alles erzählt! Und sie? Sie hat mich ange-

hört, hat kein Wort dazu gesagt und dann gemacht, was sie
wollte. Wenn Sie wüssten, was es mich gekostet hat, meinen Stolz zu unterdrücken und sie anzubetteln. Sie, eine
Rotznase, eine kleine Studentin! Ich, eine verdiente Schauspielerin, bin vor ihr auf die Knie gefallen, habe geweint
und sie angefleht. Kann man so etwas je verzeihen? Sie hat
ihren Tod verdient, das sage ich Ihnen. Wer immer sie getötet hat, dem sollte man noch zu Lebzeiten ein Denkmal er-
richten.«

Soja zitterte wie im Fieber und versprühte Speichel; Stassow fürchtete, sie könne jeden Augenblick einen Herzan-
fall bekommen.

»Soja Ignatjewna, beruhigen Sie sich.« Er nahm sanft
ihre Hand und drückte sie leicht. »Regen Sie sich nicht so
auf. Ich verstehe vollkommen, Alina hat Sie sehr verletzt,
aber das ist doch schon so viele Jahre her, alle haben die
Geschichte längst vergessen, und das sollten Sie auch tun.
Nun beruhigen Sie sich doch, ich bitte Sie ...«

Er verließ die Semenzowa mit dem bedrückenden Gefühl, das er beim Anblick kläglicher, verletzter Menschen
immer empfand. Soja hatte seine Zweifel nicht zerstreut,
ihm aber zumindest einen Anhaltspunkt für weitere Nach-
forschungen gegeben. Nun musste er ihre Geschichte überprüfen; die Namen und Adressen von Frisör und Masseuse
und allen anderen, die Soja erwähnt hatte, standen in seinem Notizbuch. Geb's Gott, dass sich alles bestätigte. Aber
wenn nicht ...

Alina Wasnis
Zehn Jahre vor ihrem Tod

Im Laufe der Jahre hatte sie sich damit abgefunden. Er
tauchte weiterhin auf, stand manchmal urplötzlich vor ihr,
an einem dunklen, menschenleeren Ort. Alina bemühte

sich, abends nicht allein hinauszugehen, aber manchmal musste sie doch durch eine dunkle, öde Straße, und dann, als hätte er auf sie gewartet, war er sofort zur Stelle. Inzwischen kannte sie den Sinn und die Bedeutung der Worte, die er ihr zuflüsterte, wobei er ihr direkt in die Augen sah. Mit der einen Hand hielt er ihre Hand, mit der anderen berührte er ihr dichtes kastanienbraunes Haar, das glatt und seidig war. Und er redete und redete ... Sie hatte Angst, sie ekelte sich, aber sie blieb tapfer. An Schreien, um Hilfe rufen oder Weglaufen war nicht zu denken. Schließlich wohnte er irgendwo in der Nachbarschaft, und sie hatte keinen Zweifel: Er würde seine Drohung, die er jedes Mal wiederholte, bevor er ging, umgehend wahr machen.

Sie hielt sich seit langem für unsauber. Seit dem Tag, da ihre Freundin im Kindergarten zu ihr gesagt hatte, sie sei verdorben und ansteckend. Alina hatte damals niemanden gehabt, der ihr erklärt hätte, dass sie ohne jede Schuld war, dass sie genauso war wie alle Kinder. Es hatte an ihrer Seite keinen Erwachsenen gegeben, der zur Miliz gegangen wäre, um zu melden, dass in ihrer Gegend ein junger Mann wohnte, der Kinder belästigte. Sie trug ihre Angst mit sich herum, und in ihrer kindlichen Seele wuchsen Schuldgefühle und bittere Einsamkeit.

Mit der Zeit bemerkte sie, dass der schreckliche Mann (bei sich nannte sie ihn den Irren) mit einer gewissen Regelmäßigkeit auftauchte. Jedenfalls kam er nicht häufiger als alle zwei, drei Monate. Darum atmete Alina nach jeder Begegnung auf, denn sie wusste: Nun konnte sie fünf, sechs Wochen lang ruhig durch die Straßen gehen, ohne sich dauernd umzusehen und zusammenzuzucken. Waren zwei Monate vergangen, begann sie zu warten. Hoffentlich bald, dachte sie wehmütig, dann habe ich es hinter mir und wieder für fast zwei Monate Ruhe. Das ging so weit, dass sie, wenn das Warten unerträglich wurde, abends hinausging und sich in einen kleinen Park in der Nähe setzte. Das funktionierte fast immer. Der Irre näherte sich von hinten, setzte sich neben sie, die Zähne widerlich gebleckt, griff in ihr langes, seidiges Haar und begann seine üblichen Ekelhaftigkeiten zu flüstern: Wie er ihr das Höschen runterziehen würde, sie mit den Fingern berühren und streicheln ... Sie bemühte sich wegzuhören, an etwas anderes zu denken, zum Beispiel an die Schule, an ihre Hausaufgaben, an ihre Stiefmutter und ihre Brüder. Alina wusste: Sie musste innerlich die Augen zukneifen und durchhalten. Dafür hatte sie dann zwei Monate relative Ruhe.

Mit fünfzehn verstand sie dann jede seiner Gesten, wusste, warum er gegen Ende seines leisen, lüsternen Flüsterns die Hand aus ihrem Haar nahm und sich zwischen die Beine griff. Sie wusste, warum er plötzlich mitten im Wort abbrach, zwei, drei Sekunden lang schwieg und dann tief und irgendwie heiser seufzte. Ihr war bewusst, was mit diesem Mann vor sich ging, der neben ihr auf der Bank saß, und sie empfand nichts als Grauen und Ekel. Doch das Grauen wurde Gewohnheit, auch der Ekel wurde Gewohnheit. Und das Schuldgefühl. Und die Einsamkeit.

Sie hatte keine Freundinnen, und sie hatte nie gelernt, mit anderen zu reden. Alina hielt in Gedanken lange, flammende Monologe, sprach mit Phantasiepartnern, erzählte ihnen von Büchern, die sie gelesen, und von Filmen, die sie gesehen hatte, stritt mit ihnen, bewies und erklärte ihnen etwas. Sie beklagte sich bei ihnen und tröstete sie, wenn sie sich bei ihr beklagten. In ihrem Kopf existierte eine ganze Welt voller guter, kluger Menschen, denen sie nicht gleichgültig war, die sich um sie kümmerten und mit ihr bangten, wenn sie eine Prüfung zu bestehen hatte. Aber sobald sie den Mund aufmachte, war sie wie von tödlicher Kälte gelähmt. Ihr schien, niemand interessiere sich für sie, niemand brauche sie und ihre Gedanken und Gefühle. Zudem hatte sie Angst. Die kindliche Erfahrung war so bitter und schmerzhaft gewesen, dass Alina Wasnis seitdem schreckliche Angst hatte, jedes Wort, das sie sagte, könne gegen sie verwendet werden.

Die Lehrer bemerkten nichts. Alina hatte ein wunderbares Gedächtnis, sie konnte die Lehrbuchantworten auswendig herunterbeten und dank ihres normal entwickelten Verstandes Mathematik-, Chemie- und Physikaufgaben mühelos lösen. Nur die Literaturlehrerin wunderte sich, denn sie stellte häufig Fragen, die nicht im Lehrbuch standen. Sie hörte sich die Antwort eines Schülers zum Thema »Tolstois Napoleonbild im Roman ›Krieg und Frieden‹« an und fragte dann zum Beispiel:

»Und was meinst du selbst, war Napoleon grausam? Du hast doch den Roman gelesen, welchen Eindruck hast du gewonnen?«

Wenn Alina solche Fragen gestellt bekam, begann sie zu stammeln, rang sich Worte ab, die nicht im Geringsten wiederzugeben vermochten, was sie dachte. Ja, sie hatte eine eigene Meinung, aber panische Angst davor, sie laut zu äußern. Womöglich war wieder etwas falsch?

»Einfach verblüffend«, sagte die Lehrerin dann. »Alina, du schreibst doch so glänzende Aufsätze, warum sprichst du so schlecht?«

Weil meine Aufsätze nur Sie lesen, antwortete Alina ihr in Gedanken. Meine Antwort dagegen hört die ganze Klasse. Weil ich Ihnen vertraue, Sie würden mich nie vor den anderen bloßstellen, wenn in meinem Aufsatz etwas falsch wäre. Aber wenn ich etwas Lächerliches oder Falsches sage, dann würden die Klassenkameraden mich auslachen und verachten.

Das hatte sie ihrem Bruder Imant zu verdanken, der hatte ihr diese panische Angst vor ihren eigenen Worten eingeflößt. Mit fünfzehn wusste und verstand sie bereits alles, was ein Mädchen ihres Alters wissen und verstehen musste. Natürlich auch, dass es keine Wörter gab, von denen man Ausschlag im Mund bekam. Aber die kindlichen

Ängste waren noch lebendig, sie hatten Wurzeln geschlagen und waren mit den Jahren immer tiefer und tiefer eingedrungen. Sie hatte noch immer Angst vor Menschen und ging ihnen aus dem Wege, folglich sprach sie wenig, dafür dachte sie viel nach und redete mit sich selbst.

Sie war fest entschlossen, Schauspielerin zu werden. Nicht aus den naiven Beweggründen, von denen sich die meisten Mädchen leiten lassen, die sich an der Filmhochschule oder an einer Schauspielschule bewerben. Am wenigsten dachte sie dabei an Ruhm, Berühmtheit, ein schönes Leben und Gastspiele im Ausland. Sie wollte gehört werden, wollte den Menschen den Ozean an Gedanken, Gefühlen, Urteilen und Empfindungen nahe bringen, der sich im Laufe vieler Jahre in ihr angesammelt hatte. Aber nicht in ihrem eigenen Namen, nicht als Alina Wasnis, sondern im Namen der Figuren, die sie spielen würde. Dieser Ozean drängte nach außen, drohte ihre zarte, noch unreife junge Psyche zu sprengen, blieb aber in ihr eingesperrt, verriegelt von ihrer ewigen Angst, falsch verstanden und abgelehnt zu werden. Für eine ausgedachte Figur aber war sie ja nicht verantwortlich.

Fünftes Kapitel

Kamenskaja

Nach der morgendlichen Dienstbesprechung am Montag debattierten Nastja Kamenskaja und Jura Korotkow über ihr weiteres Vorgehen. Gleich am Morgen hatte Nastja sich nach den Ergebnissen der Gerichtsmediziner erkundigen können, die den Leichnam von Alina Wasnis obduziert hatten. Der Tod war durch Ersticken eingetreten. Aber in ihrem Blut wurden Spuren eines starken Beruhigungsmittels gefunden, und zwar eine ziemlich hohe Dosis.

»Und was haben wir davon?«, fragte Korotkow traurig. »Xenija Masurkewitsch besaß Beruhigungsmittel, mindestens achtzig Tabletten, und es ist völlig offen, wo sie die gelassen hat. Ansonsten müsste sie das Rezept noch haben. Entweder oder. Die Semenzowa kann die unglückliche Wasnis durchaus erstickt haben, wenn sie sie zuvor mit Beruhigungsmitteln voll gestopft hat. Auch mit Charitonow ist alles unklar. Zu beweisen, dass man an einem bestimmten Ort nicht war, ist ein Leichtes, wenn man zur fraglichen Zeit woanders gesehen wurde. Aber wie beweist man, dass man an einem bestimmten Ort war, wenn einen dort niemand gesehen hat? Er schwört, er habe Alina die gesamte Summe gebracht. Wie können wir das überprüfen?«

»Schon gut, hör auf zu nörgeln, alles halb so schlimm. Um Xenija soll sich der Untersuchungsführer kümmern, er wird sie nach dem Rezept und den Tabletten fragen. Übrigens, wir beide sollten überprüfen, ob Xenija und Soja Semenzowa vielleicht befreundet sind.«

»Wie bitte?« Korotkow sah Nastja verblüfft an. »Meinst du, sie könnten Alina gemeinsam getötet haben?«

»Warum nicht? Einen Grund hatten beide, und die eine hatte obendrein die Tabletten. Außerdem hat keine von beiden ein Alibi. Stassow hat überprüft, was Xenija am Freitag gemacht hat, und nichts gefunden. Nach neun Uhr abends – nicht die geringste Spur, niemand hat sie gesehen oder von ihr gehört. Sie selbst wurde allerdings bislang noch nicht befragt, vielleicht erklärt sie ja, wo sie war, aber das überlassen wir dem Untersuchungsführer. Und wie sieht's bei der Semenzowa aus?«

»Nichts. Beim Frisör war sie nicht, bei der Masseuse auch nicht, das war alles gelogen. Mehr noch, Stassow hat Leute bei Sirius gefunden, die behaupten, sie hätten Soja am Abend zwischen zehn und elf angerufen. Weißt du, wenn einem etwas Unangenehmes widerfährt, finden sich immer Leute, die sich erkundigen, ob das stimmt. Am Abend haben mindestens zwei Freundinnen bei ihr angerufen, um zu erfahren, ob es stimmt, dass Smulow ihr eine Rolle geben wollte und Sarubin das verboten hat, und ob das tatsächlich von Alina Wasnis ausging. Die eine hat kurz nach zehn angerufen, die andere kurz vor elf, und gegen halb zwölf hat es die Erste noch einmal versucht. Offenbar war sie ganz begierig auf das fremde Unglück.«

»Und die Semenzowa war natürlich nicht zu Hause?«

»Natürlich nicht. Jedenfalls ging sie nicht ans Telefon. Aber zu Stassow hat sie gesagt, sie sei gegen zehn nach Hause gekommen. Hör mal, Nastja, irgendwas stimmt heute nicht mit dir.«

»Wie kommst du darauf?« Nastja war ehrlich erstaunt. »Meine Laune ist okay, ich fühle mich ausgezeichnet, mir tut nichts weh, niemand hat mich beleidigt. Was redest du dir da ein?«

»Ich rede mir nichts ein, ich sitze bloß schon seit einer

halben Stunde bei dir, und du hast noch keinen Schluck Kaffee getrunken und auch mir keinen angeboten.«

Nastja lachte. Sie und Jura waren seit langem eng befreundet, und deshalb wusste er genau, dass sie es keine zwei Stunden ohne eine Tasse Kaffee aushielt. Wenn Nastja nach der morgendlichen Dienstbesprechung in ihr Büro ging, setzte sie als Erstes Wasser auf und brühte sich eine riesige Tasse starken Kaffee, ohne die ging sie gar nicht an die Arbeit.

»Ich schätze, das Wichtigste an deinem Satz ist der letzte Teil. Du willst höflich andeuten, dass ich dir einen Kaffee anbieten soll.«

Sie holte einen Tauchsieder hervor, goss aus einer Karaffe Wasser in einen großen Keramikkrug, nahm aus einem Schränkchen zwei Tassen, eine Büchse löslichen Kaffee und eine Schachtel Zucker.

»Also, du alter Schnorrer, was machen wir nun? Überlassen wir Xenija Masurkewitsch dem Untersuchungsführer?«

»Machen wir.« Korotkow nickte.

»Und die Semenzowa? Stassow hat aus ihr alles rausgequetscht, was er konnte, hat es Sinn, wenn er sie weiter bearbeitet?«

»Okay, die Semenzowa übernehme ich. Stassow kann ja nicht so hart vorgehen, die beiden gehören immerhin zur selben Firma, aber ich darf, ich bin ein Fremder.«

»Gut, dann machen wir das so. Der Untersuchungsführer wird das Alibi von Xenija Masurkewitsch überprüfen, du das von Soja Semenzowa, und ich kläre, ob die beiden netten Damen befreundet waren. Charitonow hängt noch in der Luft«, sagte Nastja nachdenklich. »Knüppelchen hat versprochen, sich den laufenden Kram anzusehen und uns dann noch jemanden zuzuteilen. Scheint wohl nicht zu klappen. Jedenfalls äußert er sich nicht.«

Knüppelchen – so nannten sie in der Abteilung liebevoll

ihren Chef, Viktor Alexejewitsch Gordejew, wegen seiner untersetzten Figur und seines runden, kahlen Kopfes. Gordejew wusste von seinem Spitznamen, nahm ihn aber nicht übel – er trug ihn schon so lange, dass er ihn als seinen zweiten Namen betrachtete.

»Und noch eins, Jura. Wir beide müssen herausfinden, ob Alina Wasnis vielleicht häufig Beruhigungsmittel nahm. Sonst basteln wir hier lauter Hypothesen zusammen, und dann stellt sich heraus, dass sie das Zeug selbst regelmäßig genommen hat. Ruf gleich mal Smulow an, damit wir Klarheit haben.«

Korotkow griff gehorsam zum Hörer und wählte Smulows Nummer. Der war glücklicherweise zu Hause.

»Beruhigungsmittel? Nein, nie. Alina hatte äußerst starke Nerven, sie hat so etwas generell nicht genommen. Selbst am Freitag, als ich ihr geraten hatte, zu Hause zu bleiben und sich zu beruhigen, hat sie nur etwas Hopfentee getrunken. Das hat sie mir selbst gesagt. Das einzige Beruhigungsmittel, das ich je bei ihr gesehen habe, waren Baldriandragees. Wissen Sie, Alina hatte große Angst vorm Zahnarzt, so schlimm, dass selbst eine Narkose bei ihr kaum wirkte. Darum hat man ihr geraten, vorher ein paar Pillen zu nehmen, damit die Schmerzbetäubung effektiver wirkte.«

»Und Sie haben bei ihr nie irgendwelche Tranquilizer gesehen?«

»Nein«, antwortete Smulow fest. »Nie.«

Korotkow legte auf und trank einen Schluck Kaffee.

»Fehlanzeige«, sagte er. »Unser Opfer hat keine Psychopharmaka geschluckt, überhaupt hatte sie ein starkes Nervenkostüm. Nur vorm Zahnarzt hatte sie Angst, dann nahm sie Baldrianpillen. Hin und wieder Hopfentee. Sonst nichts.«

»Schade.« Nastja seufzte enttäuscht. »Also müssen wir uns die Masurkewitsch und die Semenzowa vornehmen. Darauf hatte ich eigentlich gar keine Lust ...«

»Nein? Warum denn?«

»Ach«, sie winkte träge ab. »Mit Frauen hat man nichts als Schwierigkeiten. Sie lügen und lügen, denken sich sonst was aus, das kriegt man dann kaum noch auseinander klamüsert. Zumal die eine Alkoholikerin ist und die andere sexbesessen. Solche Frauen sagen nie im Leben die Wahrheit, die schwindeln einem die Hucke voll, zum Verrücktwerden. Weißt du, warum es mit Männern einfacher ist? Wenn man einen Mann in die Ecke drängt und ihm beweist, dass er die Unwahrheit gesagt hat, gibt er sich sofort geschlagen. Und dann ist es eine wahre Freude, mit ihm zu arbeiten. Aber Frauen, die sind anders gestrickt. Sie schämen sich nicht, wenn man sie beim Lügen ertappt, sie entwickeln eine Art sportlichen Ehrgeiz, wollen dich unbedingt beschwindeln, dir einen Bären aufbinden. Du sagst: Meine Liebe, Sie sagen die Unwahrheit, und sie darauf: Nein, das ist die Wahrheit, ich weiß gar nicht, wer Ihnen das eingeredet hat, wer mich der Lüge bezichtigen will. Oder die andere Variante, raffinierter: Ja, ich habe Ihnen die Unwahrheit gesagt, aber nur, weil … Und dann tischt sie dir eine noch größere Schwindelei auf. Und wenn du sie dann zum zweiten Mal ertappst, fängt sie an zu heulen und erzählt dir eine Schauergeschichte von einem schrecklichen Geheimnis, das auf keinen Fall jemand erfahren darf, und darum habe sie die ganze Zeit gelogen. Um das Geheimnis zu wahren. Ach, Jura, Frauen sind etwas Furchtbares.«

»Könnte man meinen«, sagte Korotkow spöttisch. »Und du, was bist du eigentlich?«

»Ich, mein Lieber, bin keine Frau.« Nastja lächelte. »Ich bin ein weiblicher Detektiv. Das ist der kleine, aber große Unterschied.«

* * *

Erst einmal schöpfte Nastja den Rahm ab – sie rief Stassow an und bat ihn herauszufinden, ob Xenija Masurkewitsch und Soja Semenzowa vielleicht befreundet seien. Stassow fand die Frage mehr als seltsam.

»Was sollten die beiden denn gemeinsam haben?«, fragte er erstaunt. »Die Frau des Konzernpräsidenten und eine dem Alkohol verfallene Schauspielerin.«

»Das denke ich auch. Aber überprüf das trotzdem, ja? Vielleicht kennen sie sich noch aus der Schulzeit oder vom Studium oder gehörten in ihrer Jugend zur selben Clique. Oder haben mal zusammen im Krankenhaus gelegen. Du weißt doch, alles ist möglich. Slawa, versteh mich bitte richtig, im Moment geht es mir weniger um die Tatsache an sich, sondern vor allem um die gesellschaftliche Meinung. Ich will wissen, ob es offiziell heißt, dass die beiden eng befreundet waren oder dass sie absolut nichts miteinander zu tun hatten. Und dann gehen wir weiter.«

»Ach so.« Stassow war erleichtert. »Das kriege ich schnell raus. Ruf mich in zehn Minuten wieder an.«

Zehn Minuten später erfuhr Nastja von ihm ungefähr das, was sie erwartet hatte: Als Sirius vor zehn Jahren gegründet wurde, war die verdiente Schauspielerin Soja Semenzowa eine der Ersten, der ein Vertrag angeboten wurde. Sie hatte einen guten Ruf, galt als gewissenhafte, arbeitsame Schauspielerin, die sich aus Skandalen und Intrigen raushielt. Die Anregung, sie zu engagieren, kam von Leonid Degtjar, der Soja schon lange kannte und für seine Opernverfilmungen eine Darstellerin mittleren Alters brauchte, für Rollen, die in der Oper von Mezzosopran oder Konteralt gesungen wurden: Die Gräfin in der »Pik Dame«, die Flora in »La Traviata«, die Ulrike im »Maskenball«. Xenija zeigte keinerlei Interesse für die Semenzowa, selbst als dieser das schreckliche Unglück widerfuhr, hielt sie es nicht für nötig, ihr Beileid zu bekunden, obwohl ausnahmslos alle Angestellten von Sirius sie im Krankenhaus besuchten oder ihr Blumen und Grüße schickten. Kurz, Xenija kannte die Semenzowa nicht.

Was die Semenzowa angeht, so hat sie nie erwähnt oder auch nur angedeutet, dass sie die Frau des Präsidenten näher kenne. Wenn sie sich bei Premieren, Vorführungen und ähnlichen Gelegenheiten begegneten, nickten sie einander höflich zu und gingen auseinander.

»Hör mal, Slawa, erinnert dich das nicht an eine alte Feindschaft?«, fragte Nastja nach Stassows Bericht.

»Nein, mich erinnert das an La Bruyère«, erwiderte er lachend. »Wenn ich nicht irre, hat er doch geschrieben: Wenn ein Mann und eine Frau, die sich in der Öffentlichkeit begegnen, in entgegengesetzte Ecken verschwinden, einander nicht anschauen und kein Wort miteinander wechseln, dann weiß jeder, was das bedeutet.«

»Na ja, da hast du eigentlich Recht«, stimmte Nastja ihm zu. »Wie dem auch sei, die Frage, ob die beiden sich näher kennen, muss überprüft werden. Ich habe den starken Verdacht, dass unsere beiden Damen das sorgfältig verheimlichen. Apropos, wie heißt Xenija eigentlich mit Mädchennamen?«

»Kosyrewa. Ich hab dir doch erzählt, sie ist die Tochter des Bankiers Valentin Petrowitsch Kosyrew. Schon vergessen?«

»Nein, ich erinnere mich, aber manchmal tragen Kinder ja den Namen ihrer Mutter oder den von deren zweitem Ehemann, darum habe ich gefragt.«

»Hör mal, Nastja, du bist aber höllisch misstrauisch«, sagte Stassow mit unwillkürlichem Respekt. »Gebranntes Kind, oder?«

»Genau. Weißt du, wie oft ich mich schon verbrannt habe? Einmal hatte ich mit einem Kerl zu tun – der reinste Albtraum. Er suchte sich bedürftige Frauen und zahlte ihnen eine anständige Summe dafür, dass sie ihn heirateten und sich nach einem Monat wieder scheiden ließen. Bei der Eheschließung nahm er den Namen der Frau an, bekam schnell einen neuen Ausweis, nach der Scheidung ging er zur Miliz, erklärte, er habe seinen Ausweis verloren oder sei überfallen worden oder etwas in der Art, bekam einen neuen Ausweis ausgestellt, auf den Namen der Frau, weil er den Namen nach der Scheidung beibehalten hatte, dann heiratete er wieder, und das Ganze ging von vorne los. Als wir ihn endlich hatten, besaß er vier echte Ausweise auf verschiedene Namen. Echte! Und was er alles mit diesen Ausweisen angestellt hat, das geht auf keine Kuhhaut. Er hatte übrigens eine Komplizin, und nach jeder Scheidung hat er sie schnell geheiratet. Sie hat ebenfalls den Namen gewechselt und dann ihren Ausweis bei der Miliz auch als gestohlen gemeldet; die Ausweise hat sie alle im Nachtschrank gestapelt. Acht Jahre wurde in ganz Russland nach den beiden gefahndet, und in dieser Zeit war die Miliz an die zwanzigmal an ihnen dran. Doch die suchte nach Iwanow und Sidorowa, und die beiden hießen laut Ausweis Petrow und Tjutkina oder Bublikow und Kruglikowa, und bei der Überprüfung war alles sauber, die Ausweise echt, die Fotos auch – Entschuldigung, mein Herr, meine Dame. Deshalb habe ich bei Namen meine Zweifel.«

»Donnerwetter!« Stassow atmete geräuschvoll aus. »Du hast also Korjagin gefasst? Verdammt, ich kenne die Geschichte, aber ich hätte nicht gedacht, dass du …«

»Übertreib nicht, Slawa, ich habe ihn nicht gefasst. Ich hab in meinem Leben noch nie einen Verbrecher gefasst. Das kann ich nicht. Ich habe ihn nur aufgespürt. Ich habe geahnt, dass er seinen Namen jedes Mal legal wechselt. Im Grunde ganz simpel. Aber weil das in der Praxis ziemlich selten ist, kommt niemand auf die Idee, dass ein Mann den Namen seiner Frau annimmt. Und genau darauf hat er spekuliert. Da habe ich mir mal seine Ehefrauen angesehen, und als wir dann die Liste aller Namen hatten, ergab sich der Rest von selbst. Gefasst hat ihn übrigens Jura Korotkow.«

Gegen Mittag hatte Nastja Kamenskaja folgende Hypothesen für die Ermordung von Alina Wasnis:

Erstens: Nikolai Charitonow hat Alina Wasnis getötet, um seine Schulden nicht zurückzahlen zu müssen.

Zweitens: Xenija Masurkewitsch hat den Mord begangen, indem sie Alina eine große Dosis Beruhigungsmittel in den Tee oder Kaffee schüttete, und sie dann, als diese schläfrig wurde, einfach mit einem Kissen erstickte. Es gab in der Wohnung keinerlei Kampfspuren, auch keine blauen Flecken oder Würgemale am Hals des Opfers.

Drittens: Dieselbe Vorgehensweise, aber die Mörderin war Soja Semenzowa.

Viertens: Wiederum dieselbe Vorgehensweise, aber mit zwei Täterinnen: Xenija und Soja.

Es gab noch eine fünfte Hypothese. Die hatte Nastja noch nicht im Kopf, aber sie wusste genau, dass sie existierte. So etwas spürte sie einfach, wenn immer neue Verdächtige auftauchten. Sie rechnete jede Minute mit einer fünften Hypothese.

Und sollte Recht behalten.

Stassow

Noch bevor er an die Überprüfung der Biographien von Xenija Masurkewitsch und Soja Semenzowa gehen konnte, rief Masurkewitsch ihn zu sich. Stassow stieg hinauf in den zweiten Stock, wo sich das Büro des Präsidenten befand, und stieß die schwere Eichentür auf.

Masurkewitsch saß niedergeschlagen am Schreibtisch, in den Besuchersesseln ihm gegenüber erblickte Stassow Andrej Smulow und einen älteren Mann mit groben Gesichtszügen.

»Also, Wladislaw Nikolajewitsch«, sagte Masurkewitsch irgendwie verwirrt, »darf ich vorstellen, das ist Waldis Gunnarowitsch, Alinas Vater.«

»Ich komme wegen der Erbschaft«, erklärte Wasnis sofort, ohne den Kopf zu wenden. »Er soll uns in Alinas Wohnung lassen, damit wir die Sachen abholen können. Er hat einen Schlüssel, das weiß ich.«

Mit »er« meinte Wasnis Smulow, hielt es aber nicht für nötig, ihn wenigstens beim Namen zu nennen.

»Das ist unmöglich, Waldis Gunnarowitsch«, sagte Stassow so sanft er konnte. »Solange die Untersuchung der Umstände ihres Todes noch nicht abgeschlossen ist, dürfen nur Mitarbeiter der Miliz die Wohnung betreten. Auf jeden Fall brauchen Sie, wenn Sie etwas aus der Wohnung holen wollen, die Erlaubnis des Untersuchungsführers. Weder Michail Nikolajewitsch noch ich und schon gar nicht Andrej Lwowitsch darf Sie in Alinas Wohnung lassen. Haben Sie dafür bitte Verständnis.«

»Das ist mein Recht«, erwiderte Wasnis ungerührt, als hätte er Stassows Erklärungen nicht gehört. »Ich bin der gesetzliche Erbe meiner Tochter und habe ein Recht auf ihr gesamtes Eigentum.«

»Zweifellos haben Sie das Recht. Aber später, jetzt noch nicht.«

»Aber ich muss Kleider holen, in denen Alina beerdigt werden soll. Ich kann sie doch nicht so in den Sarg legen, in diesem …«

Er verzog verächtlich das Gesicht, und Stassow erinnerte sich, dass die tote Alina in einem nahezu durchsichtigen Negligé gefunden worden war, unter dem sie ein verführerisch kurzes Spitzennachthemd getragen hatte.

»Das ist etwas anderes. Trotzdem brauchen Sie dafür eine Genehmigung. Ein Mitarbeiter der Miliz wird Sie begleiten, dann können Sie alles holen, was Sie für die Beerdigung benötigen.«

»Er soll mir den Schlüssel geben«, wiederholte Wasnis störrisch, wobei er niemanden anblickte.

»Aber ich habe gar keinen«, meldete sich Smulow. »Den haben die Kripobeamten mir abgenommen. Sie müssen sich also in jedem Fall an sie wenden und nicht an uns.«

Wasnis erhob sich langsam aus dem Sessel, und Stassow war verblüfft, wie riesig er war. Stassow selbst fehlten nur vier Zentimeter an zwei Metern, und er hatte seit seiner Kindheit nicht mehr erlebt, wie es war, wenn man nicht den Kopf neigen musste, um einem anderen in die Augen zu sehen. Der alte Lette starrte Stassow aus kleinen Äuglein an, und dem wurde für einen Augenblick ganz mulmig von der Feindseligkeit, die ihm aus diesen grauen Schlitzen entgegenfunkelte. Dann drehte sich Wasnis gemächlich zu Masurkewitsch um und maß ihn mit einem kalten Blick. Schließlich sah er zu Smulow, der reglos im Sessel saß.

»Du hast sie umgebracht«, sagte er laut und deutlich. »Wenn sie nicht in deinen Filmen mit diesen beschissenen Gruselgeschichten mitgespielt hätte, würde sie noch leben. Du bist schuld. Du.«

Alle waren ganz starr vor Überraschung und bemerkten nicht einmal, wie Waldis Wasnis das Büro von Masurkewitsch verließ.

***

»Wie hat Wasnis das gemeint?«, fragte Stassow, setzte sich bequemer zurecht und zündete sich eine Zigarette an. »Woran gibt er Ihnen die Schuld?«

Er war mit Smulow hinunter in den ersten Stock gegangen, in Stassows Büro, und stand immer noch unter dem Eindruck der letzten Worte von Alinas Vater.

»Verstehen Sie, er war überhaupt dagegen, dass Alina in russischen Filmen mitspielte. Erst recht in Thrillern. Waldis ist altmodisch, er hat für dieses Genre nichts übrig. Er ist der Ansicht, man dürfe nicht eigenhändig Schrecken erschaffen, sich welche ausdenken, sonst würden diese Schrecken real und lebendig und richteten den Menschen zugrunde. Verstehen Sie, daran glaubt er wirklich. Er hat ja die letzten Jahre kaum mit Alina gesprochen.«

»Er hat nicht mit ihr gesprochen, kommt aber gleich angerannt wegen der Erbschaft«, bemerkte Stassow. »Besaß Alina denn irgendwelche Wertsachen? Ersparnisse? Teuren Schmuck?«

»Nichts Besonderes.« Smulow zuckte die Achseln. »Bis auf die Brillanten ihrer Mutter. Aber die sind ja verschwunden, das muss Waldis doch wissen. Ich vermute, da hat Imant die Hand im Spiel, der ältere Bruder. Er war ständig unzufrieden, weil er als Ärmster in der Familie dastand.«

»Ach ja?«, hakte Stassow sofort ein. »Wie das?«

»Den Schmuck seiner ersten Frau hatte Waldis von Anfang an Alina zugedacht. Alois, der Mittlere, hat vorteilhaft geheiratet und ein eigenes Unternehmen gegründet. Imant dagegen besitzt nichts als seine Zehnklassenbildung und seinen Beruf als Dreher. Ein Hochschulstudium hat von den dreien nur Alina. Aber Alois hat sich durchgeboxt, er hat überhaupt Ehrgeiz und Energie, Imant dagegen, der ist irgendwie … Ein bisschen beschränkt, unflexibel vielleicht. Voriges Jahr hat er für seine gesamten Ersparnisse MMM-Aktien gekauft, als sie noch tausendvierhundert Rubel kosteten. Der Preis der Aktien stieg rasch, wie Sie sich bestimmt erinnern, zweimal die Woche wurden die Kurse bekannt gegeben, und er sah sich zweimal die Woche reicher und reicher werden. Imant ist sparsam, er hatte Geld für den Notfall zurückgelegt, eine Million Rubel, und für diese Million hat er tausend Aktien gekauft, sich sogar noch vierhunderttausend Rubel von Alina geliehen, in meinem Beisein. Als der Stückpreis der Aktien bei hunderttausend lag, fühlte er sich schon als reicher Mann, machte Pläne, wollte ein eigenes Unternehmen gründen und so weiter.

Und dann, als der Preis auf hundertfünfundzwanzigtausend gestiegen war, brach auf einmal alles zusammen. Verstehen Sie? Gestern besaß er noch hundertfünfundzwanzig Millionen, und heute – null. Er verlor fast den Verstand, der Arme. Aber vielleicht ja nicht nur fast«, setzte Smulow nachdenklich hinzu. »Fremder Wohlstand ließ ihm keine Ruhe. Alina hat erzählt, er habe mehrfach von ihr verlangt, den Schmuck der Mutter zu teilen. Eigentlich ganz verständlich. Warum hatte Alina alles bekommen und er nichts? Weil ihr Vater das so entschieden hatte? Und warum? Wieso war Alina besser als er, Imant?«

»Sie sagen also, Imant hat Anspruch erhoben auf den Schmuck der Mutter?«

»Ja. Davon hat Alina häufig gesprochen.«

»Sehr interessant. Sie haben doch nichts dagegen, wenn ich Jura Viktorowitsch mitteile, was Sie mir eben erzählt haben?«

»Aber nein, wenn es hilfreich ist …«

Korotkow

Die Familie Wasnis lebte seit über dreißig Jahren in diesem Haus. Zu Anfang, nachdem Sonja und Waldis geheiratet hatten, lebte das junge Paar mit Sonjas Eltern zusammen, die für ihre geliebte Tochter und deren Mann sofort in eine Wohnungsbaugenossenschaft eintraten. Imant, der erste Sohn, wurde geboren, als Sonja und Waldis noch bei den Eltern lebten, doch Alois, der zweite, wurde von der Entbindungsstation bereits in die neue Wohnung gebracht, eine große Vierzimmerwohnung. Sonjas Eltern waren wohlhabend und ihrer Tochter gegenüber nicht geizig.

Einst war dieses Haus vermutlich Gegenstand des Neids vieler wohnungssuchender Moskauer gewesen: Die Wohnungen hatten einen hervorragenden Grundriss (nach damaligen Standards), Loggien, große quadratische Dielen und Einbauschränke, dank derer man die Räume nicht mit plumpen dreitürigen Kleiderschränken vollstellen musste. Noch besser als dieses Genossenschaftshaus waren nur die Häuser des ZK und des Ministerrats. Doch das alles war lange her, vom einstigen Glanz war kaum etwas übrig. Das Haus war offenkundig nie saniert worden und wirkte ein wenig heruntergekommen. Korotkow allerdings, der mit Frau, Sohn und gelähmter Schwiegermutter in einer winzigen Zweizimmerwohnung lebte und nicht die geringste Aussicht auf eine Verbesserung seiner Wohnverhältnisse hatte, wäre überglücklich gewesen, in einem solchen Haus zu leben.

Eine stattliche, jugendlich wirkende Frau mit nichts sagendem Gesicht und straffer Figur öffnete Korotkow die Tür. Die Stiefmutter, schloss Korotkow. Umso besser.

»Kommen Sie herein«, sagte sie mit einem starken Akzent, als lebte sie nicht seit fast zwanzig Jahren in Moskau. »Sie hatten angerufen, ja? Wegen Alina?«

»Ja. Sind Sie Inga?«

»Ja, die bin ich«, bestätigte die Frau und starrte Korotkow an, ohne zu blinzeln, wovon ihm ein wenig mulmig wurde. »Der Untersuchungsführer hat uns bereits befragt. Was wollen Sie noch?«

»Ich wollte mit Ihnen über Alinas Kindheit sprechen«, log Korotkow.

Er konnte ihr schließlich nicht erklären, dass er mit ihr über ihren älteren Stiefsohn Imant reden wollte. Auf Imant würden sie ganz von selbst zu sprechen kommen, Hauptsache, erst einmal anfangen. Und zwar mit etwas Unverfänglichem.

»Über ihre Kindheit? Wozu?«

»Um uns ein Bild zu machen über ihren Charakter. Es heißt zum Beispiel, sie habe keine enge Freundin gehabt. Seltsam, nicht wahr? Wie kann das sein, dass eine junge

Frau keine Busenfreundin hat? Womöglich wussten ihre Kollegen nur nichts davon, Sie dagegen, ihre Familie, wissen bestimmt mehr.«

Korotkow wollte Inga schmeicheln, erreichte aber das Gegenteil. Die Augen der Frau funkelten zornig.

»Ihre Familie? Alina war ihre eigene Familie. Sie hat uns verachtet, hielt uns für rückständig und unkultiviert, nicht ebenbürtig. Sie hielt sich immer für was Besseres.«

»Warum sagen Sie denn so etwas«, versuchte Korotkow seine Ungeschicktheit wieder auszubügeln. »Alina hat immer sehr herzlich von Ihnen gesprochen, sie liebte Sie. Sie sollten nicht so …«

»Woher wissen Sie das?«, fragte Inga misstrauisch. »Haben Sie sie etwa gekannt?«

»Nein, ich kannte sie nicht. Aber Andrej Lwowitsch hat mir erzählt …«

»Andrej Lwowitsch!« Inga fauchte verächtlich. »Dieser Lüstling! Dieser Regisseur! Was der Ihnen schon erzählt! Wenn er ein anständiger Mensch wäre, dann hätte er Alina geheiratet und sie nicht in diesen ekelhaften Filmen mitspielen lassen, noch dazu fast nackt. Er hat kein Gewissen, und sie auch nicht, denn sie hat ja mit ihm zusammengelebt und ihm erlaubt, dass er sie vor allen Leuten auszieht.«

»Hören Sie, Inga, Alina ist immerhin gestorben, und zwar nicht einfach so, sie ist ermordet worden. Tut sie Ihnen denn gar nicht Leid?«

»Leid? Ja, schon. Vielleicht.« Sie sah Korotkow irgendwie seltsam an. »Sie war mir nie nahe. Imant ja. Alois auch. Sie waren für mich wie eigene Söhne, sie haben mich geliebt und geachtet und mir gehorcht. Sich Rat bei mir geholt. Aber sie war mir immer fremd. Sie hat mich nach dem Tod ihrer Mutter nie angenommen. Sie hat mich gehasst.«

»Aber warum denn, Inga? Warum glauben Sie das? Alina hat nie ein böses Wort über Sie gesagt.«

»Genau!« Sie hob triumphierend den Finger. »Genau das

ist es. Sie hat überhaupt nie ein Wort gesagt, nicht über mich und auch nicht zu mir. Sie hat mich gar nicht beachtet. Sogar als sie noch klein war, kam sie nie zu mir, um sich eine Schleife binden oder das Kleid zuknöpfen zu lassen. Einmal hab ich ihr Hilfe angeboten, hab gesagt, komm, ich helfe dir, da hat sie mich angesehen, als wollte sie mich mit ihrem Blick versengen. Nicht nötig, Tante Inga, hat sie gesagt, danke, ich mache das selbst. Höflich war sie, da ist nichts gegen zu sagen, aber innen drin eiskalt. Leer. Sie hatte keine Seele. Sie war uns allen fremd.«

»Na schön, vielleicht war sie fremd«, gab Korotkow sich geschlagen, »aber auch ein Fremder tut einem doch Leid, wenn er so jung ums Leben kommt. Das ist doch ungerecht, oder nicht?«

Inga begann überraschend zu weinen. Bitterlich wie ein Kind, den Kopf gesenkt und die Hände vorm Gesicht. Korotkow wartete geduldig, bis sie sich beruhigte.

»Ich bin schuld, jetzt begreife ich, dass ich schuld bin.«

Inga nahm die Hände von ihrem verquollenen, verweinten Gesicht; sie genierte sich offenkundig nicht vor dem Fremden.

»Ich dachte, sie bringt gute Zensuren nach Hause, ist nie krank, schwänzt nicht die Schule, also ist alles gut. Alles in Ordnung. Ich wurde ins Haus geholt, um den Haushalt zu versorgen, Waldis wollte keine Kinder mehr, er hatte ja schon drei. Er hat mich zwar geheiratet, aber ich war trotzdem nur seine Haushälterin. Als er mich anbrüllte, ich solle nicht wagen, Sonjas Brillanten anzufassen, sie gehörten nur Alina, da erkannte ich meinen Platz in dieser Familie. Sonja, ja, die war seine Frau gewesen. Ich war nur seine Haushälterin, die bei ihm gemeldet war. Von der ganzen Familie hat nur Imant mich geliebt, nur er. Alois ging früh seiner Wege, war ständig beschäftigt, hat früh mit dem Geldverdienen angefangen, er war sehr selbständig. Und Alina ... Sie hat mich gar nicht beachtet. Sie hat niemanden

beachtet. Sie war schweigsam, verschlossen, hat nie irgendetwas erzählt, sich nie mitgeteilt. Und ich war doch gerade
erst neunzehn, als ich hergebracht und mit Waldis verheiratet wurde. Und dann gleich dieser große Haushalt, vier
Personen, für die ich kochen musste, Wäsche waschen, die
riesige Wohnung sauber halten. Meinen Sie, das war leicht?
Nicht, dass ich nicht ans Arbeiten gewöhnt war, nein, im
Dorf bin ich früh um vier aufgestanden, zum ersten Mel-
ken, wir hielten Kühe und Ferkel. Der Hof war groß, und
vorm Arbeiten hatte ich keine Angst. Aber den ganzen
Tag ... Bis alles erledigt war, kam schon die Nacht. Und
dann noch jedem Kind ins Herz sehen – dafür blieb nicht
die Zeit. Nur Imant ... Er war immer sehr häuslich, sehr
still, er hat mir geholfen. Alois kam aus der Schule gerannt,
hat schnell was gegessen und lief gleich Geld verdienen,
Autos waschen. Wenn Waldis von der Arbeit kam, böse,
müde und schmutzig, hat er sich gewaschen, gegessen und
sich mit der Zeitung vor den Fernseher gesetzt, kein gutes
Wort hatte er für mich übrig. Alina hat sich in ihrem Zimmer eingeschlossen und Hausaufgaben gemacht, sie hätte
nicht einmal etwas zu essen verlangt, wenn ich sie nicht zu
Tisch gerufen hätte. Nur Imant, der saß bei mir in der Küche, ist auch mit mir einkaufen gegangen, hat die Taschen
getragen, wir brauchten ja viel: Fleisch, Kartoffeln, Kohl,
das ist doch alles schwer, und bei der Wäsche hat er mir
auch geholfen. Er hat mit mir geredet. Wenn er nicht gewesen wäre, hätte ich in eurem Moskau das Sprechen ganz
verlernt. Und jetzt? Alois ist in Finnland, ihm geht es gut,
Alina ist Millionärin. Nur Imant ist leer ausgegangen.«

Während Korotkow Ingas verworrenen Erklärungen zuhörte und die Wände des großen Zimmers betrachtete,
kam ihm ein Verdacht. Helle Tapeten in kühlen Farben,
und direkt ihm gegenüber hing der einzige Schmuck: Ein
großes Familienfoto, alle fünf zusammen. Der mürrische
Waldis, Alina mit undurchdringlicher, ruhiger Miene, ein

sympathisch lächelnder hellhaariger junger Mann, offenbar Alois. Und Imant und Inga. Genauso: Die anderen alle einzeln, Imant und Inga zusammen. Während alle anderen ins Objektiv schauten, sahen die Frau um die Fünfunddreißig und der große Blonde um die Dreißig oder etwas jünger sich an. Nein, sie blickten geradeaus, aber dennoch sahen sie einander an. Sie waren zusammen. Noch immer?

»Ist Imant verheiratet?«, fragte Korotkow und wusste die Antwort, bevor er sie hörte.

»Nein. Wir leben noch immer alle drei zusammen«, antwortete Inga, nun wieder ganz ruhig. »Waldis, Imant und ich.«

Sie sagte die Wahrheit. Auf den ersten Blick nichts Ungewöhnliches, na und, sie lebten zusammen, Vater, unverheirateter Sohn und die Stiefmutter, was war daran so Besonderes, selbst wenn die Stiefmutter nur sechs Jahre älter war als ihr Sohn. Sie lebten tatsächlich zu dritt zusammen, nur dass Waldis davon nichts ahnte.

»Sagen Sie, Inga, hat es Imant nie gekränkt, dass Alina die Brillanten der Mutter bekommen hat?«

»Ich weiß nicht«, reagierte Inga kühl. »Darüber hat er mit mir nicht gesprochen.«

»Überlegen Sie noch einmal, Inga, erinnern Sie sich. Sie standen Ihrem ältesten Sohn doch immer sehr nahe.« Korotkow bezeichnete Imant absichtlich als ihren Sohn, um ihr nicht zu verraten, dass er Bescheid wusste. »Hat er mit Ihnen nicht über alle seine Probleme gesprochen?«

»Ich weiß es nicht«, wiederholte sie noch kühler. »Wir haben darüber nicht gesprochen.«

»Haben Sie nie versucht, mit Ihrem Mann zu reden, ihn dazu zu bewegen, dass er seinen Entschluss änderte? Das war doch wirklich ungerecht: Alina bekam alles, und die Söhne nichts.«

»Er hat Alina mehr geliebt. Sie war die Letzte, die Jüngste. Waldis hat immer gesagt, dass sie seiner Frau sehr ähnlich sieht. Waldis denkt, Männer muss man nicht unterstützen, dafür sind sie schließlich Männer, um alles selbst zu erreichen. Aber Alina ist ein Mädchen, und wer soll denn für sie sorgen, wenn nicht die Eltern?«

»Gut, das meinte Waldis. Und Sie? Was meinen Sie? Finden Sie das auch?«

Inga senkte den Blick und betrachtete das Teppichmuster.

»Es geht niemanden etwas an, was ich meine. Jedenfalls habe ich auf diese Brillanten keinen Anspruch erhoben. Was soll ich damit? Wie Waldis entschieden hat, so ist es richtig.«

Interessant! Erst vor einer halben Stunde hatte sie sich ereifert, dass die Entscheidung ihres Mannes falsch war, ungerecht. Alina ist Millionärin und Imant ist leer ausgegangen. Das waren ihre Worte. Zog sie sich zurück, weil sie merkte, dass sie zu viel gesagt hatte?

»Inga, wo ist Imant jetzt?«

In ihren Augen flammte Angst auf, und es gelang ihr nicht, sie zu löschen.

»Arbeiten wahrscheinlich.«

»Wann kommt er nach Hause?«

»Wahrscheinlich um sieben, wie immer. Er hat jedenfalls nicht gesagt, dass er später kommt.«

»Finden Sie es nicht seltsam, dass er zur Arbeit geht, als wäre nichts geschehen, nachdem seine Schwester ermordet wurde? Schließlich ist übermorgen die Beerdigung, da gibt es doch eine Menge zu erledigen.«

»Darum kümmert sich Waldis. Er hat heute frei. Bei Imant auf Arbeit sind sie streng, er kann nur unbezahlt frei nehmen. Bei uns zählt jede Kopeke, Waldis ist in Rente gegangen, er arbeitet zwar noch nebenbei, aber das sind nur ein paar Rubel.«

»Und Alois? Weiß er von dem Unglück? Kommt er zur Beerdigung?«

»Ich weiß nicht.«

»Wie das?«

»Er ist jetzt in Finnland. Anrufen ist teuer, das können wir uns nicht leisten. Außer er ruft selbst an ...«

Korotkow verließ die Wohnung der Familie Wasnis mit einem Stein auf dem Herzen. Diese Familie war anders als alle, die er kannte. Geizig? Knauserig? Oder einfach nur sparsam, weil sie nie besonders wohlhabend war? Von Inga hatte er erfahren, dass die Verwandten von Waldis' erster Frau, solange sie noch in Moskau lebten, ihnen immer mal Geld für »Sonjas Kinder« zugesteckt hatten. Die überstürzte zweite Heirat des Schwiegersohns hatte ihre Gefühle verletzt, sie brachen den Kontakt zu Waldis ab und schickten das Geld nur noch per Postanweisung. Doch diese Verwandten lebten schon lange im Ausland, sie waren neunzehnhundertzweiundachtzig ausgereist. Na schön, die Wasnis' waren arm, aber sie mussten doch irgendwelche menschlichen Gefühle haben! Dem leiblichen Bruder nicht mitzuilen, dass seine jüngere Schwester tragisch ums Leben gekommen war, und zwar nur deshalb, weil Auslandsgespräche so teuer waren? Das wollte ihm nicht in den Kopf. Was waren das für Leute, diese Familie Wasnis? Zurückhaltend mit ihren Emotionen? Oder einfach kalt und herzlos? Von Alina jedenfalls wurde genau das behauptet. Ihre Stiefmutter und ihre Kollegen von Sirius waren sich einig: höflich und kalt. Äußerlich freundlich, aber gleichgültig, verschlossen und hart.

Zweifellos kränkte es Inga, dass Imant leer ausgegangen war. Imant war ihr einziger Lichtblick in dieser fremden Stadt, dieser fremden Kultur, diesem fremden Land. Die rechtlose Haushälterin, die kein eigenes Kind bekommen durfte, aber regelmäßig ihren ehelichen Pflichten nachkommen musste, hatte Trost gefunden bei einem Jungen, der nur ein paar Jahre jünger war als sie. Intime Beziehungen zwischen Stiefmutter und Stiefsohn sind, ebenso wie zwischen Stieftochter und Stiefvater, keine Seltenheit, im Gegenteil. Es ist nur nicht üblich, darüber zu reden. Auch geschrieben wird darüber wenig. Konnte Imant die eigene Schwester wegen der Brillanten getötet haben? Ja. Und wenn Charitonow tatsächlich das Geld gebracht hatte, dann waren dem Mörder außer dem Schmuck noch über sechstausend Dollar zugefallen. Und Inga? Konnte sie es getan haben, für den einzigen Menschen, der ihr nahe stand? Ja, auch sie kam infrage.

Korotkow war schon zu lange bei der Kripo, um auf Urteile zu vertrauen, die da lauteten: Er kann das nicht getan haben, so ein Mensch ist er nicht. Die Frage »Kann er es getan haben oder nicht?« beantwortete er unter dem Aspekt der körperlichen Verfassung des Verdächtigen. Ein Dicker kann nicht durch ein Lüftungsfenster gekrochen sein. Ein kleiner Mann kann einem großen Mann keinen Schlag von oben auf den Kopf versetzt haben, es sei denn, er stand dabei auf einem Hocker. Ein Mensch kann niemanden überfahren haben, wenn er nicht einmal weiß, wie man ein Auto anlässt. Alle sonstigen Überlegungen, die sich auf die Einschätzung von Charakter und Psyche stützten, schob er beiseite. Korotkow wusste sehr gut, dass der Mensch zu allem fähig war. Buchstäblich. Auch der Sanfteste und Freundlichste kann zur Bestie werden. Auch der Brutalste und Aggressivste kann plötzlich Mitleid haben und sentimental werden. Alles kommt vor auf dieser Welt.

Was das Alibi anging, so war Waldis Wasnis in der Nacht vom fünfzehnten auf den sechzehnten September, als seine Tochter getötet wurde, arbeiten. Als Rentner verdiente er sich nebenbei ein bisschen Geld als Pförtner; jeden dritten Tag ein Vierundzwanzigstundendienst; den hatte er am Freitagabend um sechs angetreten und war am Samstag um sechs abgelöst worden. Inga und Imant waren allein zu Hause. Ein tolles Alibi, der Traum jedes Detektivs! Einfach klassisch, verdammt!

Von einer Telefonzelle aus rief Korotkow Nastja an.

»Nastja, erschlag mich bitte nicht gleich, aber ich habe noch zwei Verdächtige für dich.«

»Haben sie ein Motiv?«

»Sie haben ein Motiv, hatten die Gelegenheit und haben kein richtiges Alibi. Sie geben sich gegenseitig eins, aber beide sind befangen. Soll ich zurückkommen, oder soll ich mich um die Semenzowa kümmern?«

»Wenn du kannst, komm erst mal her und erzähl mir alles genauer. Dann kümmerst du dich um die Semenzowa, während ich nachdenke.«

Erst als Korotkow die Telefonzelle verließ, merkte er, wie hungrig er war. Er sah sich um und bemerkte in der Nähe einen kleinen Kiosk, an dem heiße Würstchen verkauft wurden. Er nahm drei Würstchen und einen zweifelhaft aussehenden Salat aus Gurken und Tomaten, spülte diesen kulinarischen Leckerbissen mit einer Flasche Cola hinunter, stieg ins Auto und fuhr in die Petrowka.

Alina Wasnis
Drei Jahre vor ihrem Tod

Endlich zeigte das Leben ihr ein Lächeln. Endlich gab es einen Menschen, dem sie nicht gleichgültig war, der sich nicht nur für ihr Aussehen interessierte, sondern auch für ihr Innenleben. Andrej Smulow.

Sie hatte sofort, vom ersten Augenblick an, gemerkt, dass der Regisseur in sie verliebt war, aber das war nicht ungewöhnlich. Auch andere hatten sich schon so in sie verliebt, auf den ersten Blick. Ungewöhnlich war etwas anderes: Er führte lange Gespräche mit ihr, hörte ihr aufmerksam zu, stellte immer wieder Fragen, wollte alles über sie wissen.

»Wie denkst du über …?«

»Warum gefällt dir …?«

»Bist du traurig, wenn …?«

»Träumst du in Farbe?«

Und so weiter, endlos.

Alina war Smulow dankbar. Er hatte Geduld mit ihr; wenn am Set etwas nicht gleich klappte, schimpfte er nie mit ihr, wurde nicht böse, sondern machte eine Pause, nahm sie beiseite, sah ihr in die Augen und fragte: »Warum? Warum kannst du es nicht so machen wie verlangt? Stört dich etwas? Erinnert dich das an etwas? An etwas Unangenehmes? Erzähl es mir, dann versuchen wir, gemeinsam damit fertig zu werden. Verschließ es nicht in dir, versteck dich nicht, verstecktes Leid zerfrisst deine Seele und hemmt dein Spiel, lass alles raus, öffne dich.«

Sie war zweiundzwanzig und inzwischen eine richtige Neurotikerin. Der Irre tauchte seit nun bereits sechzehn Jahren mit schrecklicher Regelmäßigkeit auf. Er war ein Teil ihres Lebens geworden, und dieses Leben war ein Albtraum. Manchmal wollte sie sich zwingen, zur Miliz zu gehen und ihn anzuzeigen, doch der Gedanke, dass sie fremden, nicht besonders taktvollen Männern alles von A bis Z würde erzählen müssen, die ekelhaften Wörter wiederholen, die der Irre zu ihr sagte, machte ihr Angst. Alina war überzeugt, dass sie selbst an allem schuld sei und man ihr bei der Miliz genau das sagen würde. Sie war unsauber. Sie war schmutzig und verdorben. Sie hatte das sechzehn Jahre geduldet? Dann hatte sie auch nichts anderes verdient. Wie sollte sie erzählen, dass sie, wenn sie das bedrückende Warten auf die unausweichliche nächste Begegnung nicht aushielt, selbst in den Park ging, damit ES möglichst bald geschah? Würden sie das etwa verstehen? Sie würden sie dem Gespött und der Schande preisgeben.

Übrigens hatte sich in letzter Zeit alles verändert. Der Irre tauchte zwar auf, kam ihr aber nicht nahe. Sie war inzwischen erwachsen, und zu ihr zu gehen und ihre Hand zu nehmen war gefährlich. Er lief ihr entgegen und sah ihr in die Augen. Wenn er sie erreicht hatte, entblößte er grinsend seine faulen Zähne, flüsterte ihr ein paar Worte zu und lief weiter. Doch Alina genügte auch das, um erneut Angst und Ekel zu empfinden. Manchmal erwartete er sie im dunklen Hauseingang, wenn sie nach Hause kam. Wenn sie allein war und sonst niemand in der Nähe, streckte er die Hand aus, berührte ihr Haar und stöhnte:

»Meine Süße, meine kleine Süße ...«

Alina rannte zum Lift, bemüht, den Irren nicht anzusehen, registrierte aber noch das bekannte Bild: Seine Hand zwischen den Beinen.

Nach jeder Begegnung atmete sie erleichtert auf: Wieder zwei Monate Ruhe. Doch nach sechs, sieben Wochen begann erneut das Warten. Sie schlief schlecht, konnte nicht arbeiten und bekam beim Studium schlechte Prüfungsnoten, gelähmt von der Angst, vom Warten auf die Begegnung, die jeden Augenblick stattfinden konnte. Mit neunzehn begann sie Beruhigungsmittel zu nehmen. Je länger das Warten dauerte, um so höhere Dosen brauchte sie. Die Pillen machten sie schlaff und gleichgültig, und sie spielte ohne Leidenschaft, ohne lebendige, echte Gefühle. Die Tranquilizer beeinträchtigten ihr Gedächtnis, und sie hatte Mühe, ihre Rollen zu lernen.

Ja, Andrej Smulow hatte viel Geduld. Ausdauernd und unter Schwierigkeiten erkämpfte er sich ihr Vertrauen und durchbrach schließlich die Mauer des Schweigens. Alina erzählte ihm alles. Und wie glücklich war sie, als er nicht von ihrer Schuld und Verdorbenheit sprach, sondern entsetzt sagte:

»Meine Arme, mein armes Mädchen, mit diesem Albtraum hast du so viele Jahre gelebt? Wie hast du das nur ausgehalten? Wie hast du die Kraft aufgebracht? Jetzt verstehe ich, was dich hemmt. Du bist gewohnt, alles zu verbergen, zu schweigen. Darum kannst du dich auch vor der Kamera nicht völlig öffnen. Aber das macht nichts, Liebste, das macht nichts, damit werden wir fertig. Hauptsache, wir kennen jetzt den Grund.«

Sie empfand eine ungeheure Erleichterung. Alles kam, wie Andrej es versprochen hatte. Sie spielte von Tag zu Tag besser, das bemerkten alle. Smulow wich keinen Schritt von ihrer Seite, fuhr sie abends nach Hause, und wenn er nicht bei ihr übernachtete, holte er sie morgens ab.

»Du darfst keine Angst mehr haben«, sagte er. »Ich bin doch immer bei dir. Niemand wird dir zu nahe kommen, wenn ich bei dir bin. Und ich werde immer bei dir sein.«

Smulow war für sie eine Art Gott, ein höheres Wesen, dem es als Einzigem gegeben war, sie zu verstehen, sie anzuhören und Mitgefühl mit ihr zu haben. Sie sah zu ihm auf und betete ihn an.

Doch sie fürchtete sich trotzdem. Die Angst war zur Gewohnheit geworden, hatte ihr ganzes Wesen vergiftet. Darum schluckte sie weiterhin Pillen.

Dann fuhr Andrej für drei Monate zu Außenaufnahmen in die Berge. Ohne Alina, in den Gebirgsszenen spielte sie nicht mit. Als Smulow zurückkam, sah er, dass sie ganz von vorn anfangen mussten. Alina war am Rande eines Nervenzusammenbruchs. Der Irre war in dieser Zeit fast täglich aufgetaucht. Sie war inzwischen von ihrer Familie weggezogen, hatte eine eigene Wohnung, aber auch hier hatte er sie gefunden. Smulow war verzweifelt.

Sechstes Kapitel

Kamenskaja

Korotkow hatte doch Recht gehabt, mit ihr stimmte seit heute früh tatsächlich etwas nicht, aber den Grund dafür begriff sie erst gegen Mittag. Heute, am Montag, begann die internationale Konferenz, die Ljoschas Institut organisierte und durchführte. Und Nastja war nervös, weil sie in den letzten Jahren eine Menge solcher Konferenzen miterlebt hatte und wusste, wie viele überraschende Pannen und Unannehmlichkeiten oft noch im letzten Moment auftauchten: Plötzlich geht der Kopierer kaputt, und die Broschüre mit den Thesen ist nicht rechtzeitig fertig. Der Fahrer, der einen ausländischen Gast vom Flughafen abholen soll, hat unterwegs eine Panne. Im Heizkraftwerk gibt es eine Havarie, und das Institutshotel, in dem die hohen Gäste untergebracht sind, hat kein warmes Wasser. Unmittelbar vor Beginn der Plenarsitzung versagt die Technik im Konferenzsaal. Oder so nette Situationen wie die, dass ein Flugzeug Verspätung hat und ein Referent nicht pünktlich zu Beginn der Sitzung erscheinen kann, dann muss man schnell die Tagesordnung ändern und sich gleichzeitig ans Telefon hängen, um herauszufinden, ob der gelehrte Mann wenigstens mit der verspäteten Maschine kommen wird, ob er also überhaupt losgeflogen oder vielleicht gleich zu Hause geblieben ist, irgendwo in Übersee. So etwas hatte Ljoscha schon einmal erlebt. Ein Professor aus Norwegen, bekannt für sein streitsüchtiges Wesen, erklärte, in Abwesenheit seines Kollegen aus Kanada werde er nicht sprechen, denn sein Vortrag beziehe sich auf die wissenschaftliche Doktrin, die der Kanadier vertrete, und ohne dessen Referat sei das seine unsinnig. Doch mit einer Verlegung seines Referats in die Sektionssitzung war er ebenfalls nicht einverstanden, er bestand auf der Plenarsitzung. Sollte also der Kollege aus Kanada nicht noch während der Plenarsitzung im Institut eintreffen, werde er, der norwegische Professor, die Konferenz verlassen und nach Hause fahren. Der kanadische Wissenschaftler schaffte es leider nicht rechtzeitig, und mit dem norwegischen Mathematiker kam es fast zum Eklat.

Nastja sah immer wieder auf die Uhr, um den Augenblick nicht zu verpassen, wenn sie Ljoscha anrufen konnte. Von zehn bis dreizehn Uhr dreißig dauerte die Plenarsitzung, dann war bis fünfzehn Uhr Mittagspause. Da würde Ljoscha kaum in seinem Labor auftauchen, er musste mit den Gästen essen. Nach dem Mittagessen ging die Sitzung weiter, bis siebzehn Uhr. Also konnte sie es zwischen Viertel vor sechs und sechs probieren. Wenn nach der Sitzung alle zum Eröffnungsbankett gingen, würde Ljoscha seine Jacke oder seinen Mantel aus dem Labor holen müssen. Es sei denn, er war nur im Anzug ins Institut gegangen. Durchaus möglich bei ihm.

Bis Viertel vor sechs war noch viel Zeit, Nastja konnte also in Ruhe weiter die Informationen über Alina Wasnis, ihr Leben und ihre persönlichen Beziehungen analysieren.

Freundinnen hatte sie nicht. Offenbar tatsächlich nicht. Die Hypothese, dass sie zwar welche hatte, das aber nicht publik machte, konnte Nastja vorerst ad acta legen. Nach den Worten der Stiefmutter zu urteilen, war Alina von Kindheit an allein und verschlossen gewesen.

Gefühlskalt, laut Smulows Einschätzung. Niemand, so die Worte der Regieassistentin Albikowa, hatte je ihre Güte zu spüren bekommen. Sie neigte nicht zu Mitgefühl und Sentiments, das bewies die Geschichte mit Soja Semenzowa. Sie konnte Kränkungen nicht verzeihen und war bereit, sich heimlich zu rächen, das zeigte ihre Reaktion auf die Beleidigungen von Xenija Masurkewitsch. Besessen von Ideen wie Rache und Vergeltung, das ging aus ihren Aufzeichnungen über die Gestalt der Azucena im »Troubadour« hervor.

Keine Neigung zu Affekten, stets kontrolliert. Eine schöne junge Frau, binnen zwei Jahren zum Filmstar geworden, die ihrem Liebhaber Smulow nie den geringsten Anlass zur Eifersucht geliefert hat. Zugleich beschäftigte sie das Problem Schuld, das belegten die Aufzeichnungen zur Gilda. Und sie glaubte nicht sonderlich an Unschuld und Keuschheit, das wurde aus diesen Aufzeichnungen ebenfalls ersichtlich.

Was war sie für ein Mensch? Ein Monstrum, herzlos und zutiefst zynisch?

Nastja warf einen Blick auf die Uhr – halb fünf.

Also, was wissen wir über Alina? Unterentwickelte mündliche Rede. Eine flotte Schreibe.

Ein Tagebuch! Sie muss ein Tagebuch haben! Mein Gott, das liegt doch auf der Hand! Wo ist Korotkow abgeblieben? Ich muss ihn sofort finden.

Aber das war natürlich nicht so einfach. Na schön, sie konnte erst einmal versuchen, sich mit dem Untersuchungsführer zu verständigen. Schade, dass nicht Olschanskij den Mordfall Wasnis bearbeitete, mit ihm kam Nastja meist rasch auf einen gemeinsamen Nenner.

»Boris Vitaljewitsch«, begann sie rasch, als sie Untersuchungsführer Gmyrja endlich erreicht hatte, »die Wohnung der Wasnis muss noch einmal durchsucht werden. Es muss ein Tagebuch geben.«

»Woher hast du diese Information?«, fragte Gmyrja kurz angebunden. Er hielt nichts von »Induktion«, er stützte sich nur auf nackte Tatsachen.

»Ich weiß es einfach. Verstehen Sie, laut Aussagen aller, die die Wasnis kannten, war ihre mündliche Rede unterentwickelt, mit anderen Worten, sie sprach sehr schlecht, sto-

124

ckend, konnte ihre Gedanken nicht klar ausdrücken. Aber ich habe Aufzeichnungen von ihr gelesen, eine Art literarische Essays, und weiß daher, dass ihre schriftliche Ausdrucksweise mehr als gut entwickelt war. Und sie benutzte die Form des Dialogs mit einem unsichtbaren Partner. Verstehen Sie? Ich bin mir sicher, das ist eine Folge jahrelanger Gewohnheit, ein Tagebuch zu führen.«

»Wenn es in der Wohnung Tagebücher gegeben hätte, wären sie von uns beschlagnahmt worden«, antwortete Gmyrja kühl. »Halt nicht alle für Idioten.«

«Boris Vitaljewitsch, verstehen Sie mich bitte nicht falsch, aber die Einsatztruppe war gegen neun Uhr morgens am Tatort, also am Ende eines Vierundzwanzigstundendienstes. Da sind alle müde, die Aufmerksamkeit lässt nach, sie könnten etwas übersehen haben. Ich will niemanden kränken, aber ...«

»Gut«, lenkte Gmyrja plötzlich ein, und Nastja begriff, dass er es eilig hatte und sie schnell loswerden wollte. »Wir fahren gleich morgen früh hin, vor Dienstbeginn.«

»Und heute? Geht es nicht schon heute?«, bat sie schüchtern.

»Heute auf keinen Fall. Schluss, bis morgen. Um sieben Uhr dreißig vor dem Haus der Wasnis.«

Pech, dachte Nastja enttäuscht. Nun muss ich bis morgen warten. Ich könnte natürlich frech sein und ohne Gmyrja hinfahren. Das Dumme ist nur – die Wohnungsschlüssel liegen bei ihm. Alle beide: Die, die auf dem Flurschränkchen lagen und Alina gehörten, und die von Smulow.

Schade, da war nichts zu machen. Aber wenn sie morgen zum Tatort fahren würden, musste sie daraus das Beste machen. Was hatte Alina an, als sie getötet wurde? Nachthemd und Negligé. Was bedeutet das? Entweder, dass der Besuch des Mörders überraschend war, oder dass sie jemanden erwartete, den sie gut kannte, ihren Liebhaber oder eine Freundin. Charitonow behauptete, er habe Alina vorher angerufen und ihr gesagt, dass er kommen und das Geld bringen werde. Kann sie ihm in dieser Aufmachung die Tür geöffnet haben? Nein, eine Frau, die Smulow in vier Jahren keinen Anlass zur Eifersucht geliefert hat, kann einen fremden Mann nicht so dürftig bekleidet empfangen haben. Was folgt daraus? Zwei Varianten: Erstens: Charitonow lügt, er hat Alina nicht angerufen, sondern ist unangemeldet bei ihr aufgetaucht. Aber warum sollte er lügen? Das ergibt keinen Sinn. Es war doch egal, ob er vorher angerufen hat oder nicht, warum also sollte er nicht die Wahrheit sagen? Zweite Variante: Charitonow hat vorher angerufen, Alina hat ihn vollständig bekleidet empfangen und das Geld genommen, dann ist er gegangen. Und jemand anders hat sie getötet, und zwar wesentlich später, als sie schon ausgezogen war und schlafen gehen wollte.

Zurück zur ersten Variante: Charitonow ist gegen zehn ohne vorherigen Anruf bei ihr aufgetaucht. Alina öffnet ihm in einem fast durchsichtigen Gewand. Da er sie schon länger kennt, weiß er, dass sie sich, hätte er vorher angerufen und seinen Besuch angekündigt, auf jeden Fall etwas angezogen hätte. Sie war ein sittenstrenges Mädchen. Er tötet sie. Und denkt sich das Märchen mit dem vorherigen Anruf aus, weil er davon ausgeht, dass jeder Kriminalist genauso schlussfolgern wird, wie sie es jetzt tat. Und wenn nicht, könnte er ihn darauf lenken, indem er ganz nebenbei erwähnte, Alina habe eine Hose und einen Pullover angehabt. Da sie in Nachthemd und Negligé getötet wurde, konnte er also nicht der Mörder sein. Um sich so etwas auszudenken, musste man allerdings ziemlich clever sein, aber wer sagte denn, dass Charitonow das nicht war? Misserfolge im Geschäft bedeuteten nicht unbedingt Dummheit, sondern vielleicht nur Pech oder mangelndes Geschick. Diese Hypothese würde auch erklären, warum Charitonow Alina erst gegen zehn aufsuchte, obwohl er das Geld bereits um fünf zusammen hatte.

Nastja schlug ihr Notizbuch auf und fand auf Anhieb Charitonows Telefonnummer. Es war ein Diensttelefon bei der Firma Sirius, und man erklärte ihr lang und breit, Charitonow sei gerade hinausgegangen, vielleicht in den zweiten Stock, vielleicht ins Erdgeschoss, vielleicht sei er aber auch schon außer Haus, es sei ja schon nach fünf.

Nastja bat, ihm einen Zettel mit ihrer Telefonnummer hinzulegen, und wählte erneut. Beinahe hätte sie die Zeit für den Anruf bei Ljoscha verpasst.

Im Institut war ständig besetzt, und während Nastja immer wieder die Nummer wählte, überlegte sie, was sie in der Wohnung der Toten noch überprüfen müsste. Als im Hörer endlich das ersehnte Freizeichen ertönte, dachte sie, Alina besitze bestimmt Videoaufzeichnungen der Filme, in denen sie mitgespielt hatte. Die musste sie mitnehmen und sich zu Hause ansehen. Vielleicht würde sie dadurch ein klareres Bild von ihr bekommen, ihren Charakter besser verstehen.

Gott sei Dank, bei Ljoscha war alles in Ordnung. Sie hatte richtig vermutet, er wollte tatsächlich zusammen mit den anderen Konferenzteilnehmern zum Bankett und war kurz in sein Labor gekommen, um seine Jacke zu holen.

»Wann kommst du?«, fragte Nastja.

»Sag bloß, du hast schon Sehnsucht? Oder nichts mehr zu essen?«

»Natürlich nichts mehr zu essen.« Sie lachte. »Wenn du mir nichts kochst, verhungere ich doch. Nein, im Ernst, wann kommst du?«

»Die Konferenz dauert bis Donnerstag, also frühestens Freitag. Aber wenn was Dringendes ist ...«

»Nein, es ist nichts Dringendes, mein Sonnenschein, ich will es nur wissen, damit ich darauf vorbereitet bin. Dann kann ich rechtzeitig Brot einkaufen, die Männer unter meinem Bett vorscheuchen, die Wodkaflaschen wegwerfen – kurz gesagt, alle Spuren beseitigen.«

»Alles klar. Bis Freitag kannst du in Ruhe trinken und Partys feiern. Dann komme ich und jage deine zahllosen Liebhaber zum Teufel. Ach ja, du brauchst nicht einzukaufen und zu kochen. Meine Eltern feiern ihren vierzigsten Hochzeitstag, sie haben Freunde eingeladen, Mutter plant lauter spektakuläre kulinarische Raffinessen. Was übrig bleibt, gehört wie immer uns. Ich komme also am Freitag mit einem ganzen Auto voller Töpfe und Schüsseln.«

Nach dem Gespräch mit ihrem Mann war Nastja etwas ruhiger und wandte sich wieder Alina Wasnis zu. Dabei verspürte sie Schuldgefühle gegenüber ihren Kollegen: Der Mord an der Schauspielerin war keineswegs der einzige Fall, den die Abteilung Gewalt- und Kapitalverbrechen im Moment bearbeitete, und Nastja musste sich eigentlich auch noch um andere Mordfälle kümmern. Aber sie hatte sich an Alina festgebissen. Das geschah ziemlich häufig: Aus einer Vielzahl von Morden hob Nastja plötzlich einen heraus, der ihr die Ruhe, den Schlaf und den Appetit raubte. In der Regel konnte sie nicht genau sagen, warum gerade dieses Verbrechen sie so quälte, was das Besondere, Außergewöhnliche, Gefährliche daran war. Aber es beschäftigte sie eben unentwegt, verdrängte alle anderen Gedanken aus ihrem Kopf. Ein solcher Fall war auch der Mord an Alina Wasnis.

Gegen sieben meldete sich Charitonow.

»Ist da die Miliz?«, fragte er gehetzt. »Man hat mir übermittelt, ich solle Sie anrufen.«

»Ich heiße Anastasija Pawlowna«, sagte Nastja höflich. »Ich arbeite bei der Kriminalpolizei und befasse mich mit dem Mordfall Alina Wasnis. Ich habe ein paar Fragen an Sie, Nikolai Stepanowitsch.«

»Muss ich zu Ihnen kommen?«

»Nein, nein, das können wir am Telefon erledigen. Sagen Sie bitte, was hatte Alina Wasnis an, als sie Ihnen am Freitagabend die Tür öffnete?«

»Was sie anhatte?« Charitonow war offenkundig verwirrt. »Einen Rock, glaube ich, und eine Bluse. Nein, keine Bluse, ein T-Shirt.«

»Etwas genauer bitte, denken Sie nach. Aus was für einem Stoff war der Rock, welche Farbe hatte er?«

»Na ja, also ... So ein langer, weiter Rock. Grün, glaube ich, oder irgendwie bunt, aber Grün war auf jeden Fall drin.«

»Und das T-Shirt?«

»Ein ganz normales kurzärmliges weißes Baumwollshirt mit Knöpfen vorn. So eins, das auf den ersten Blick aussieht wie eine Bluse.«

»Gut, Nikolai Stepanowitsch. Sie haben also geklingelt, und Alina machte die Tür auf. Was geschah weiter?«

»Das hab ich doch schon hundertmal erzählt!«, sagte Charitonow ärgerlich. »Schreiben Sie die Zeugenaussagen etwa nicht auf?«

»Nikolai Stepanowitsch, bleiben Sie ganz ruhig. Beantworten Sie bitte meine Fragen.«

»Ich kam in den Flur, holte das Kuvert mit dem Geld aus der Aktentasche und gab es Alina. ›Hier‹, hab ich gesagt, ›zähl nach. Sechs und sechshundert.‹ Sie sah mich so erstaunt an, als hätte ich ihr nicht Dollars gebracht, sondern Rubel. ›Sechs und sechshundert?‹, hat sie gefragt. ›Wie viel denn sonst? Acht Monate zu fünfzehn Prozent, macht hundertzwanzig Prozent. Hundertzwanzig Prozent von dreitausend sind dreitausendsechshundert. Macht zusammen sechstausendsechshundert.‹ Sie lächelte. ›Ach so‹, sagte sie, ›natürlich, das habe ich gar nicht bedacht.‹ Ich habe ihr also das Kuvert gegeben, sie hat es auf die Flurkommode gelegt und mich angesehen. Jedenfalls war klar, dass sie nicht vorhatte, mir einen Tee anzubieten. Das wollte ich auch gar nicht. Ich habe mich bei ihr bedankt, dass sie mir geholfen hatte, mich verabschiedet und bin gegangen. Das ist alles.«

»Sie sagen, Alina habe das Kuvert genommen und gleich auf die Kommode gelegt. Sie hat nicht nachgezählt?«

»Nein. Sie hat das Kuvert nicht einmal geöffnet.«

»Hat Sie das nicht gewundert? Oder war Alina immer so vertrauensselig?«

»Also wissen Sie«, Charitonow schnaufte vor Empörung, »ich bin schließlich kein Gauner und kein Halunke. Wenn ich sage, im Kuvert sind sechstausendsechshundert Dollar, dann brauchte sie das nicht zu überprüfen. Wir arbeiten in einer Firma, da kann ich sie doch nicht betrügen, wie soll ich ihr sonst hinterher in die Augen sehen?«

Charitonows Zorn wirkte so echt und aufrichtig, dass Nastja für einen Augenblick ganz vergaß, dass er Alina das für vier Monate geliehene Geld ganze acht Monate lang nicht zurückgezahlt hatte und ihr sogar aus dem Weg gegangen war. Und das Geld schließlich nur gebracht hatte, weil Smulow auf Alinas Bitte hin ziemlich deutlich geworden war.

»Und wie lange waren Sie in der Wohnung der Wasnis?«

»Höchstens zehn Minuten. Eher fünf.«

»Sie haben sich nur im Flur aufgehalten?«

»Ja. Alina hat mich nicht hineingebeten, und das war auch nicht nötig.«

»Hatten Sie vielleicht den Eindruck, dass sich währenddessen noch jemand in der Wohnung befand? Erinnern Sie sich, Nikolai Stepanowitsch, vermittelte Alinas Verhalten vielleicht den Eindruck, dass sie vermeiden wollte, dass Sie das Zimmer betraten und jemanden sahen? War sie vielleicht besonders angespannt? Hatte sie es sehr eilig, Sie zu verabschieden? Sah sie auf die Uhr, weil sie jemanden erwartete und nicht wollte, dass Sie demjenigen begegneten?«

»Nein, ich glaube nicht«, sagte Charitonow nachdenklich. »Das kam mir nicht so vor. Sie war vollkommen ruhig, wie immer. Und dass sie mich nicht ins Zimmer gebeten hat – sie war generell nicht besonders freundlich. Sie hat nie jemanden zu sich eingeladen. Und soviel ich weiß, auch selbst niemanden besucht.«

Zufrieden legte Nastja auf. Charitonows Bericht bot immerhin Stoff zum Nachdenken. Sie wusste: Entscheidend war immer der erste Anstoß, wenn die Sache einmal ins Rollen gekommen war, ergab sich die richtige Richtung von allein. Ein negatives Ergebnis war für die Analyse genauso gut wie ein positives, das wusste Nastja Kamenskaja seit langem, schon seit ihrer Kindheit.

Stassow

Den ganzen Nachmittag waren Stassow und Jura Korotkow Punkt für Punkt die Biographien von Xenija Masurkewitsch und Soja Semenzowa durchgegangen, wobei sie nebenbei versuchten herauszufinden, wo beide den Freitagabend verbracht hatten und warum sie in dieser Hinsicht so hartnäckig logen. Das Ergebnis ihrer intensiven, akribischen Arbeit war verblüffend und zugleich umwerfend komisch. Xenija und Soja waren zusammen gewesen. Und wie! Sozusagen im selben Bett, nur war das Bett in diesem Fall das Innere eines Wagens in einem Wald bei Moskau.

Xenija war Soja Semenzowa tatsächlich noch nie begegnet, bis diese bei Sirius auftauchte. Zum ersten Mal trafen sie sich, als Soja nach ihrer ersten Entziehungskur wieder anfing zu trinken. Eines schönen Tages, wieder einmal auf der Jagd nach einem Autofahrer, stieß Xenija zufällig auf Soja. Die Frau des Sirius-Präsidenten hatte einen ausgeprägten Riecher und ein sicheres Auge für Männer, die offen waren für ihre Wünsche, sie erkannte sie auf hundert Meter Entfernung. Diesmal stand sie an der Bolschaja Dmitrowka, der früheren Puschkinstraße, als sie Soja bemerkte, die aus einer heruntergekommenen, zweifelhaften Bar getorkelt kam. Die Semenzowa war betrunken und schien kaum bei Sinnen.

»Soja!«, rief die Masurkewitsch, von einem plötzlichen Einfall inspiriert. »Semenzowa!«

Soja drehte sich um und lief unsicher auf Xenija zu. Offenkundig erkannte sie Xenija nicht und versuchte sich verzweifelt zu erinnern, wer diese gepflegte Dame war, die ihr so bekannt vorkam.

»Guten Abend«, grüßte Soja höflich, um Würde bemüht.

»Komm, ich bring dich nach Hause«, schlug Xenija sofort vor. »Ich will sowieso gerade ein Schwarztaxi anhalten.«

Einige Minuten später entdeckte Xenija »ihn«. Ein Mann um die fünfzig, Halbglatze, aufgeschwemmt, mit schnellen, glänzenden Äuglein, die den einstigen Herzensbrecher und Vorstadt-Don-Juan verrieten. Xenija wählte immer billige einheimische Autos. Nicht etwa aus Patriotismus, nein, sondern aus der durchaus vernünftigen Überlegung heraus, dass ein dicker, glatzköpfiger und hässlicher Mann mit viel Geld sich nach Belieben langbeinige junge Dinger mit glatter Haut leisten konnte. Hatte er dagegen wenig Geld, wovon seine Klamotten und sein Auto zeugten, und eine aktive sexuelle Vergangenheit hinter sich, von der er sich in Gedanken nur schwer lösen konnte, dann ... Genau solche Männer suchte Xenija.

Die Wahl war wie immer goldrichtig, bereits drei Minuten später saßen sie und Soja im Shiguli. Xenija natürlich vorn, neben dem Fahrer, Soja hinten. Nach weiteren zehn Minuten waren sie sich einig, und der Fahrer jagte zielstrebig in Richtung Außenring. Xenija beherrschte nur mühsam ihre wachsende Erregung – sie fand ihre Idee großartig. Sie hatte seit langem Probleme mit dem Sex, ihr zügelloses Verlangen trieb sie auf die Straße, auf die Suche nach zufälligen Autofahrern, denn sie erregte nur eines: Ein Mann, ein Auto, die Gefahr, dass jeden Moment Fremde auftauchen konnten. Doch in letzter Zeit konnte selbst das sie nicht mehr befriedigen. Fahrer und Auto waren unabdingbar, ohne das war Xenija nicht einmal zu erregen, aber sie brauchte noch etwas … Ein zusätzliches Detail, etwas zum Aufpeitschen, zum Stimulieren, eine Art Katalysator. Dieses Detail sollte Soja Semenzowa sein, einst verdiente Schauspielerin, nun dem Suff verfallene Kleindarstellerin.

»Na los, mein Freund, fang mit ihr an«, sagte Xenija zum Fahrer, als sie angekommen waren. »Ich schaue zu. Und wenn ich es sage, hörst du auf mit ihr und nimmst mich. Abgemacht?«

»Und sie?«, fragte erstaunt der Fahrer, der edel sein wollte. »Sie muss doch auch …«

»Nicht nötig«, unterbrach ihn Xenija kalt. »Los, fang an, verlier keine Zeit. Und mach das Licht im Wagen an.«

Der Fahrer klappte folgsam die Lehnen der Vordersitze zurück, öffnete seinen Reißverschluss und beugte sich zu Soja, die ihre Schuhe auf den Boden geworfen hatte und auf dem Rücksitz zusammengerollt friedlich schlummerte. Soja wehrte sich zunächst und konnte nicht begreifen, warum sie anstatt vor ihrer Haustür mitten im Wald geweckt wurde und was dieser Fahrer von ihr wollte. Dann, nach den Standardkoseworten »meine Schöne«, »Süße« und »Kätzchen«, wurde sie weich und machte nicht ungern mit. Im entscheidenden Moment, als Soja kurz vor einer angenehmen, ihr aber nur noch selten zuteil werdenden Empfindung stand, klopfte Xenija dem Fahrer auf den Rücken:

»Schluss, mein Freund, genug, jetzt bin ich dran.«

Sie zerrte die zierliche, magere Soja unsanft aus dem Auto, lüftete ihren weiten Plisseerock, unter dem sie selbstredend keinen Slip trug, und legte sich auf die Rückbank.

Es war großartig! Genau das, was Xenija Masurkewitsch wollte.

Der Fahrer, leicht erstaunt, aber durchaus zufrieden, fuhr seine beiden seltsamen Partnerinnen nach Hause. Am nächsten Tag war Xenija etwas besorgt bei dem Gedanken, die wieder nüchterne Soja könnte sie anrufen. Wer weiß, wie sie sich verhalten würde? Wenn sie nun Krach schlug? Drohte, alles Xenijas Vater zu erzählen? Rollen verlangte oder Geld? Oder, was auch nicht besser wäre, Xenija ihre Freundschaft aufdrängte?

Aber es verging ein Tag, ein zweiter, ein dritter, und Soja machte nicht die geringsten Anstalten, Kontakt aufzunehmen zu Xenija, mit der sie ein derart pikantes und, offen gesagt, etwas schmuddeliges Abenteuer verband. Xenija war zunächst beruhigt, dann verunsichert. Eines Tages nahm ihr Mann sie mit ins Filmzentrum, zur Vorführung des für den Oscar nominierten Films »Basic Instinct«, und dort begegnete sie der Semenzowa. Sie nickte dem Sirius-Präsidenten und seiner Gattin im Vorbeigehen lediglich höflich zu. Ihr Gesicht spiegelte nichts – kein Erkennen, keine Erinnerung, keine Peinlichkeit, keine Scham, keine Verachtung. Überhaupt nichts. Da begriff Xenija, dass Soja sich einfach an nichts erinnerte. Typische Alkohol-Amnesie.

Etwa einen Monat später traf Xenija die Semenzowa im Sirius-Büro. Sie war bereits angeheitert, aber noch durchaus bei sich. Xenija heuchelte Liebenswürdigkeit und Teilnahme, ging mit Soja in ein Lokal in der Nähe und knöpfte sie sich vor. Sie fand heraus, dass Soja sich doch an einiges erinnerte, zum Beispiel daran, dass sie aus der Bar gekommen war, dass Xenija sie angesprochen und ihr angeboten hatte, sie nach Hause zu bringen, und daran, dass sie in ein Auto gestiegen waren. Dann war sie eingeschlafen, und danach – nichts, totaler Filmriss. Sie war erst am nächsten Morgen zu sich gekommen, zu Hause. Xenija, vorsichtig und zugleich entschlossen vorgehend, informierte die Schauspielerin über das, was geschehen war, nachdem sie eingeschlafen war. Selbstverständlich war ihr Bericht meilenweit von der Wahrheit entfernt, ihrer Version zufolge hatte Soja die Initiative ergriffen, alles mit dem Fahrer abgesprochen und sich überhaupt aufgeführt wie eine Sexbesessene. Soja erstarrte vor Scham und trank, während Xenija erzählte, ein Glas nach dem anderen. Anschließend setzte Xenija sie erneut in ein Auto und fuhr mit ihr ins Grüne. Diesmal bekam Soja einiges mit, und es gefiel ihr. Doch am nächsten Tag erinnerte sie sich erneut an nichts. Das heißt, sie erinnerte sich, was sie mit Xenija verabredet hatte, warum sie ein Auto angehalten hatten und wohin sie zusammen gefahren waren. Aber was in Wirklichkeit passiert war – nein, daran erinnerte sie sich absolut nicht.

Seitdem wurde das zur Gewohnheit. Vor anderen taten sie so, als seien sie nur flüchtig miteinander bekannt. Und hin und wieder, etwa einmal im Monat, machte Xenija Soja bis zur Bewusstlosigkeit betrunken, setzte sie in ein Auto und fuhr mit ihr in den Wald. Die Masurkewitsch nutzte die Situation kreativ, sie begnügte sich nicht mehr damit zuzusehen, wie die zufälligen Fahrer es mit Soja trieben, sie wurde dabei auch selbst aktiv, widmete sich mal dem Mann, mal Soja, mal sich selbst.

Auch am Freitag, dem fünfzehnten September, waren Xenija Masurkewitsch und Soja Semenzowa auf Achse gewesen. Xenija log aus verständlichen Gründen, und Soja log, weil sie einfach nicht wusste, wo sie gewesen war, weil sie sich an nichts erinnerte. Aber einzugestehen, dass sie so weit heruntergekommen war, dass sie sich nicht mehr erinnerte, wo sie mehrere Stunden verbracht hatte, hieße, sich völlig aufzugeben. Außerdem – sie erinnerte sich wirklich nicht, wo sie gewesen war, und hatte schreckliche Angst: Wenn sie nun bei Alina gewesen war? Wenn sie dort jemand gesehen hatte? Vielleicht hatte sie sie wirklich …?

Glücklicherweise hatte in Sojas Haus eine große Firma ihren Sitz, die sehr um ihre Sicherheit besorgt war. So sehr, dass sie eigens einen jungen Mann beschäftigte, der am Fenster vor einem Computer saß und unter anderem die Nummern aller Autos speicherte, die vor dem Haus hielten. So ließ sich mühelos feststellen, ob Leute, die hier nichts zu suchen hatten, sich allzu häufig in der Nähe des Firmenbüros aufhielten. Und sollte mal etwas passieren, schlimmstenfalls etwa ein Mord, stand die Autonummer im Computer, und das war wesentlich effektiver, als nach zufälligen Augenzeugen zu suchen, die sich vielleicht eine Autonummer gemerkt hatten.

Korotkow verständigte sich schnell mit dem Mann, der in der Nacht vom Freitag zum Samstag Dienst gehabt hatte, bekam einen Ausdruck mit den Nummern aller Autos, die in der fraglichen Zeit vorm Haus gehalten hatten, und unterstrich mehrere Zeilen, in denen neben der Autonummer die Bemerkung stand: »Setzte eine Frau ab und fuhr weg.« Auf diese Weise ermittelte er rasch den liebestollen Fahrer, der gar nicht daran dachte, sich des Vorfalls zu genieren, im Gegenteil, er schien stolz darauf zu sein, dass er in seinem Alter noch zwei Frauen gleichzeitig befriedigen konnte. Er erinnerte sich gut an ihr Äußeres und an die Adressen, zu denen er sie gefahren hatte. Der Rest war eine Sache von Psychologie, energischem Vorgehen und Technik. Am Montag gegen elf Uhr abends wurde der Verdacht gegen Xenija Masurkewitsch und Soja Semenzowa fallen gelassen. Allerdings wusste nur Gott allein, welche Mühe, welche Anstrengungen das Jura Korotkow und Wladislaw Stassow gekostet hatte.

»Ich rufe gleich Nastja an, und dann ab nach Hause«, sagte Korotkow, wobei er sich reckte und herzhaft gähnte. »War das ein verrückter Tag, mir kommt es vor, als wäre seit heute Morgen ein ganzes Jahr vergangen.«

Sie saßen in Stassows Wagen vor dem Sirius-Gebäude. Das letzte Gespräch mit Xenija hatten sie gemeinsam geführt, das war ihnen aus taktischen Erwägungen klüger erschienen, und um Benzin zu sparen, waren sie zusammen zur Masurkewitsch gefahren und hatten Korotkows Shiguli vor dem Sirius-Gebäude stehen gelassen.

»Komm mit hoch in mein Büro«, lud Stassow ihn ein.

»Da kannst du telefonieren, und ich sammele solange mein Zeug zusammen.«

Sie stiegen in den ersten Stock, und Stassow öffnete eine mit dunkelrotem Kunstleder bespannte Tür. Korotkow ließ sich gleich in den Drehsessel vorm Schreibtisch fallen und griff zum Telefon.

»Nastja? Ich bin's. Streich die Mädchen von deiner Liste. Ja, sie haben mit einem zufälligen Bekannten im Wald gevögelt. Klar, alle beide. Nein, nicht urplötzlich, das treiben die beiden schon seit drei Jahren, und zwar immer freitags. Sie sagen, freitags haben die Fahrer es nicht eilig, weil sie am nächsten Tag nicht früh raus müssen. Das Rezept? Hat sie mir gezeigt. Heil und unversehrt. War in ihrer Brieftasche, im Fach für die Monatskarte. Statt der Monatskarte steckt da ein kleiner Kalender, und dahinter das Rezept. Ihr Mann ist nicht darauf gekommen, da nachzusehen. Klar sind sie Flittchen, keine Frage. Aber keine Mörderinnen. Ja, genau. Sie erinnert sich an nichts, die Ärmste. Wenn du ihr erzählst, sie hätte den amerikanischen Präsidenten erschossen, nimmt sie dir das auch ab. Der Alkohol, was will man da erwarten ... Okay, Nastja, die Einzelheiten morgen, ich geh jetzt schlafen, mir fallen nämlich schon die Augen zu und meine Zunge ist schon ganz schwer. Was? Um sieben Uhr dreißig? Du Sadistin, weißt du, wann ich da aufstehen muss! Okay, okay. Gut, Küsschen, bis morgen.«

Stassow verfolgte das Gespräch mit halbem Ohr und sortierte einen Stapel Aktenordner, die er aus einem Safe genommen hatte – die Dokumente, die sein Vorgänger hinterlassen hatte. Stassow wusste, dass er sie früher oder später ohnehin würde durchsehen müssen, um sich ein umfassendes Bild von den Sicherheitsproblemen bei Sirius zu machen. Diese scheußliche, aber notwendige Arbeit durfte er nicht endlos aufschieben.

Ende September sollten fünf Leute von Sirius zum Filmfestival »Kinoschock« fahren, darum wählte Stassow drei dicke Ordner mit der Aufschrift: »Außerhalb«. Zwei davon trugen den Untertitel »Außenaufnahmen«, auf dem dritten stand »Festivals«. Stassow überlegte, dass es ganz gut wäre, sich zunächst die Festival-Mappe anzusehen, um zu erfahren, mit welchen Unannehmlichkeiten bei einem Festival möglicherweise zu rechnen war und welche Vorkehrungen man zur Gewährleistung der Sicherheit treffen sollte.

Sie gingen hinunter, gaben sich die Hand, stiegen in ihre Autos und fuhren nach Hause.

Als Stassow kurz nach zwölf seine Wohnungstür aufschloss, stellte er unwillig fest, dass Lilja gar nicht daran dachte zu schlafen. Sie lag im Bett, knabberte kandierte Erdnüsse und las mal wieder einen Liebesroman.

»Was hat das zu bedeuten?«, fragte Stassow drohend, ging zu ihr und nahm ihr das Buch weg. »Wie soll ich das verstehen?«

»Ich gehe morgen nicht in die Schule«, erklärte Lilja seelenruhig. »Also kann ich noch länger lesen.«

»Du gehst morgen nicht in die Schule? Wieso das?« Stassow runzelte misstrauisch die Stirn, darauf gefasst, sie würde antworten »die Lehrerin ist krank« oder »morgen ist Altstoffsammlung«.

»Weil ich Angina habe.«

»Was? Wieso Angina?«, fragte Stassow verwirrt.

Er war jedes Mal schrecklich besorgt, wenn Lilja krank wurde. Er fürchtete immer, er könnte etwas verkehrt machen, ihr die falschen Medikamente geben, etwas durcheinander bringen und die Krankheit dadurch noch verschlimmern.

»Mir tut der Hals weh, er ist auch ganz rot, ich habe in den Spiegel gesehen«, erklärte Lilja sachlich. »Ich glaube, er ist sogar ein bisschen vereitert. Außerdem habe ich siebenunddreißigacht Fieber.«

»Aber da muss man doch etwas tun. Weißt du vielleicht, was Mama dir bei Angina immer gibt?«

»Natürlich. Papa, reg dich nicht auf, ich habe schon alles gemacht. Ich gurgele jede Stunde, nehme Paracetamol und esse Zitrone mit Zucker.«

Stassow betrachtete seine Tochter. Sie war wirklich ein wenig blass, in den Augen lag ein trockener Glanz, ihre Hände waren heiß und ein wenig feucht.

»Womit gurgelst du denn, wenn ich fragen darf? Ich habe doch gar nichts im Haus.«

»Mit Jod und Salz. Schmeckt ekelhaft, hilft aber.«

»Und woher hast du das Paracetamol?«

»Aus der Apotheke. Ich hatte heute Morgen schon Halsschmerzen, und als ich von der Schule gekommen bin, hab ich alles Nötige gekauft.«

Stassow schalt sich in Gedanken. Seine Tochter lag den ganzen Tag mit Fieber zu Hause, und er überließ sie einfach ihrem Schicksal. Zwar war sie fast vom Windelalter an gewöhnt, allein zu Hause zu sein, und ziemlich selbständig, aber das war keine Entschuldigung.

»Warum hast du mich nicht angerufen?«, fragte er Lilja verärgert. »Warum hast du nicht gleich gesagt, dass du krank bist?«

»Wozu?«

Ihre riesigen dunkelgrauen Augen, die sie auf den Vater richtete, spiegelten aufrichtige Verständnislosigkeit.

»Ich wäre hergekommen …«

»Wozu?«, wiederholte sie. »Vertraust du mir etwa nicht? Meinst du, ich weiß nicht allein, wie man eine Angina behandelt? Als ob das Wunder was wäre! Meine Güte!«

»Trotzdem.« Stassow blieb störrisch. »Ich hätte einen Arzt gerufen.«

»Was für einen Arzt?«, fragte Lilja erstaunt. »Ich bin doch bei Mama gemeldet, meine Poliklinik ist in Sokolniki. Die Ärzte aus deiner Poliklinik sind für mich nicht zuständig.«

Stassow verzog verärgert das Gesicht. Tatsächlich, das hatte er ganz vergessen, die Poliklinik hier in Tscherjomuschki würde keinen Arzt zu Lilja schicken, sie war dort nicht registriert.

»Und die Schule? Die braucht doch eine Krankschreibung vom Arzt, sonst sieht es aus, als ob du schwänzt.«

»Meine Güte!«, sagte Lilja mit bezauberndem kindlichen Hochmut erneut. »Du schreibst ihnen einen Zettel, dass ich wirklich krank war, das genügt. Ich bin doch eine gute Schülerin, alle Lehrer wissen, dass ich nie einfach so fehle.«

Stassow machte sich das Abendessen warm, löschte das Licht in Liljas Zimmer und blätterte beim Essen in den mitgebrachten Aktenordnern. Hin und wieder stieß er auf Listen mit der rätselhaften Überschrift: »Abblocken!« Er studierte sie aufmerksam und begriff, dass auf diesen Listen Leute standen, gegen die sich Sirius-Mitarbeiter abschirmen wollten. Ja, das war verständlich. Im Hotel ist man leicht erreichbar und angreifbar. Jeder Beliebige kann ins Hotel kommen und an deine Zimmertür klopfen. Und es gibt nicht einmal einen Türspion, man muss also ständig auf Überraschungen gefasst sein. Selbst auf Bomben. Überall kann einem jemand auflauern, in der Halle, auf der Etage, am Hoteleingang. Man kann Tag und Nacht in seinem Zimmer angerufen werden.

Darum geben Regisseure und Schauspieler, besonders, wenn sie berühmt sind, dem Sicherheitsdienst eine Liste von Leuten, von denen sie verfolgt werden. Manche verfahren umgekehrt und liefern eine Liste derer, die sie unbedingt sehen wollen, und schreiben darunter, dass niemand sonst zu ihnen gelassen und ihre Zimmer- und Telefonnummer erfahren darf. Jedenfalls hatten sich in den sieben Jahren, die Sirius jetzt existierte, eine ganze Menge Dokumente angesammelt, aus denen hervorging, wem die Leute, die bei Masurkewitsch arbeiteten, aus dem Wege gingen, wem sie nicht begegnen wollten.

Zu diesen »unerwünschten Personen« gehörten zum Beispiel nicht nur aufdringliche Verehrer und besonders Verehrerinnen, sondern auch neugierige Journalisten, die für ihre Bösartigkeit und Gehässigkeit bekannt waren, Produzenten von Konkurrenzfirmen mit Vertragsangeboten und Schauspieler, die um jeden Preis eine Rolle wollten, wenigstens eine ganz kleine, oder andere, die eine Hauptrolle forderten, weil sie fanden, das stünde ihnen zu. Bei einem Festival wurden außerdem auch Aufsichtsräte, Sponsoren, Werbekunden und andere Geldgeber bedrängt.

Stassow hatte die Schnitzel mit Buchweizengrütze aufgegessen, wusch seinen Teller ab, goss sich eine riesige Tasse kochendes Wasser ein, warf zwei Lipton-Teebeutel und vier Stück Zucker hinein und machte sich an die gründliche Durchsicht der Dokumente. Zuerst sortierte er die Listen nach dem Vermerk »Abblocken!« und denen, die unbedingt vorgelassen werden sollten. Dann ordnete er jeden Stapel chronologisch. Erst dann verglich er die Namen.

Die Arbeit erwies sich als spannend. Stassow verfügte über eine solide Erfahrung bei der Verfolgung von organisiertem Verbrechen und Korruption, im Umgang mit Dokumenten war er also geübt. Und er mochte diese Arbeit, sie wurde ihm nie langweilig und ärgerte ihn nicht. Im Gegenteil, ihn reizte das berauschende Gefühl, das er jedes Mal empfand, wenn sich aus Bruchstücken von Informationen, aus Bilanzen, Lieferscheinen und Kopien von Zahlungsanweisungen schließlich ein klares, anschauliches Bild von Amtsmissbrauch, Diebstahl, Betrug und Korruption ergab. Natürlich, organisiertes Verbrechen, das waren Bandenkriege, Leichen, Explosionen, Waffen, superschnelle Autos und die perfekteste Technik, und die Bekämpfung dieser Verbrechen, das waren Risiko, Blut, Schweiß, tagelanges Warten im Hinterhalt, Schießereien, Verfolgungsjagden, Tod. Stassow hatte zwei Narben – von einem Messerstich und von einer Schusswunde, er war körperlich bestens in Form, konnte schnell laufen, hoch springen und treffsicher schießen. Aber kein eigenhändig gestellter Verbrecher weckte in ihm ein solches Hochgefühl wie das aus den Dokumenten rekonstruierte Bild eines Verbrechens. Er wusste auch, warum das so war. Insgeheim hielt er sich für ein bisschen dumm. Was übrigens auch aus einer seiner dienstlichen Beurteilungen hervorging: »Diszipliniert, einsatzbereit. Beherrscht die Dienstwaffe ausgezeichnet. Hält sich ständig körperlich in Form, Meister des Sports in den Disziplinen Leichtathletik, Skilauf und Schwimmen. Als Mangel ist ein wenig kreatives Herangehen an übertragene Aufgaben zu vermerken. Hauptmann W. N. Stassow (damals war er noch Hauptmann) ist nicht immer imstande, eine selbständige Entscheidung zu treffen, die über den Rahmen der gestellten Aufgabe hinausgeht. Resümee: Entspricht der von ihm besetzten Stelle.«

Als Stassow damals diese Beurteilung gelesen hatte, wurde er ganz trübsinnig. Klarer konnte man es kaum ausdrücken: Genug Kraft, Verstand nicht nötig. Da begann er sich selbst zu beweisen, dass er doch Grips hatte. Er wechselte von der Kriminalpolizei zur Abteilung Bekämpfung des Diebstahls von sozialistischem Eigentum, wo Kraft meistens erst in zweiter Linie gefragt war, wurde bald ein Fuchs in der Auswertung von Dokumenten, beschäftigte sich eingehend mit Wirtschaftstheorie, und unmittelbar nach der Gründung des Dezernats zur Bekämpfung der organisierten Kriminalität wechselte er dorthin.

Seine Karriere entwickelte sich langsam, aber stetig, und jedes Mal, wenn er nicht durch Kraft, sondern durch seinen Verstand zum Ziel kam, empfand er eine nahezu kindliche Begeisterung: »Ich hab's geschafft! Ich kann es!«

Auch jetzt, als er weit nach Mitternacht in seiner Junggesellenwohnung saß und Dokumente verglich, freute er sich im Stillen, wenn er feststellte, dass eine bestimmte Person erst wie ein gern gesehener Gast behandelt, dann aber auf die »schwarze Liste« gesetzt worden war. Er vermerkte den Zeitraum, in dem dieser Wandel vor sich gegangen war, um sich später bei Masurkewitsch oder jemand anderem zu erkundigen, worauf der Konflikt beruhte. Auf ein gesondertes Blatt schrieb er die Namen aller Personen, die von einigen Sirius-Mitarbeitern gemieden, von anderen hingegen freudig begrüßt wurden. Er machte sich eine Liste derer, die in den »Verbotslisten« am häufigsten auftauchten. Er würde sich jeden einzeln vornehmen und ganz genau ansehen müssen, vielleicht ein individuelles Gespräch führen über gute Erziehung und wie sinnlos es war, einen Star zu belästigen.

Einmal glaubte er, Lilja stöhnen zu hören. Er schob die Papiere beiseite und rannte ins Zimmer der Tochter. Aber nein, Lilja schlief, die Nase ins Kissen gepresst. Sie atmete ein wenig schwer, mit offenem Mund, vermutlich war ihre Nase verstopft. Stassow schaltete die Lampe ein, nahm eine Flasche Nasentropfen und träufelte Lilja behutsam etwas in die Nase. Dann löschte er das Licht und blieb noch ein paar Minuten neben ihr stehen und lauschte. Schließlich schniefte das Mädchen im Schlaf, und der Atem wurde ruhiger und gleichmäßiger.

Er ging zurück in die Küche und setzte sich wieder an die Papiere. Nach der kurzen Unterbrechung warf er noch einmal einen frischen Blick auf die Listen. Unter den am häufigsten erwähnten ungebetenen Gästen fiel der Name Schalisko ins Auge. Dieser Schalisko hielt geradezu einen Rekord, sein Name war bereits achtzehnmal aufgetaucht, die der anderen fünf- bis achtmal.

Stassow blätterte rasch die Listen mit der Überschrift »Abblocken!« durch. Neben jedem Namen stand der Name des Sirius-Mitarbeiters, der sich von dem Genannten belästigt fühlte. Neben dem Namen Schalisko stand der Name Wasnis. Alle achtzehn Male. Wohin Alina auch fuhr, zu Außenaufnahmen oder auf ein Filmfestival, immer bat sie den Sicherheitsdienst, einen gewissen Pawel Schalisko auf keinen Fall zu ihr zu lassen.

Stassow legte die Listen ordentlich zurück, aber nun in

der Reihenfolge, die für seine Arbeit am günstigsten war. Mit einem solchen Ergebnis hatte er gar nicht gerechnet. Für heute war es genug, jetzt konnte er schlafen gehen; morgen früh würde er sich mit Korotkow oder mit Anastasija in Verbindung setzen, damit sie sich um den rätselhaften Pawel Schalisko kümmerten, der Alina Wasnis über fünf Jahre lang belästigt hatte.

Alina Wasnis
Zwei Jahre vor ihrem Tod

Dennoch hatte er es geschafft. Smulow hatte sie von ihrer ewigen Angst erlöst. Mehr noch, er gab ihr die Gelegenheit, endlich offen darüber zu sprechen, ohne sich zu schämen und zu verstecken. Eigens für Alina drehte er einen Thriller mit dem Titel: »Ewige Angst«.

Alina blühte zusehends auf. Ebenso ihre Liebe zu Andrej Smulow. Sie schluckte keine Tabletten mehr, wurde wesentlich ruhiger, lächelte häufiger und verfiel seltener in dumpfe Schwermut.

»Ewige Angst« machte sie endgültig berühmt. Ihr Foto zierte die Titelseiten populärer Filmzeitungen und -zeitschriften. Sie wurde zu Fernsehinterviews und Talkshows eingeladen. Nach zwei, drei derartigen Versuchen nahmen die Fernsehleute allerdings davon Abstand: Es war zu zeitraubend, Alina Wasnis jedes Mal gründlich vorzubereiten, damit ihre Antworten mehr oder weniger klar und zusammenhängend klangen. Dafür war sie sehr effektvoll, wenn sie lediglich einen Preis überreichen musste. Möglichst wortlos. Das Publikum begrüßte sie mit echten, nicht vom Band eingespielten Beifallsstürmen.

Zum Zeichen von Alinas völliger Genesung gingen sie und Andrej in einen Autosalon, einen Wagen für sie kaufen.

»Da ich jetzt keine Medikamente mehr nehme, kann ich

mich ja ohne Scheu ans Steuer setzen«, sagte Alina, schmiegte sich an Andrej und küsste ihn auf die Wange. »Wäre ja sonst ärgerlich: Erst so mühsam die Verkehrsregeln lernen und den Führerschein machen, und dann nicht Auto fahren.«

Sie entschieden sich für einen dunkelgrünen Saab, machten sich dann voller Elan auf die Suche nach einem Stellplatz und freuten sich, als sie eine bewachte genossenschaftliche Garage fanden, in der es unter anderem auch eine eigene Waschanlage und eine Autowerkstatt gab. Und die zudem nur zwei Bushaltestellen von Alinas Haus entfernt war. Ein unglaubliches Glück!

Alina fand allmählich Geschmack am »normalen« Leben, das nicht vergiftet war von ständiger, allgegenwärtiger Angst. Smulow, der sie heiß und innig liebte, hatte es geschafft, ihr den in der Kindheit entstandenen Komplex der eigenen Schuld und Sündhaftigkeit, das Gefühl, schmutzig und lasterhaft zu sein, zu nehmen. Das kostete ihn viel Kraft und Zeit, aber er erreichte, was er wollte. Alina interessierte sich nun für schöne Kleider und Reisen und kümmerte sich mit Freuden um ihre neue Wohnung, die sie nach »europäischen Standards« renovieren ließ. Sie wohnte zwar schon seit langem darin, hatte aber bislang keine Lust verspürt, sie auf Vordermann zu bringen. Es war ihr egal gewesen, dass im Flur die Tapeten abfielen, die Wasserhähne im Bad tropften und der Herd zusammenbrach.

In dieser Hochstimmung plante Andrej seinen nächsten Film, »Wahn«. Das Drehbuch schrieb er selbst, die Hauptrolle sollte natürlich Alina spielen. Masurkewitsch machte bei Sponsoren Geld locker, mit dem Argument, die beiden Stars, Alina und Smulow, würden es wieder einspielen, »Wahn« würde mindestens so viel Gewinn einbringen wie »Ewige Angst«, wenn nicht noch mehr. Sie begannen mit den Dreharbeiten und kamen zügig voran, der Film wurde wirklich großartig ...

Siebentes Kapitel

Korotkow

Verwundert erinnerte er sich daran, dass er Nastja gestern als »Sadistin« beschimpft hatte, weil er ihretwegen heute in aller Herrgottsfrühe aufstehen musste. Jetzt lag er im Bett und sehnte diese Herrgottsfrühe herbei.

Als er gestern nach Hause gekommen war, hatte es erneut Krach gegeben. Er brachte nicht die Kraft auf, wütend zu sein auf seine Frau, denn er wusste sehr wohl, wie schwer sie es hatte. Sie war nicht weniger erschöpft als er. Und das Leben in der engen Wohnung, die von den Ausdünstungen einer bettlägerigen Schwerkranken durchdrungen war, erhöhte die Lebensfreude auch nicht gerade. Seine Schwiegermutter war gelähmt, seit sein Sohn ein Jahr alt war. Sie war noch relativ jung, hatte ein kerngesundes Herz, und alle wussten, was das bedeutete. Juras Frau machte ihm natürlich keine Vorwürfe. Bis auf einen: Sie fand, er hätte seine Arbeit bei der Miliz längst aufgeben und in die Privatwirtschaft gehen sollen. So oft Jura ihr auch erklärte, sein Leben und seine Ehre seien ihm teurer, sie blieb unbeugsam, berief sich auf Beispiele von Bekannten und Unbekannten und verlangte von ihrem Mann, er solle endlich anständiges Geld verdienen und ihnen eine große Wohnung kaufen. Der Sohn wuchs heran, von Tag zu Tag wurde es enger in dem Vierzehnquadratmeterzimmer – das zweite mit den acht Quadratmetern bewohnte die Schwiegermutter.

Nach solch einem Krach machte Korotkow häufig auf dem Absatz kehrt und fuhr zum Übernachten zu seinem

Freund und Arbeitskollegen Kolja Selujanow, der seit seiner Scheidung allein lebte. Doch gestern war er sehr spät nach Hause gekommen und außerdem so müde gewesen … Aber er hatte nicht lange schlafen können. Seit vier Uhr morgens lag er hellwach neben seiner Frau und spürte, dass sie selbst im Schlaf Feindseligkeit und Unzufriedenheit ausstrahlte.

Gegen sechs hielt er es nicht mehr aus, stand vorsichtig auf, schlich auf Zehenspitzen in die Küche, setzte Wasser auf und machte sich fertig. Bloß schnell weg hier, besser auf der Straße rumhängen, als schon am frühen Morgen fruchtlose und, wie er fand, sinnlose Debatten zu führen.

Als Korotkow das Haus von Alina Wasnis erreichte, war es noch nicht einmal sieben. Er parkte den Wagen, schaltete die Heizung ein, zündete sich eine Zigarette an und sah nachdenklich hinaus in den herbstlichen Nieselregen. In der Wärme wurde er schläfrig, und um der Versuchung nicht nachzugeben, kurbelte er das Fenster herunter, hielt die Hand in den Regen und fuhr sich dann mit der nassen Hand übers Gesicht. Ihm wurde besser.

Zwanzig nach sieben sah er Nastja Kamenskaja langsam heranschlendern. Sie war ohne Schirm, hatte die Hände tief in den Taschen vergraben und die weite Kapuze, die ihr Gesicht vollkommen verhüllte, heruntergezogen. Korotkow öffnete die Beifahrertür und hupte.

»Grüß dich«, sagte Nastja erstaunt. »Ich hab gedacht, ich bin die Erste. Warum so früh? Kannst du nicht schlafen?«

»Ach, Liebste, mir ist so beklommen«, bestätigte Korotkow fröhlich, »mir will kein Schlummer kommen.«

»Au Backe!«

Nastja schlug die Kapuze zurück und stieg ins Auto.

»Manche Leute müssen doch dauernd demonstrieren, wie gebildet sie sind. Schön hier bei dir, warm und vollgequalmt. Paradiesisch.«

Sie holte eine Schachtel Mentholzigaretten aus der Handtasche und zündete sich genüsslich eine an.

»Wieder Ärger mit deiner Frau?«, fragte sie mitfühlend, während sie den Rauch ausstieß.

»Woher weißt du das?«

»Ganz einfach. Stassow hat um halb sieben bei dir angerufen, und du warst schon weg.«

»Was wollte er denn? Wir waren doch gestern bis kurz vor zwölf zusammen und haben eigentlich alles beredet.«

»Wir hatten heute offenbar alle drei eine schlaflose Nacht. Stassow hat einen gewissen Pawel Schalisko aufgetan, der Alina jahrelang verfolgt hat, und zwar allem Anschein nach ohne Erfolg. Ergebnis: Minus zwei, plus eins.«

»Bitte?«, fragte Jura stirnrunzelnd.

»Die beiden Damen fallen weg, dafür kommt ein Mann dazu. Macht also insgesamt vier Verdächtige: Charitonow, Imant und Inga Wasnis und perspektivisch noch ein erfolgloser Verehrer. Ich wette, auch Schalisko hat kein Alibi, dafür aber ein Motiv und die Gelegenheit gehabt.«

»Ist ja heiter …«

Untersuchungsführer Gmyrja erschien zwanzig vor acht und dachte gar nicht daran, sich für die Verspätung zu entschuldigen.

»Gehen wir«, quetschte er zwischen den Zähnen hervor, als er an Korotkows Auto vorbeikam.

Als sie mit dem Lift hinauffuhren, fragte er:

»Nehmen wir Zeugen dazu?«

»Wozu, Boris Vitaljewitsch? Wir suchen doch keine Indizien, sondern etwas, das dem Opfer gehört hat. Es spielt doch keine Rolle, wo wir das Tagebuch finden – falls überhaupt.«

»Wie du meinst«, sagte Gmyrja irgendwie spöttisch.

Der Untersuchungsführer war kein glühender Kämpfer für die buchstabengetreue Einhaltung der Gesetze und reduzierte prozessuale Feinheiten gern möglichst auf ein Minimum.

In Alinas Wohnung hatte nach dem Besuch der Miliz am Samstag niemand aufgeräumt, und nun wirkte sie wie ein geplündertes Nest. Besonders unangenehm war der Anblick des Sofas mit den Kreideumrissen des Opfers.

»Boris Vitaljewitsch, hat sich der Vater des Opfers gestern an Sie gewandt wegen der Wohnungsschlüssel?«, fragte Korotkow, während er sich im Flur gründlich die Schuhe abtrat. »Er möchte Sachen abholen und über die Wohnung verfügen.«

»Gestern nicht, nein. Also, wo wollen wir suchen?«

»Wir teilen uns auf«, schlug Nastja vor. »Zwei Zimmer und Küche, also jeder einen Raum. Und dann Bad, Toilette und Flur.«

Sie suchten lange und sorgfältig, aber leider ohne Erfolg. Sie fanden kein Tagebuch. Außer dem Tagebuch suchten sie ein weißes T-Shirt mit Knöpfen und einen bunten Rock. Das T-Shirt fand Nastja in der Waschmaschine, ein langer weiter Rock aus grünbunter Seide hing an einem Haken auf der Innenseite der Badezimmertür, ebenso wie ein warmer Frotteebademantel. Damit war der Verdacht gegen Charitonow im Grunde hinfällig. Um diese Kleidung zu beschreiben, musste er sie an Alina gesehen haben. Wenn er sie getötet hätte, als sie im Negligé war, und die Geschichte über den vorherigen Anruf und Besuch erfunden gewesen wäre, hätte er vermutlich den Kleiderschrank aufgemacht und etwas beschrieben, was darin hing. Sehr unwahrscheinlich, dass er in die Waschmaschine gesehen hätte.

Aber das Tagebuch ... Sollte Nastja sich wirklich geirrt haben?

»Sag mal, hast du Smulow mal danach gefragt?«, fragte Korotkow leise, damit der Untersuchungsführer es nicht hörte.

»Hab ich.« Nastja seufzte. »Er sagt, er habe nie bemerkt, dass Alina ein Tagebuch geführt hätte. Aber dann hat er sofort eingeräumt, dass er möglicherweise bloß nichts davon wusste. Die Wasnis war derart verschlossen, dass sie sich auch ihm gegenüber nicht völlig geöffnet hat.«

»Der Arme.« Jura schüttelte den Kopf. »Er hatte es bestimmt schwer mit ihr. Er hat sie so geliebt und dabei die ganze Zeit gespürt, dass sie ... ihm irgendwie fremd war. Auch die Stiefmutter sagt das von ihr.«

»Boris Vitaljewitsch«, rief Nastja laut. »Ich nehme die Videokassetten mit, ja?«

»Was willst du damit?«, fragte er, während er die Fächer des Einbauschranks im Flur durchsuchte.

»Da sind Smulows Filme drauf, auch die, in denen Alina mitgespielt hat. Ich will sie mir mal ansehen, vielleicht fällt mir dabei ja was ein.«

»Was soll dir denn bei diesen Filmen schon einfallen?«, reagierte der Untersuchungsführer spöttisch. »Ist doch purer Blödsinn.«

»Also kann ich sie mitnehmen?«

»Von mir aus, aber gib sie hinterher Smulow oder den Angehörigen der Wasnis zurück. Diese nette Familie bringt sich glatt wegen einer leeren Konservenbüchse um.«

»Das ist Ihnen auch aufgefallen?«, meldete sich Korotkow.

»Und ob. Das steht ihnen ja ins Gesicht geschrieben, das sieht doch ein Blinder. Als ich den alten Wasnis das erste Mal vernommen habe, das war gleich am Samstag, da hat er sich nicht nach seiner ermordeten Tochter erkundigt, sondern danach, wann er die Erbschaft antreten kann. Er hat dauernd gefragt, ob in Alinas Wohnung noch jemand gemeldet ist, der ihn daran hindern könnte, darüber zu verfügen. Aber vielleicht darf man ihn nicht verurteilen, er hat mit seinem kleinen Gehalt drei Kinder großgezogen und wahrscheinlich in seinem Leben ziemliche Armut kennen gelernt. Na, was ist, Kinder, machen wir Schluss? Der Fakir war betrunken, der Zaubertrick hat nicht geklappt?«

Korotkow atmete erleichtert auf. Gmyrja war nicht sauer, dass er für nichts und wieder nichts in aller Herrgottsfrühe hatte aufstehen müssen. Boris Vitaljewitsch war mit seinen sechsundvierzig kein Langweiler, er besaß Humor und erinnerte sich noch gut an die Zeit, da er selbst bei der Kriminalpolizei gearbeitet hatte. Er war zwar kein Geistesriese, aber dafür hatten es die Kripobeamten leicht mit ihm. In dieser Hinsicht war Gmyrja das Gegenteil von Untersuchungsführer Olschanskij, mit dem Nastja am liebsten zusammenarbeitete. Olschanskij hatte einen unerträglichen Charakter, Kriminalisten wie Techniker fürchteten ihn und hassten ihn insgeheim, wenngleich sie seine hohe Professionalität anerkannten. Dafür war Olschanskij erstens klug und zweitens mutig, was er durch sein Äußeres allerdings erfolgreich kaschierte: Er wirkte wie ein verwahrloster Trottel. Ach, Olschanskij an Gmyrjas Stelle würde sich jetzt an Nastjas Idee festbeißen, dass jemand, der so verschlossen und einsam war wie Alina Wasnis, unbedingt eine Art Ventil gehabt haben musste, sei es eine sorgfältig geheim gehaltene Freundin oder ein Tagebuch. Oder ein nicht weniger sorgfältig geheim gehaltener Liebhaber. Aber das war Olschanskij, nicht Gmyrja. Gmyrja hielt nichts von psychologischen Hypothesen, er wollte handfeste Fakten: Zeugenaussagen, Gegenstände, Dokumente, Spuren. Etwas, das man sehen, hören, anfassen und festhalten konnte. Nicht irgendetwas Vages, wenig Beweiskräftiges.

»Wir haben noch einen weiteren Verdächtigen, Boris Vitaljewitsch«, sagte Nastja, während sie ihre Jacke anzog und ein gutes Dutzend Videokassetten in ihre geräumige Sporttasche stopfte. »Wenn Sie es nicht sehr eilig haben, dann …«

»Ich habe es sehr eilig.« Gmyrja sah auf die Uhr. »Ich

habe für zehn Uhr dreißig Leute bestellt. Was wolltest du denn?«

»Ich dachte, Sie könnten mit uns zusammen zu ihm fahren, es sei denn, er ist abgehauen.«

»Darum brauchst du gar nicht erst zu bitten, meine Zeit ist knapp. Erledigt das selbst, wenn nötig, komme ich später dazu.«

»Dann warten Sie bitte noch zwei Minuten, ich muss schnell telefonieren.«

»Kolja? Ich bin's. Was ist mit Schalisko? Schieß los, ich merk's mir. Aha. Aha. Wo ist das? In der Sretenka? Weit weg von der Metro? Ja, okay, danke. Willst du zufällig was von Korotkow? Er steht nämlich gerade neben mir. Ich geb ihn dir.«

Sie reichte Korotkow den Hörer.

»Hier, lad dich bei ihm zum Übernachten ein, solange er für heute Abend noch keine romantischen Pläne hat.«

Jura lachte und zwinkerte Nastja zu.

»Ach, du meine Duenja! Was würde ich bloß ohne dich machen?«

Sie fuhren zusammen hinunter. Gmyrja eilte, die Aktentasche schwenkend, zur Metro, Nastja und Korotkow stiegen ins Auto.

»Unser Schalisko wohnt in Tschertanowo und arbeitet in der Redaktion der Zeitschrift ›Kino‹ irgendwo in der Sretenka. Bei ihm zu Hause geht keiner ans Telefon, in der Redaktion heißt es, er müsse jeden Augenblick kommen. Fahren wir?«

»Okay.« Korotkow seufzte. »Nur erst was essen, ja? Ich bin kurz nach sechs aus dem Haus, hab nur einen Kaffee in mich reingeschüttet, sonst nichts.«

»In Ordnung«, willigte Nastja ein. »Sieh dich um, wenn du was Passendes entdeckst, essen wir dort.«

Sie hielten vor einem Kiosk, nahmen jeder ein Stück heiße Pizza und verkrochen sich vor dem Regen wieder im Auto.

»Hör mal«, sagte Nastja plötzlich, »wir sollten Smulow anrufen und ihn nach diesem Schalisko fragen. Vielleicht kann er uns was Interessantes erzählen?«

Korotkow sah wehmütig aus dem Fenster. Der Regen war stärker geworden und prasselte aufs Pflaster. Was für eine Hundearbeit, dachte er gewohnheitsmäßig und ohne Wut, keiner interessiert sich dafür, wann du das letzte Mal was gegessen, wie viele Stunden du im letzten Monat geschlafen hast und ob die Kopfschmerztabletten dir helfen. Und wenn du ein Magengeschwür hast, dir von der ständigen Anspannung und dem Schlafmangel dauernd der Kopf wehtut und keine Medikamente dir mehr helfen, dann ist das dein Problem, nur deins. Genau wie die ständig steigenden Benzinpreise, die ewig undichten Schuhe und die nach Urin und Krankheit stinkende Höhle, hochtrabend als »Zweizimmerwohnung im Plattenbau« bezeichnet, mit winzigem Bad und ohne Fahrstuhl. Alles dein Problem, das dir niemand abnimmt, nicht der Staat, nicht deine eigenen Chefs.

Offenbar war Juras Miene äußerst viel sagend, denn Nastja setzte hinzu:

»Bleib ruhig sitzen, ich geh anrufen. Da drüben ist eine Telefonzelle, einen Chip hab ich.«

Jura lächelte dankbar. Nastja ging telefonieren, und offenbar hatte sie Smulow erreicht, denn sie telefonierte ziemlich lange. Korotkow nickte in der Wärme sogar ein wenig ein und wachte erst wieder auf, als Nastja die Tür zuschlug.

»Sehr interessant, Jura. Smulow kennt diesen Schalisko. Er hat mal bei Sirius gearbeitet, als Beleuchtungsassistent, und nebenbei ein Abendstudium an der Filmhochschule gemacht. Er war unglücklich verliebt in Alina. Eine Zeit lang war sie sogar nett zu ihm, aber als dann Smulow auftauchte, hat sie ihn in die Wüste geschickt. Der arme Schalisko konnte nicht begreifen, dass er abserviert wurde, hat ihr Blumen geschenkt, Briefchen geschrieben, Geschenke gemacht. Er ließ ihr keine Ruhe. Rief ständig an, selbst wenn sie Moskau verließ. Manchmal ist er ihr sogar hinterhergereist. Smulow weiß, dass Alina dem Sicherheitsdienst immer einen Zettel mit Schaliskos Namen gab, damit er nicht ihre Telefonnummer bekam. Sie nannte ihn einen aufdringlichen Verehrer. Smulow jedenfalls nahm ihn nicht weiter ernst, keine Rede von Eifersucht. Übrigens, dieser hoffnungslos Verliebte arbeitet inzwischen seit drei Jahren in der Redaktion von ›Kino‹, hat aber nicht von Alina abgelassen. Das ist wahre Liebe, was?«

»Wahrscheinlich ist dieser Schalisko ein komischer Brillenträger«, erwiderte Korotkow, während er auf den Sadowoje-Ring abbog. »Du weißt schon, so ein typischer unglücklich Verliebter, ein magerer, hässlicher Intellektueller mit krummem Rücken. So einen als Mörder zu verdächtigen ist doch albern, findest du nicht?«

»Nein, das finde ich nicht«, erwiderte Nastja scharf. »Erstens, denk dran, Alina war anfangs nett zu ihm, hat ihm also Hoffnungen gemacht, und zwar durchaus reale. Er ist also kein unglücklich Verliebter, sondern ein abgewiesener Geliebter, und das ist etwas ganz anderes. Und zweitens, gerade solche mageren, bebrillten Intellektuellen entpuppen sich sehr oft als die raffiniertesten Verbrecher. Verpass die Kreuzung nicht. Die Sretenka ist eine Einbahnstraße, du musst an der Ampel abbiegen, dann fahren wir durch die Gassen.«

»Hat Selujanow dich so genau instruiert?« Jura lachte und bremste vor der Ampel.

Sie fanden die Redaktion auf Anhieb, Kolja Selujanow hatte tatsächlich alles sehr gut beschrieben und Nastja genaue Orientierungspunkte gegeben. Unten saß eine nette alte Frau, die sie passieren ließ, ohne ihnen eine einzige Frage zu stellen oder ihren Ausweis zu verlangen. Im ersten Stock fanden sie rasch Zimmer 203, in dem sich laut Selujanow Pawel Schaliskos Arbeitsplatz befand. Das Zimmer war voller Leute, Lärm und Zigarettenqualm. Nastja berührte ein junges Mädchen, das der Tür am nächsten stand, am Ellbogen.

»Entschuldigung, wir wollen zu Schalisko«, sagte sie leise.

»Pawel!«, rief das Mädchen so laut, dass Nastja zusammenzuckte. »Pawel! Besuch für dich!«

Aus dem Nebel löste sich ein Mann und kam auf sie zu.

»Sie wollen zu mir?«

Korotkow beschlich ein ungutes Gefühl. Nastja und er hatten sich offenkundig geirrt. Schalisko war ein breitschultriger, gut aussehender Mann mit männlichem Kinn und lachenden Augen. Nicht mager. Kein krummer Rücken. Keine Brille. Wenn das der abgewiesene Liebhaber war, dann konnte er Alina durchaus erwürgt haben. Aber warum? Derartig attraktive Männer sind selten auf eine einzige Frau fixiert, sie finden leicht Ersatz und trösten sich mit einer anderen.

»Wo könnten wir uns in Ruhe unterhalten?«, fragte Korotkow kühl, nachdem er sich vorgestellt hatte.

»Wenn Sie zehn Minuten warten, können wir hier reden. Unsere Redaktionssitzung ist gerade zu Ende, die Leute rauchen noch eine zusammen, dann gehen sie, und wir sind hier allein.«

Nicht das geringste Anzeichen von Aufregung, Schreck oder Anspannung. Das alles gefiel Korotkow nicht. Schalisko hatte nicht zu viel versprochen, nach ein paar Minuten löste sich die Gruppe auf, und bald waren sie nur noch zu dritt. Sofort öffnete Pawel beide Fenster weit.

»Ich lüfte ein bisschen, der Rauch beißt ja richtig in den Augen«, erklärte er. »Also, ich höre. Sie kommen wegen Alina?«

Korotkow setzte sich an einen Schreibtisch neben dem Sessel, in dem Pawel sich niedergelassen hatte. Nastja blieb irgendwo hinter ihm. Er begriff: Offenbar hatte Selujanow auch in Erfahrung gebracht, welcher der acht Schreibtische der von Schalisko war, und Nastja wollte möglichst nahe an ihn heran, sich umsehen, vermutete Jura.

»Ist es lange her, seit Sie Alina Wasnis das letzte Mal gesehen haben?«

»Ziemlich.«

»Genauer?«

»Sehr lange. Ein halbes Jahr etwa.«

»Und haben Sie in letzter Zeit mit ihr telefoniert?«

»Das kann ich Ihnen gleich genau sagen.« Schalisko überlegte. »Sie ist Mitte Juli zu Außenaufnahmen gefahren, und zwei Tage vor ihrer Abreise hat sie mich angerufen, um mir zu sagen, in welchem Hotel sie wohnen werde.«

»Wozu?«

»Was heißt wozu?«, fragte Schalisko verständnislos.

»Wozu hat sie Ihnen das mitgeteilt?«

»Damit ich sie dort anrufe.«

»Warum sollten Sie sie im Hotel anrufen?«

»Ach so!« Schalisko lachte spöttisch. »Eine Art Spiel, fürs Image. Sagen Sie bloß, da sind Sie nicht selber drauf gekommen?«

»Bin ich nicht, stellen Sie sich vor«, erwiderte Korotkow kühl. »Ich warte auf Ihre Erklärung, und bitte möglichst die Wahrheit.«

Schaliskos Augen gefroren zu Eis, sein Gesicht versteinerte.

»Sie haben keinerlei Grund, mich irgendwie zu verdächtigen. Außerdem habe ich Sie doch wohl noch nicht beschwindelt. Jedenfalls haben Sie mich bislang nicht beim Lügen ertappt. Also seien Sie etwas vorsichtiger mit Ihren Formulierungen.«

Korotkow begriff, dass er sich unverzeihlich hatte gehen lassen, sich im Ton vergriffen und sein Gegenüber verschreckt hatte. Oder misstrauisch gemacht? Aber er war so müde und hatte solche Kopfschmerzen …

»Ich bitte um Verzeihung«, sagte er entschuldigend. »Aber Ihre Erklärung benötigen wir trotzdem.«

»Na schön«, lenkte Schalisko ein. »Alina und ich hatten ein Verhältnis, aber das ist sehr lange her, damals machte sie noch Musikfilme. Unsere Affäre, wissen Sie, die war … Kurz gesagt, nicht sehr leidenschaftlich. Alina war ein bisschen zu kalt für Leidenschaft. Wir sind als Freunde auseinander gegangen. Und dann sagte Alina eines Tages zu mir: ›Pawel, ich habe viel verloren dadurch, dass ich mich von dir getrennt habe.‹ Irgendjemand hatte ihr erklärt, ein echter Star brauche unbedingt Verehrer, die um seine Aufmerksamkeit buhlen und ihn mit Blumen überschütten. Und ein werdender Star, ein aufgehender Stern müsse wenigstens einen solchen Verehrer haben. Verstehen Sie, ich war ein sehr aufmerksamer Verehrer – Blumen, Geschenke, Abholen, geduldiges Warten und solche Sachen. Wir haben natürlich beide gelacht, und dann bot ich ihr an, ihr in Erinnerung an unsere zärtliche Beziehung beim Aufbau ihres Star-Images zu helfen. Ich kam regelmäßig mit einem Blumenstrauß ins Studio, wo sie drehte. Außerdem Geschenke zum Geburtstag und zu allen Feiertagen. Wenn sie irgendwo anders drehte, rief ich auf jeden Fall im Hotel an und verlangte ihre Telefonnummer. Die bekam ich natürlich nicht, schließlich ließ sie mich immer in die ›schwarze Liste‹ eintragen, aber dafür wusste jeder, dass Pawel Schalisko vor unglücklicher Liebe schmachtet und Alina Wasnis seine Aufmerksamkeiten satt hat. Das ist alles.«

»Können Sie Ihre Worte irgendwie beweisen?«

»Wie denn?« Schalisko war ratlos. »Höchstens dadurch, dass meine Frau Bescheid weiß. Sie kannte Alina. Sie wissen doch, heutzutage macht keiner mehr was umsonst. Ich spielte in Alinas Interesse den aufdringlichen Verehrer, dafür versorgte Alina meine Frau mit Informationen. Gesellschaftsklatsch, Neues vom Set und so weiter. Meine Frau ist bei der Zeitung ›Abendklub‹.«

157

Er ist also auch noch verheiratet, dachte Korotkow verdrossen. Nein, für die Rolle des unglücklichen, abgewiesenen Liebhabers, der seine untreue Geliebte tötet, kam Schalisko nicht infrage. Schade, das war so eine schöne Hypothese gewesen!

»Jura«, hörte er Nastja hinter sich sagen, »komm doch bitte mal her.«

Korotkow erhob sich schwerfällig vom Stuhl und ging zu ihr. Ein Schubfach des Schreibtisches, neben dem Nastja stand, war offen, und Jura sah ein dickes kariertes Heft in braunem Wachstucheinband. Im Nu stand Schalisko neben ihm.

»Was suchen Sie an meinem Schreibtisch?«, fragte er verärgert.

»Ist das Ihr Heft?«, fragte Nastja.

»Nein.« Er verstummte verwirrt. »Das sehe ich zum ersten Mal. Woher haben Sie das?«

Nastja schlug das Heft, ohne es aus der Schublade zu nehmen, mit dem Fingernagel auf. Eine große runde Handschrift, über der voll geschriebenen Seite stand ein Datum: 17. November.

»Erkennen Sie die Handschrift?«

»Das ist Alinas Schrift. Das verstehe ich nicht. Ich sehe das zum ersten Mal!«

Nastja schob die Schublade mit einer heftigen Bewegung zu und sah Korotkow entsetzt an. Da hatten sie sich ja was eingebrockt! Idioten! Sie waren doch zu Schalisko gefahren, weil sie ihn des Mordes verdächtigten, aber die Tagebücher hatten sie völlig vergessen! Was tun? Kein Untersuchungsführer, keine Zeugen. Schalisko würde behaupten, die Kamenskaja selbst habe ihm das Tagebuch untergeschoben, und zu Recht! Völlig zu Recht! Wie konnten sie bloß so unprofessionell sein!

»Bestell den Untersuchungsführer her, Jura«, sagte Nastja leise. »Für die offizielle Beschlagnahmung. Und Sie«, wandte sie sich an Schalisko, »setzen sich bitte hin und schreiben ausführlich alles auf, was Sie uns eben erzählt haben. Und schreiben Sie auch gleich, wie dieses Heft hier gefunden wurde. Sie saßen doch mit dem Gesicht zu mir, stimmt's?«

»Ja, ich habe Sie gesehen«, bestätigte Schalisko.

»Dann schreiben Sie auf, was Sie gesehen haben.«

»Ich verstehe nicht ...«

»Nun, haben Sie zum Beispiel gesehen, dass ich dieses Heft aus meiner Tasche genommen und in Ihren Schreibtisch gelegt habe?«

»Aber nein. Ihre Tasche steht doch da drüben an der Tür, halten Sie mich doch nicht für bescheuert!«, empörte sich Schalisko.

»Na, sehr schön.« Nastja lächelte. »Dann schreiben Sie das auf. Ach, übrigens, Sie wissen nicht zufällig, wie das Heft zu Ihnen gelangt ist?«

»Ich sagte doch schon, ich sehe es zum ersten Mal.«

»Schreiben Sie das auch auf.«

Korotkow ging zum Telefon, um Gmyrja anzurufen, und dachte traurig, dass der heutige Tag von Anfang an schief gelaufen war. Na, wenigstens war Gmyrja selbst mal Kripobeamter gewesen, er würde keinen Ärger machen. Aber wenn sich der Verdacht gegen Schalisko bestätigen sollte, dann würde sein Anwalt ihnen wegen Nastjas Eigenmächtigkeit ganz schön Feuer unterm Arsch machen. Herrgott, hoffentlich blieb ihnen das erspart!

Kamenskaja

Am Abend sah Nastja, nachdem sie rasch etwas gegessen hatte, die Videokassetten mit Smulows Filmen durch. Offenbar hatte Alina alle Filme ihres Geliebten besessen, und das zeugte zweifellos von ihrem Respekt für sein Talent. Die Filme, in denen Alina vor der Begegnung mit Smulow

Hauptrollen gespielt hatte, waren ebenfalls alle vorhanden. Es waren insgesamt zwölf Kassetten: Fünf Filme von Smulow ohne Alina, vier Opernverfilmungen und die drei Thriller, die Smulow mit Alina gedreht hatte.

Der Tag hatte in Nastja ein Gefühl von Bitterkeit und Schuld hinterlassen. Warum hatte sie sich nur nicht beherrschen können! Einfach unverzeihlich! Gmyrja hatte natürlich nichts gesagt, er steckte vermutlich oft genug selbst in einer ähnlichen Bredouille. Er hatte nur tadelnd den Kopf geschüttelt. Das Heft wurde beschlagnahmt und den Kriminaltechnikern geschickt, Schalisko selbst in die Petrowka gebracht. Nastja lief natürlich gleich zu Oleg Subow, schlug sich schuldbewusst vor die Brust und gestand ihm alles.

»Olesga, ich habe ja solchen Blödsinn verzapft! Stampf mich ruhig in Grund und Boden, aber beeil dich mit dem Heft, ja? Solange die Jungs den Schalisko in die Mangel nehmen. Wenn seine Fingerabdrücke auf dem Heft sind, dann Gott sei Dank, dann können sie ihn ruhig festhalten. Aber wenn nicht, dann müssen wir schnell überlegen, was das bedeutet. Dann lässt Gmyrja ihn vielleicht gegen Revers wieder frei. Verstehst du, wenn sich herausstellt, dass er dieses Heft nicht angefasst hat, gibt es keinen Grund, ihn einzusperren.«

»Was regst du dich so auf?«, murmelte Subow mürrisch, während er das Tagebuch untersuchte. »Ist doch nicht weiter schlimm. Kommt doch oft vor, dass einer festgenommen und dann wieder freigelassen wird. C'est la vie. Da bist du nicht die Erste und nicht die Letzte. Sitzt er eben ein paar Tage in der Zelle, denkt über die Vergänglichkeit des irdischen Daseins nach, ist auch mal ganz nützlich. Was ist los, Nastja? Hast du etwa Angst vorm Untersuchungsführer?«

»Vor dem auch«, bekannte Nastja. »Aber vor allem natürlich vor Knüppelchen. Vor ihm schäme ich mich.«

»Ah! Das ist richtig«, knurrte der Kriminaltechniker.
»Angst haben ist eine Schande. Aber sich schämen, das ist
nützlich. Das reinigt die Seele. Nun dränge mich nicht so,
Kamenskaja, scher dich in dein Büro.«

»Na klar. Und kaum bin ich über die Schwelle, lässt du
dich ablenken, ich kenne dich doch. Olesga, für mich ist
jede Minute kostbar.«

»Lass mich in Ruhe. Ich hab doch gesagt, ich kümmere
mich darum. Verschwinde, steh mir nicht in der Sonne.«

Nastja ging in ihr Büro, lauschte unruhig auf die Schritte
im Flur und zuckte jedes Mal zusammen, wenn die Tür des
Nachbarraums zuschlug, wo Gmyrja und Korotkow Pawel
Schalisko ausquetschten. Gegen sieben Uhr abends kam
endlich der total erschöpfte Korotkow zu ihr herein.

»Fertig«, seufzte er, setzte sich auf den Stuhl vorm Fenster und presste die Hände gegen die Schläfen. »Wir haben
ihn gegen Revers entlassen. Seine Fingerabdrücke sind
nicht drauf. Der Umschlag wurde sorgfältig abgewischt,
und drinnen sind nur Alinas Fingerabdrücke. Weiß der
Teufel, was das bedeutet.«

»Aber dass der Umschlag abgewischt wurde, beweist
doch nicht, dass er das Tagebuch nicht genommen hat.
Eher das Gegenteil, finde ich«, sagte Nastja vorsichtig.

»Findest du, findest du«, äffte Korotkow sie nach. »Und
ich finde, ein Tagebuch klaut man nur, wenn etwas Unangenehmes über einen drinsteht. Ob das so ist, erfährst du
aber nur, wenn du es gelesen hast. Und wenn Schalisko es
gelesen hätte, müssten seine Fingerabdrücke darin sein.
Sind sie aber nicht.«

»Stimmt«, bestätigte Nastja nachdenklich. »Aber vielleicht war er beim Lesen nur sehr vorsichtig und hat darauf
geachtet, keine Spuren zu hinterlassen – den Umschlag hat
er ja auch nicht mit bloßen Händen angefasst. Na schön,
das sind alles Vermutungen. Wir müssen einfach das Tagebuch lesen, dann wird alles klar. Wo ist es eigentlich?«

»Das hat Gmyrja mitgenommen. Er hat gesagt, er will es vorm Einschlafen lesen, statt Märchen. Aber weißt du, Nastja, dieser Schalisko sieht nicht aus wie ein Mörder. Er ist sauer, gereizt, verärgert, aber er hat keine Angst. Entweder ist er ein begnadeter Schauspieler, oder er hält das Ganze wirklich für ein Missverständnis.«

»Na, vielleicht ist er ja ein Schauspieler.« Nastja seufzte. »Vielleicht sogar ein ganz großer.«

Als Nastja nun zu Hause saß und Alina Wasnis auf dem Bildschirm beobachtete, kehrte sie in Gedanken immer wieder zu ihrem Tagebuch und zu Pawel Schalisko zurück.

Auf der ersten Kassette, die sie sich ansah, war der viel zitierte »Troubadour«. Nastja erinnerte sich noch gut an Alinas Aufzeichnungen zur Rolle der alten Zigeunerin Azucena und verfolgte neugierig, wie Alinas Ideen szenisch umgesetzt waren. Ja, sie war hartnäckig, sie war kein Jota abgewichen von dem, was sie Degtjar in ihrem »Aufsatz« geschrieben hatte. Jedes Mal, wenn die alte Zigeunerin daran dachte, wie sie sich für die Hinrichtung ihrer Mutter rächen wollte, erschien auf dem Gesicht der Schauspielerin ein verträumter Ausdruck, der an Lust grenzte. Und als Azucena von ihrem verhängnisvollen Irrtum sprach, standen in ihren Augen nicht Entsetzen und Verzweiflung, sondern offene Bosheit. Die Szenen ohne Alina überging Nastja, sodass sie mit dem »Troubadour« relativ schnell fertig war.

Als Nächstes sah sie sich einen Film von Smulow an. Ein gut gemachter Krimi mit Elementen von Mystik, für die es am Ende allerdings eine durchaus irdische Erklärung gab. Ein sehr guter Film, fand sie und wunderte sich, dass Smulow sich als »ausgebrannt« bezeichnet hatte. Eine Szene weckte ihr besonderes Interesse. »Liebst du mich?«, fragt ein Leinwandheld seine Braut, woraufhin diese laut lacht und sagt: »Kannst du nicht was Geistreicheres fragen? Gib mir lieber Geld, ich habe keinen Wintermantel.« Nastja hatte sich das Tonbandprotokoll des Gesprächs, das Korotkow mit Smulow geführt hatte, mehrmals angehört und erinnerte sich noch gut an Smulows Worte über Alinas Unsensibilität und Gefühlskälte. Offenbar hatte die Geschichte damals ihn so verletzt, dass er sie in ein Drehbuch übernommen oder, wie Psychologen es ausdrücken, projiziert hatte.

Doch als Nastja sich Smulows nächsten Film ansah, begriff, sie, was los war. Der Film hatte starke Ähnlichkeit mit dem vorhergehenden. Die gleichen Akzente, die gleichen Typen: ein finsterer, undurchsichtiger Schönling, der sofort verdächtig ist und sich schließlich als ungeheuer positiv erweist, und ein netter, fröhlicher Bursche, den alle mögen, der die Ermittlungen aktiv unterstützt und sich am Ende als der Mörder entpuppt. Und wieder das Motiv unerwiderter Gefühlsaufwallungen: »Sag mir was Liebes.« »Ach, hör doch auf. Sei nicht so weinerlich, du Weichling.« Nastja runzelte die Stirn. Alles klar, Smulow wiederholte sich von Film zu Film.

Als sie die Kassette schon herausnehmen und die nächste einlegen wollte, »Ewige Angst«, kam ihr ein überraschender Gedanke. Sie spulte den Film zurück und sah sich den Vorspann noch einmal an. Der Film war neunzehnhundertneunzig gedreht worden. Interessant! Neunzig kannte Smulow Alina Wasnis noch nicht, also hatte jenes verletzende Gespräch noch gar nicht stattgefunden. Doch in beiden Filmen war dieses Motiv sehr präsent. Was war das? Intuition, die dem begabten Künstler prophezeit hatte, dass die Frau, die ihn eines Tages lieben sollte, genauso sein würde, nicht sensibel und feinfühlig? Geniale Vorahnung? Oder …

Oder. Nastja riss die Kassette aus dem Gerät und legte die nächste ein. Genau. Wieder die gleichen Protagonisten, wieder die gleiche Situation: »Hast du Sehnsucht nach mir gehabt?« »Als ob ich keine anderen Sorgen hätte, als Sehn-

sucht nach dir zu haben.« Wieder tauchten immer neue
Verdächtige auf, nahm das Sujet immer neue überraschende Wendungen, wieder gab es eine unerwartete Auflösung.
Ja, das alles wiederholte sich von Film zu Film, und das
hatten die Kritiker bemängelt. Doch auf dieses Muster
stieß Nastja nicht nur in den Filmen, sondern noch irgendwo anders. Wo nur?

Gegen zwei Uhr wusste Nastja, dass sie alles, was sie gerade in Smulows fünf Filmen ohne Alina Wasnis gesehen
hatte und in den dreien, in denen sie die Hauptrolle spielte
– dass sie das alles selbst erlebt hatte. Hier und jetzt, im
Laufe der letzten vier Tage. Alles wiederholte sich, bis ins
kleinste Detail.

Von genialer Voraussicht konnte nicht die Rede sein. Die
ganze Situation mit der Ermordung von Alina Wasnis und
den anschließenden Ermittlungen war von derselben Hand
erdacht und inszeniert worden. Vom selben Meister. Von
Andrej Smulow. Aber warum? Mein Gott, warum?!

Die Hauptdarstellerin töten, kurz vor der Fertigstellung
eines großartigen Films? Eines Films, der mit Sicherheit
neuen Ruhm und renommierte Preise eingebracht hätte?
Sich selbst als Regisseur zugrunde richten? Das wollte ihr
nicht in den Kopf.

Es musste einen Grund geben, einen gewichtigen Grund.
Aber wo sie diesen Grund suchen sollte, davon hatte Nastja
Kamenskaja keinen blassen Schimmer.

Alina Wasnis
Zehn Tage vor ihrem Tod

Anfang September war es am Meer warm und sonnig,
die so genannte »Samtsaison« begann. Die Dreharbeiten
gingen zu Ende, der Film war außerordentlich gelungen,
das sagten alle; er würde noch besser werden als »Ewige

Angst«, und Alina kam jeden Tag in gehobener Stimmung zum Set, voller Vorfreude auf die Arbeit.

An diesem Tag drehten sie eine Szene am Strand, das Set war dicht umlagert von neugierigen Urlaubern. Andrej arbeitete schnell, er verwandte immer viel Zeit auf die Proben, um mit einem Minimum an Filmmaterial auszukommen. Die erste Klappe war bereits durchaus passabel.

»Zehn Minuten Pause, dann drehen wir das nochmal«, sagte Smulow fröhlich, öffnete eine Flasche Fanta und goss die schäumende orangefarbene Flüssigkeit in einen Plastikbecher.

Alina ging zu ihm, setzte sich in den Sand und streckte wohlig die Beine aus.

»Und, wie war's? Alles okay?«

»Sehr gut, du bist toll. Ball im entscheidenden Moment die Hand zur Faust, ich sage Shenja Bescheid, dass er eine Großaufnahme machen soll, wenn du die Hand wieder aufmachst und man die Spuren der Fingernägel sieht. Das wird klasse.«

»Okay, mach ich.«

Zehn Minuten später stellte sich Alina erneut in die Mitte, und die Szene begann. Laut Drehbuch sollte sie den Blick langsam über die Gruppe der Komparsen schweifen lassen. Und plötzlich sah sie IHN. Den Irren. Sie konnte sich unmöglich täuschen, es war das Gesicht mit dem hässlichen Muttermal auf der Wange, es waren die schrecklichen Augen, die schmalen, nassen Lippen. Aber das konnte nicht sein! Es konnte nicht sein! Er war zwei Jahre lang nicht aufgetaucht. Er war tot!

Alina vergaß für einen Moment, dass sie drehten. Abermals hatte die Angst von ihr Besitz ergriffen, war nach zwei Jahren zurückgekehrt.

»Genial!«, hörte sie Andrej sagen.

Andere Stimmen fielen ein.

»Umwerfend!«

»Wahnsinn!«

»Alina, du bist ein Genie!«

Mühsam schüttelte sie die Erstarrung ab. Sie hatte sich zu früh gefreut, ihre Krankheit war offenbar schon zu weit fortgeschritten. Niemand schluckte ungestraft jahrelang Psychopharmaka. Sie hatte geglaubt, sie wäre wieder gesund, aber der Albtraum war zurückgekehrt, diesmal als Halluzination. Wie würde das weitergehen? Mein Gott, wie? Lebenslänglich Psychiatrie? Geisteskrank? Allseitiges Mitleid? Alle gratulierten ihr, glaubten, sie hätte das Entsetzen genial gespielt; was, wenn sie erführen, dass sie keineswegs eine geniale Schauspielerin war, sondern eine gewöhnliche Verrückte, gepeinigt von Halluzinationen und einer akuten Psychose?

Sie bemühte sich um Beherrschung, damit niemand ihre Verzweiflung ahnte. Vor allem Andrej sollte nichts bemerken. Er hatte sich so lange um sie bemüht, um sie von ihrer Angst zu erlösen, hatte so viel Zeit und Kraft in sie investiert, er durfte nicht erfahren, dass das alles vergeblich gewesen war. Das würde er nicht überleben! Das wäre ein solcher Schlag für ihn!

Alina brachte es fertig, auf dem Weg ins Hotel mit Andrej und der Regieassistentin Jelena Albikowa das Gesicht zu wahren. Mit letzter Kraft hielt sie sich noch beim Essen, dann schützte sie Müdigkeit vor und schloss sich in ihrem Zimmer ein. Sie konnte nicht weinen. Sie hatte Schüttelfrost wie im Fieber, die Hände zitterten, die Zähne schlugen klappernd aufeinander. Blieb nur ein Mittel – die Tabletten, die sie noch immer bei sich trug. Nicht, dass sie sie absichtlich mitnahm, sie lagen einfach in ihrer Reiseapotheke, seit damals, als sie sie regelmäßig genommen hatte. Neben Aspirin, Kopfschmerztabletten, Erkältungsmitteln, Wasserstoffperoxyd und Pflastern.

Sie legte sich drei davon unter die Zunge, und nach zwanzig Minuten wurde sie langsam gelöster. Sie streckte sich auf dem Bett aus, zog zwei Decken über sich, obwohl draußen fünfundzwanzig Grad herrschten, und zwang sich, zu entspannen und einzuschlafen. Am Abend konnte sie sogar zum Abendessen hinuntergehen und mit Smulow einen Strandspaziergang unternehmen. Dass sie wortkarg war, fiel ihm nicht weiter auf, das war sie meistens. Am nächsten Tag sollte weiter gedreht werden, deshalb übernachtete Andrej nicht bei ihr. Am Morgen nahm sie wieder Tabletten und ging zum Set. Es gelang ihr, so zu spielen, dass niemand etwas bemerkte – Gott allein wusste, welche Anstrengung sie das kostete. Gut, dass es der letzte Drehtag war. Sie fuhren nach Moskau zurück.

In Moskau kam sie allmählich wieder zur Ruhe. Der Anfall wiederholte sich nicht, die Halluzinationen kamen nicht wieder, und Alina fühlte sich sicherer. Dann sahen sie sich das abgedrehte Material an. Den Film mit der Strandszene – der erste Take, dann der zweite. Wieder sah sie das abstoßende Gesicht mit dem Muttermal und den schrecklichen Augen, das die ganze Leinwand füllte. Alina biss die Zähne zusammen, um nicht laut aufzustöhnen. Es war wieder passiert! Schon wieder!

Sie war zu stark und dachte zu nüchtern, um sich kampflos zu ergeben. Langsam blickte sie sich im Saal um. Ja, alles war wie immer, alle saßen ganz normal auf ihrem Platz, niemand hatte plötzlich zwei Köpfe oder fünf Arme. Also war sie nicht krank, also war das keine Halluzination. Der Irre war tatsächlich dort gewesen, am Strand. Und war gefilmt worden.

Sie beschloss, sich selbst zu kontrollieren; sie neigte nicht zu Panik und kämpfte immer bis zum Letzten. Sie bat den Filmvorführer, den zweiten Take noch einmal zu wiederholen. Andrej sah sie erstaunt an, unterstützte jedoch ihre Bitte. Glücklicherweise schlossen sich auch andere im Saal an.

»Natürlich, schauen wir uns das nochmal an! Das ist

unglaublich! Diese Szene wird in die Annalen der internationalen Filmgeschichte eingehen!«

Die Leinwand wurde wieder hell. Diesmal bemühte sich Alina, nicht die Kontrolle zu verlieren, beherrscht zu bleiben. Und wieder sah sie den Irren. Er tauchte nur kurz in der Menge auf, nur für einen winzigen Augenblick, aber sie erkannte ihn eindeutig. Zu gut kannte sie dieses Gesicht, sie hätte es selbst nach tausend Jahren wiedererkannt.

Zu Hause versuchte Alina, alles in Ruhe zu durchdenken. Am späten Abend rief sie Smulow an.

Achtes Kapitel

Stassow

Er kam gegen acht Uhr früh zur Kamenskaja, Korotkow war noch nicht da. Nastja öffnete ihm in Jeans und einem dünnen Pulli, munter und konzentriert. Doch die dunklen Augenringe verrieten die schlaflose Nacht. Stassow überlegte, wie alt sie eigentlich war – wohl weit über dreißig, ja, natürlich, sie war immerhin schon Major.

»Wo brennt's denn?«, fragte er, während er die Jacke auszog.

Nastja hatte ihn um halb sieben angerufen, und ihre Stimme hatte merkwürdig geklungen. Sie hatte Stassow gebeten, so schnell wie möglich zu kommen, ihm aber nichts weiter erklärt. Nur gesagt, Korotkow werde auch kommen.

»Brennen tut's nirgends, es ist eher ein Fall von schleichendem Wahn.« Sie lächelte zurückhaltend. »Ich werde euch gleich etwas erzählen, und eure Aufgabe wird es sein, mir deutlich klarzumachen, dass ich blöd bin und spinne.«

»Toll!«, murrte Stassow unwillig. »Mein Kind ist krank, ich wollte eigentlich heute früh schnell Milch holen, damit sie Milch mit Honig trinken kann, und irgendwas Schönes, und da holst du mich aus dem Haus, und wozu? Damit ich mir irgendeinen Blödsinn anhöre und dir dann erkläre, dass das wirklich Blödsinn ist? Also weißt du, Anastasija!«

Nastja wurde verlegen, ihre Augen blitzten ärgerlich.

»Entschuldige bitte«, sagte sie trocken. »Das hättest du mir gleich sagen können, als ich dich angerufen habe. Dann hätte ich nicht darauf bestanden.«

Stassow schämte sich. Sie hatte Recht, sie konnte ja nicht wissen, dass Lilja Angina hatte. Warum machte er ihr jetzt Vorwürfe? Schließlich hätte Lilja die Milch sowieso nicht getrunken, die konnte sie nicht ausstehen. Lieber gurgelte sie mit einer giftigen Mixtur aus Wasser, Jod und Soda, als ein einziges Glas Milch oder Kefir zu trinken.

Er wollte seine Grobheit wieder wettmachen und suchte nach versöhnlichen Worten, doch da kam Korotkow, und das Problem erledigte sich von selbst. Jura war fröhlich und voller Energie, küsste Nastja auf die Wange, streifte die Schuhe ab und schlurfte auf Socken schnurstracks in die Küche. Er war offensichtlich häufig hier und wusste, dass Nastja morgens literweise Kaffee trank, und zwar in der Küche.

»Na, was gibt's Nastja? Wieder mal eine verrückte Idee?«, fragte Korotkow, nahm sich eine Tasse und schenkte sich Kaffee ein. »Schieß los, bring mich zum Lachen.«

Sie setzten sich an den Tisch, auf dem Teller und Tassen standen – Nastja hatte für ihre Gäste ihre legendäre Faulheit überwunden und ein üppiges Frühstück vorbereitet. Korotkow betrachtete wohlwollend die appetitlichen überbackenen Toasts, das gelbrotgrüne Rührei mit Tomaten und Lauch, die große Schüssel Cornflakes und die große Milchtüte.

»Na, das ist doch was. Man sieht gleich, dass du geheiratet hast und endlich zur Vernunft gekommen bist«, neckte er sie.

»Ich bring dich um«, drohte Nastja ihm gelassen. »Also, ich erzähle, und ihr hört mir aufmerksam zu, aber schreit nicht gleich los, dass ich eine Idiotin bin, sucht nach Argumenten. Okay? Mir ist selber klar, dass das totaler Schwachsinn ist, aber solange ich das nicht abgehakt habe, kann ich an nichts anderes denken. Abgemacht?«

»Klingt viel versprechend.« Stassow lachte spöttisch. »Fang schon an, spann uns nicht auf die Folter.«

»Gut. Und ihr greift zu, bedient euch. Also, was wissen wir über Alina Wasnis? Dass sie sehr verschlossen war, selbst der Mann, der ihr nahe stand, Andrej Smulow, hat in vier Jahren ihr Wesen, ihre Seele nicht völlig ergründen können. Richtig? Weiter. Wir wissen, dass sie sich Soja Semenzowa gegenüber ziemlich unschön verhalten hat, indem sie die wahren Gründe publik machte, aus denen Smulow Soja für eine Nebenrolle engagieren wollte. Dabei hat sie, vorsichtig ausgedrückt, auch Smulow bloßgestellt. Die Leute bei Sirius sagen, Smulow sei wegen Alinas taktlosen, grausamen Verhaltens sehr bekümmert gewesen. Was noch? Wir wissen, dass sie lieber im Verborgenen handelte – statt sofort auf die Beleidigung von Xenija Masurkewitsch zu reagieren, hat sie einen Kontakt zu deren Vater gesucht, dem Bankier Kosyrew, der seine finanziellen Zuwendungen für Sirius davon abhängig macht, dass Masurkewitsch seine lasterhafte Frau zügelt und zur Ordnung ruft. Das heißt, ihr Anstand beibringt. Bis hierher alles richtig?«

»Mach weiter.« Korotkow nickte und verzehrte genüsslich Rührei und überbackenen Toast.

»Wir wissen, dass Alina sich nicht durch besondere Sensibilität und Herzenswärme auszeichnete, darüber hat Smulow geklagt. Wir wissen, dass sie starke Nerven hatte und nie Tranquilizer oder andere Psychopharmaka nahm. Das hat ebenfalls Smulow gesagt. Außerdem wissen wir, dass sie Nikolai Charitonow aufforderte, umgehend seine Schulden zu begleichen, eine ziemlich große Summe. Habe ich etwas ausgelassen?«

»Ich glaube nicht«, meldete sich Stassow, der den Sinn ihrer Zusammenkunft nicht begriff. Warum mussten sie so früh aufstehen und Hals über Kopf losrennen, wenn die Kamenskaja nur alle Informationen zusammenfassen wollte? Was war daran so eilig? Sie hatte gesagt, sie wolle »totalen Schwachsinn« erzählen. Bislang zählte sie lediglich Fakten auf.

»Und nun sehen wir uns diese Fakten mal von einer anderen Seite an«, fuhr Nastja fort, als hätte sie Stassows Gedanken gelesen. »Woher wissen wir, dass Alina sich nach Kosyrews Telefonnummer erkundigt hat? Von Smulow. Woher wissen wir, dass Alina eine Szene gemacht hat, weil die Semenzowa engagiert worden war? Auch von Smulow. Niemand war dabei, alle erinnern sich lediglich, dass Smulow bekümmert rumgelaufen ist und allen erzählt hat, wie herzlos Alina doch sei, er habe die Semenzowa engagieren wollen, aber Alina habe geschrien, das komme nicht infrage, die Semenzowa sei eine Säuferin und Diebin. Danach ging das Gerede los, erreichte einen gewissen Sarubin, und der verbot, Geld auszugeben für die unzuverlässige Semenzowa. Die ursprüngliche Quelle der Information war Smulow. Er hat dafür gesorgt, dass sich eine bestimmte öffentliche Meinung bildete, die schließlich Soja zu Ohren kam, und als wir auf der Bildfläche erschienen, hatte ihr Hass auf Alina seinen Höhepunkt erreicht. Was sie für uns verdächtig machte. Weiter. Wer hat Charitonow angerufen und verlangt, dass er noch am selben Tag seine Schulden zurückzahlt? Wieder Smulow. Er erklärt, Alina habe ihn darum gebeten, weil sie angeblich nicht hart genug sei, um das Geld zurückzufordern. Erinnert ihr euch, was Charitonow erzählt hat? Als er Alina das Kuvert mit dem Geld gab, hat er ihr die Summe genannt: seine ursprünglichen Schulden, dreitausend Dollar, plus hundertzwanzig Prozent Zinsen. Und Alina war erstaunt. Versteht ihr? Sie war erstaunt! Erst nachdem Charitonow ihr laut vorgerechnet hatte, dass das insgesamt genau sechstausendsechshundert Dollar machte, hat sie das Geld genommen. Und nun überlegt mal. Wenn jemand sich darüber ärgert, dass er sein verborgtes Geld so lange nicht zurückbekommt, dann rechnet er doch nach, wie viel man ihm schuldet. Auf jeden Fall. Dann denkt er nicht: Derjenige schuldet mir dreitausend plus Zinsen. Bevor Alina also Smulow bat, mit Charitonow zu reden, hätte sie doch wenigstens nachrechnen müssen, auf welchen Betrag sich die Schulden inzwischen beliefen. Warum war sie dann so erstaunt, als Charitonow ihr die Summe nannte? Ganz einfach: Weil sie gar nicht daran gedacht hatte nachzurechnen. Weil sie Smulow überhaupt nicht gebeten hatte, Charitonow anzurufen, das war seine eigene Initiative. Gut – dass er Charitonow angelogen hat, verstehe ich ja noch. Aber warum hat er auch uns angelogen?«

»Verdammt, wieso ist mir das nicht aufgefallen«, murmelte Korotkow. »Du hast ja Recht, Mutter. Mach weiter.«

»Jura, Smulow hat dir doch die herzzerreißende Geschichte erzählt, wie er in einem schwierigen Moment Alina angerufen und sie gefragt hat: ›Liebst du mich?‹, und sie ihn daraufhin beschimpfte, er solle sie in Ruhe lassen mit solchem Quatsch, und ärgerlich war, weil er sie geweckt hat? Hat er dir so etwas erzählt?«

»Ja, schon.«

»Ich habe den starken Verdacht, dass er dich belogen hat. Das hat gar nicht stattgefunden. Jedenfalls nicht mit Alina Wasnis. Sondern sehr viel früher, mit einer anderen. Und das hat ihn so verletzt, dass er eine ähnliche Szene in alle seine Filme eingebaut hat. Wenn ihr mir das nicht glaubt, kann ich es euch zeigen. Ich habe mir die ganze Nacht Smulows unsterbliche Werke angesehen. Wozu diese Lüge? Habt ihr dafür eine einleuchtende Erklärung?«

»Du hast doch offenbar schon eine«, bemerkte Stassow. »Stimmt's?«

Nastja nickte. »Stimmt. Smulow hat ein Porträt post mortem von Alina geschaffen. Eigens für uns, und zwar so, dass wir möglichst viele Leute verdächtigen, sie getötet zu haben. Er selbst hat uns auf die Semenzowa, auf Xenija und Charitonow gelenkt. Er und kein anderer hat behauptet, Alinas älterer Bruder habe einen Anteil an den Brillanten der Mutter verlangt. Denn soweit ich mich erinnere, hat

173

Inga Wasnis das nicht bestätigt. Ja, er war unzufrieden mit der Entscheidung des alten Wasnis, hat aber laut Inga keinerlei Ansprüche oder Forderungen erhoben. Zumindest haben wir dafür keine Anhaltspunkte, sondern wieder nur Smulows Aussage. Und noch eins. Schalisko. Zwei Möglichkeiten: Entweder Pawel lügt, oder er lügt nicht. Wenn er lügt, wenn er wirklich in Alina verliebt war und sie verfolgt hat, kann Smulow das unmöglich ignoriert haben, nicht eifersüchtig gewesen sein. Das ist ganz natürlich. Und was erzählt uns Smulow? Dass Alina ihm in den vier Jahren nicht den geringsten Grund zur Eifersucht gegeben hat. Das geht nicht auf. Die andere Variante: Schalisko sagt die Wahrheit. Dann muss Smulow gewusst haben, dass die ganzen Aufmerksamkeiten, die Blumen und Anrufe nur Schein waren, ein harmloses Spiel für Alinas Image als Star mit einem treuen Verehrer. Warum hat er uns das dann nicht gesagt? In beiden Fällen hat Smulow uns also die Unwahrheit gesagt. Warum? Um uns einen weiteren Verdächtigen unterzuschieben, Pawel Schalisko.«

»Warte mal, und das Tagebuch?«, fragte Korotkow verwundert. »Das haben wir doch bei Schalisko gefunden.«

»Na und? Wenn schon. Wir sind ungehindert in die Redaktion gegangen, haben mühelos das Zimmer gefunden, in dem Schaliskos Schreibtisch steht, und hätten wir nicht nach ihm gefragt, wären wir gar nicht bemerkt worden. Ich habe mich erkundigt, das Zimmer wird nur nachts abgeschlossen, wenn alle nach Hause gehen. Und der Schreibtisch, wie du dich erinnerst, steht gleich an der Tür. Da kann jederzeit jeder rein, rausholen oder reinlegen, was immer er will, und keiner sagt ein Wort, die Tür steht den ganzen Tag sperrangelweit offen, selbst wenn niemand im Zimmer ist.«

»Du willst sagen, das Tagebuch hat Smulow ihm untergeschoben?«, vergewisserte sich Stassow, dem alles, was Nastja erzählte, tatsächlich langsam verrückt vorkam.

»Ich will sagen, es ist durchaus möglich, dass Schalisko mit dem Tagebuch nichts zu tun hat. Mehr noch: Weil ich ziemlich dreist bin, besonders, wenn's so brennt wie heute, habe ich schon Gmyrja angerufen und ihn gefragt, was in Alinas Tagebuch steht. Ein paar Stellen habe ich mir sogar von ihm diktieren lassen. Zum Beispiel Folgendes: »Pawel ist doch ein sehr lieber Mensch. Ich will ihm Geld geben für die prächtigen Rosen, die er mir immer vor den Augen des staunenden Publikums schenkt, und er lehnt jedes Mal ab. Es ist mir peinlich, dass er so viel Geld ausgibt, aber er lacht nur darüber. Ich habe mit Andrej darüber gesprochen, und er gibt mir Recht, dass es nicht richtig ist, Pawel für unsere Idee bezahlen zu lassen, schließlich ziehe ich daraus Nutzen, nicht er. Andrej hat gesagt, das nächste Mal werde er ihm das Geld für die Blumen geben, das wäre anständig, und ich wäre beruhigt.‹ Na, was sagt ihr dazu, meine Lieben? Also hat Smulow sehr wohl gewusst, dass Schalisko nicht unglücklich verliebt war in Alina, sie keineswegs verfolgt und mit Anrufen tyrannisiert hat. Dieses Tagebuch enthält nichts, weswegen Pawel es gestohlen und in seinem Schreibtisch versteckt haben sollte. Fazit: Wir haben sechs Verdächtige – sechs! – und sie alle stehen unter Verdacht, weil Smulow sie uns serviert hat. So. Das war alles, was ich sagen wollte. Und nun überzeugt mich, dass ich übergeschnappt bin, dann werde ich in Ruhe weiterarbeiten. Also los, Jungs, macht mich fertig.«

Am Tisch herrschte Schweigen. Stassow trank seinen inzwischen kalten Kaffee aus und überlegte, dass es nicht so leicht war, Argumente zu finden, die das Gehörte widerlegten. Aber er musste welche finden, sonst … Was sonst? Müsste er sich mit dem Unerklärlichen abfinden? Smulow konnte Alina Wasnis nicht getötet haben. Das wäre doch glatter Selbstmord gewesen, der Ruin seines besten Films, das Ende seiner Karriere als Regisseur. Warum sollte er Alina getötet haben? Warum?

»Warum?«, wiederholte er unwillkürlich laut.

Und Korotkow echote:

»Warum? Nastja, warum sollte Smulow Alina getötet haben? Siehst du einen Grund dafür?«

»Nein.« Sie schüttelte den Kopf. »Ich sehe keinen Grund. Darum befürchte ich ja auch, dass das alles totaler Schwachsinn ist. Bleibt nur das Tagebuch. Vielleicht gibt es darin irgendetwas, einen Hinweis, wenigstens eine Andeutung. Ich werde zu Gmyrja fahren, mir das Tagebuch holen und es lesen, bis ich es auswendig kann. Ich fürchte nur, das wird vergebens sein. Wenn es darin irgendetwas gäbe, dass den Täter entlarvt, hätte er es nicht Schalisko untergeschoben. Er wusste doch, dass wir, wenn wir auf Pawel stoßen, auch das Tagebuch finden und lesen würden. Außerdem hat Gmyrja gesagt, die Aufzeichnungen stammen aus der Zeit von November dreiundneunzig bis März fünfundneunzig. Wenn das Motiv für den Mord später entstanden ist, dann taucht es im Tagebuch möglicherweise gar nicht auf. Wir können nur hoffen, dass es irgendetwas enthält, das uns weiterbringt. Und dass es uns vor allem ein besseres Bild von Alina vermittelt, ein realeres als das, das die geniale Künstlerhand für uns entworfen hat. Wisst ihr, was ich noch aus Smulows Filmen entnommen habe? Er findet, wir seien keinen Pfifferling wert. Er hält uns allesamt für Idioten.«

»Wie kommst du denn darauf?« Stassow hob erstaunt die Brauen. »Gibt's dafür irgendwelche konkreten Belege?«

»Im Leben nicht, aber in seinen Filmen. Da werden die Verbrechen durchweg nicht von Kripobeamten aufgeklärt, sondern von einer der betroffenen Personen. Dem Ehepartner des Opfers, seinen Kindern, Brüdern oder Freunden. Von wem auch immer, jedenfalls nicht von Profis. Offenbar hält er uns Milizionäre für blöd und beschränkt, und wenn dem so ist, dann hat er bestimmt irgendeinen Fehler gemacht, irgendetwas übersehen, in der Annahme, dass wir in diese Feinheiten sowieso nicht eindringen würden. Jeder

Künstler projiziert in seinen Werken sich selbst. Bewusst oder unbewusst. Darum sind Smulows Filme sich auch alle so ähnlich. Es geht darin immer um das Gleiche, um das, was ihm am meisten auf der Seele brannte. Allerdings nur bis zu ›Ewige Angst‹. Dann ist irgendetwas passiert. Bei Sirius heißt es, das sei der Höhepunkt seiner Liebe zu Alina gewesen, denn auch Alinas Spiel wurde von da an viel besser. Vielleicht sollten wir da ansetzen?«

»Wohl kaum«, erwiderte Stassow mürrisch. »Zwei Jahre sind eine zu lange Zeit für ein Mordmotiv. Schließlich behaupten doch alle, in den letzten zwei Jahren sei bei ihnen alles großartig gelaufen. Sollten sie sich etwa zwei Jahre lang verstellt, ihren schwelenden Konflikt vor allen verborgen haben? Ziemlich unwahrscheinlich.«

»Ziemlich«, stimmte Nastja ihm zu. »Schlag eine andere Richtung vor, in der wir suchen müssen, ich bin mit allem einverstanden.«

»Ach so, wenn's drauf ankommt, soll ich die Entscheidung treffen«, sagte Korotkow empört. »Du bist ja eine ganz Schlaue. Mir fällt nichts ein, du hast mich total verwirrt, Nastja. Mein Vorschlag: Wir machen erst mal eine Pause. Du fährst zu Gmyrja, holst dir Alinas Tagebuch und liest es, und ich beschäftige mich heute mit anderen Fällen. Ich hab außer unserem Filmstar noch vier Morde am Hals. Übrigens, wenn wir beide nicht zu spät zur Arbeit kommen wollen, müssen wir langsam los, es ist schon Viertel vor zehn.«

»Ja, ja, Jura, wir fahren gleich. Na und du, Slawa? Warum sagst du nichts? Sag irgendwas.«

Stassow hatte sich dabei ertappt, dass er, während er Nastja zuhörte, an Tatjana dachte. Wie ähnlich sich die beiden waren! Das heißt, sie waren natürlich total verschieden, diese Kamenskaja war dünn und blass, Tanja dagegen üppig, kräftig und von einer Farbe wie Milch und Blut. Nastja war Ermittlerin, Tatjana Untersuchungsführerin.

Nastja hatte vor kurzem zum ersten Mal geheiratet, Tatjana war bereits zweimal verheiratet und würde in Kürze, so Gott wollte, erneut eine Ehe eingehen, nämlich mit ihm, Stassow. Sie waren ganz verschieden, sich zugleich aber irgendwie ähnlich. Vielleicht in ihrer Hingabe an das, was sie taten. Allerdings dachte die Kamenskaja Tag und Nacht an ihre Arbeit, während Tatjana die Ermittlungsakten längst satt hatte und nur noch wegen der Pension in der Tretmühle blieb. Wahre Freude hatte sie nur am Schreiben. Er sehnte sich so nach ihr!

»Was soll ich sagen?«, antwortete er betrübt. »Wenn du Argumente gegen deine Theorie suchst, kann ich versuchen, welche zu sammeln. Wenn du willst, rede ich heute noch einmal mit allen und kläre, woher die Information über die Semenzowa und über die Suche nach einem Kontakt zu Kosyrew ursprünglich stammte. Und überhaupt, wer von Smulow was über Alina Wasnis gehört hat und wann. Dann können wir deine Vermutungen entweder bestätigen oder nicht. Mehr fällt mir nicht ein.«

Nastja lächelte zärtlich.

»Ich danke dir.«

Kamenskaja

Eingeschlossen in ihrem Büro, las sie den ganzen Tag in Alinas Tagebuch. Gmyrja hatte Recht, die Eintragungen bezogen sich nicht auf die letzte Zeit, sie begannen am siebzehnten November dreiundneunzig und endeten am sechsundzwanzigsten März fünfundneunzig. Keinerlei Hinweise auf einen Konflikt mit Smulow. Im Gegenteil, jedes Wort, das Alina über ihn schrieb, zeugte von grenzenloser Achtung und Dankbarkeit für ihn.

Den Aufzeichnungen nach zu urteilen, unterlag Alina häufigen Stimmungsschwankungen, sie litt unter Phasen von tiefer Schwermut, war depressiv. Bisweilen hatte sie einen unangenehmen Traum, der sie anschließend lange beschäftigte. Zum Beispiel in der Aufzeichnung vom achten Dezember dreiundneunzig:

»Er hat mich wieder im Traum aufgesucht. Dasselbe Gesicht mit dem großen Muttermal, dieselben Augen, dieselben schmalen Lippen. Merkwürdig, dass er sich in all den Jahren gar nicht verändert hat. Mir scheint, sein Gesicht sieht noch immer genauso aus wie vor vielen Jahren, als ich ihn zum ersten Mal sah. Wie gut, dass ich nun keine Angst mehr haben muss.«

Der Traum von »demselben Gesicht« wurde auch am zweiten Januar vierundneunzig, am fünfzehnten Februar, am siebten Mai, am zwanzigsten September und zuletzt am zweiten März fünfundneunzig erwähnt. Es war offenkundig, dass er Alina immer seltener beunruhigte.

Hin und wieder gab es kurze Bemerkungen über Pawel Schalisko, meist von der Art: ›Pawel ist doch ein Schatz, er hat nicht vergessen, im Hotel anzurufen.‹ Aber konkrete Umstände, so genanntes Faktenmaterial, bot das Tagebuch kaum. Alina brauchte es nicht, um darin von ihren täglichen Erlebnissen zu berichten, sondern zum Nachdenken, zum Analysieren, um ihre Gefühle mitzuteilen. Ganze zwölf Seiten waren beispielsweise dem alten französisch-italienischen Film »Endstation Schafott« mit Jean Gabin und Alain Delon gewidmet:

»Ich bin schon über einen Monat ganz krank, nachdem ich diesen Film gesehen habe. Ich will verstehen, WAS daran ist, das mir keine Ruhe lässt. Ich will begreifen, WAS Jean Gabin da gemacht hat, und WIE hat er es gemacht? Ich sehe mir ›Endstation Schafott‹ jeden Tag an und entdecke immer neue Schattierungen in seinem Spiel, immer neue

Nuancen, Gesten ... Vielleicht ist es alles zusammen – auch die Regie, die Musik? Aber ich muss dahinter kommen, ich finde keine Ruhe, ehe ich nicht weiß, warum dieser Film mir so nahe geht.«

Dann folgten zwölf Seiten ausführliche Analyse, Szene für Szene. Das erinnerte Nastja sehr an die Aufzeichnungen, die sie von Degtjar bekommen hatte.

Je länger Nastja in dem Tagebuch las, umso mehr kam sie zu der Überzeugung, dass es für den Mörder keinerlei Wert hatte. Selbst wenn sie sich sehr irrte und doch Schalisko Alina getötet hatte, gäbe es für ihn keinen Grund, warum er dieses Heft gestohlen haben sollte. Es enthielt nichts, was für ihn gefährlich wäre.

Interessant war eine andere Frage: Sollte Alina Wasnis nur im Zeitraum von November dreiundneunzig bis März fünfundneunzig Tagebuch geführt haben? Nicht anzunehmen – sie musste das viele Jahre lang getan haben, vielleicht ihr ganzes Leben. Wo waren dann die übrigen Hefte? Wenn Nastja die Schauspielerin richtig beurteilte, dann hatte sie ihre Tagebücher wahrscheinlich nicht aufgehoben. Wenn ein Heft voll war, warf Alina es weg. Aus den Aufzeichnungen der anderthalb Jahre schloss Nastja eindeutig: Alina Wasnis litt nicht an Größenwahn. Sie schien nicht zu glauben, dass ihre Tagebücher für künftige Generationen wertvoll sein könnten, wie die von Dostojewski oder von Charlie Chaplin. Sie schrieb für sich selbst, hielt Zwiesprache mit einem imaginären Gesprächspartner, argumentierte, stellte Fragen und suchte nach Antworten. Wenn sie sich ausgesprochen hatte, war die Sache erledigt, dann brauchte sie das Tagebuch nicht mehr. Die Seiten des Heftes, das Nastja vor sich hatte, bezeugten, dass sie nicht wieder und wieder gelesen worden waren. Sie waren nicht abgenutzt und zerfleddert, das Heft schlug nicht von selbst an bestimmten Stellen auf, als seien diese wiederholt gelesen worden. Schließlich kommt ja auch niemand mit gesundem Menschenverstand auf die Idee, seine Gespräche mit Freunden auf Tonband aufzunehmen und sich dann immer wieder anzuhören.

Aber wenn Alina seit vielen Jahren Tagebuch geführt hatte, war kaum zu vermuten, dass sie damit plötzlich aufgehört hatte. Also müsste ein Heft mit neueren Aufzeichnungen existieren. Wo war es?

Die Antwort lag auf der Hand: Bei Smulow. Auch die Brillanten von Alinas Mutter mussten bei ihm sein. Und das Geld, das Charitonow gebracht hatte.

Nein, nicht doch, unterbrach Nastja sich selbst. Blödsinn. Smulow war als Erster verdächtigt worden; Mord aus Eifersucht ist in solchen Fällen die erste Hypothese, der nachgegangen wird, zumal er Schlüssel zu Alinas Wohnung besaß. Man hatte bei ihm umgehend eine Hausdurchsuchung durchgeführt, daran erinnerte sich Nastja genau. Und dabei keine Brillanten gefunden, auch keine sechstausendsechshundert Dollar in Fünfzigdollarnoten. Das war natürlich noch kein Beweis, er konnte das Geld und die Brillanten woanders versteckt haben. Auch das letzte Heft mit Alinas Aufzeichnungen. Aber wo, wenn nicht in seiner Wohnung?

Hatte es überhaupt Sinn, danach zu suchen? Wenn Smulow wirklich alles inszeniert hatte, würden sie ihm, egal, wo sie das Geld und die Brillanten fanden, nichts nachweisen können. Er hatte mit Sicherheit dafür gesorgt, keine Spuren zu hinterlassen. Mehr noch, inzwischen war Nastja überzeugt, dass das Geld und die Brillanten irgendjemandem untergeschoben worden waren, genau wie das Tagebuch. Wenn Smulow Alina getötet hatte, dann nicht aus Gewinnsucht, das stand fest. Der Erfolg von »Wahn«, wäre der Film fertig gestellt worden, hätte dem Regisseur weit mehr Geld eingebracht als der Betrag, der aus Alinas Wohnung verschwunden war. Nastja hatte sich nach Alinas

Honoraren erkundigt und festgestellt, dass sie davon allein niemals Wohnung, Auto und Garage hätte bezahlen können. Höchstwahrscheinlich hatte sie einen Teil des Schmucks verkauft, einen beträchtlichen Teil sogar. Hätte es sich also gelohnt, dafür die Schauspielerin zu töten, mit der man zielsicher den Höhen des Ruhmes entgegenstrebt und damit dem Wohlstand? Blödsinn.

Natürlich konnten sie nach dem verschwundenen Schmuck suchen, aber nur, um ihn den gesetzlichen Erben zu übergeben. Für die Aufklärung des Verbrechens war das ohne Belang. Sie würden nur einen neuen Verdächtigen bekommen, Kraft und Zeit darauf verschwenden, ihn zu entlarven, und alles völlig vergebens. Wenn Smulow Alina Wasnis getötet hatte, dann nicht wegen des Geldes. Aber weshalb dann? Weshalb?

* * *

Sie beschloss, zur Familie Wasnis zu fahren. Zwar war morgen Alinas Beerdigung, da stand ihnen der Sinn sicher nicht nach Gesprächen, aber trotzdem ... Arbeit war schließlich Arbeit. Sie musste sie noch einmal dazu bringen, sich an alles zu erinnern, was sie über Alinas Leben in den letzten zwei Jahren wussten. An jede Kleinigkeit, jedes Wort.

Nastja hatte kein Glück. Auf ihr Klingeln öffnete niemand, und die Nachbarin erklärte, sie seien alle zum Friedhof gefahren, wo Alinas Mutter liege, wegen der Grabstelle.

»Sie wissen doch, der Grabstein muss abmontiert werden und die Umfriedung, damit alles ordentlich ist. Wenn man nämlich nicht aufpasst auf diese versoffene Friedhofsbande, dann stellen sie da sonst was an«, sagte die Nachbarin und rollte viel sagend mit den Augen.

Nastja beschloss zu warten. Ganz in der Nähe lag ein

hübscher kleiner Park, dicht bewachsen mit Büschen und Sträuchern. Sie setzte sich auf eine Bank, zündete sich eine Zigarette an und vertiefte sich erneut in Alinas Tagebuch. Vielleicht hatte sie es nicht aufmerksam genug gelesen und etwas übersehen?

Eine vertraute Stimme riss sie aus ihrer Nachdenklichkeit.

»Nastja? Was machst du denn hier? Hat Knüppelchen dich auch eingespannt?«

Aus dem Gebüsch kam niemand anders gekrochen als Kolja Selujanow.

»Hallo«, begrüßte Nastja ihn erstaunt. »Wo soll Knüppelchen mich eingespannt haben? Wovon redest du?«

»Wovon? Vom Mordfall Woloschin. Wurde heute in der Dienstbesprechung erwähnt. Das war hier, im Nachbarhaus. Ich dachte, er hat die Sache dir übertragen, ich hab mich schon gefreut.«

»Nein, Kolja, ich bin wegen eines anderen Falles hier. Die Filmschauspielerin.«

»Ach die«, sagte Selujanow enttäuscht. »Jura hat mir gestern davon erzählt, als ich ihn mit den Produkten meiner zweifelhaften Kochkünste vergiftet habe. Hat sie etwa hier in der Nähe gewohnt?«

»Vor langer Zeit. Ihre Familie wohnt noch hier. Ich wollte mit ihnen reden, aber sie sind nicht zu Hause. Also warte ich.«

»Ich setze mich ein bisschen zu dir.«

Selujanow setzte sich neben sie, streckte die Beine aus und lehnte sich gegen die harte, unbequeme Rückenlehne.

»Ich renne schon den ganzen Tag rum. Dieser Woloschin hat nirgends gearbeitet, lebte bei seiner Mutter. Die Mutter ist Rentnerin, ist am Freitag zur älteren Tochter auf die Datscha gefahren. Gestern Abend kommt sie zurück, und da liegt ihr Sohn in der Wohnung und ist tot. Er hat schon gerochen. Lag bestimmt drei Tage da.«

»Und wie ist er ermordet worden?«, fragte Nastja träge, nur, um Kolja nicht zu kränken und das Gespräch in Gang zu halten. Sie interessierte sich kein bisschen für irgendeinen Woloschin, der drei Tage tot in der Wohnung gelegen hatte.

»Ein Schlag auf den Kopf mit einem schweren Gegenstand. Die Techniker werden uns Genaueres sagen. Hier, so ist er zugerichtet worden.«

Kolja holte mehrere Fotos aus der Tasche und reichte sie Nastja. Die nahm sie, warf einen gleichgültigen, flüchtigen Blick darauf und wollte die Fotos schon zurückgeben, als sie plötzlich ... Ein großes Muttermal auf der Wange. Schmale Lippen. Dieses Gesicht hatte sie schon einmal gesehen. Aber wo?

»Kolja, ist das dieser Woloschin? Ich glaube, den habe ich schon mal irgendwo gesehen. Ist er mal in einem unserer Fälle aufgetaucht?«

»Ich glaube nicht.« Selujanow zuckte die Achseln. »Ich habe ihn überprüfen lassen – keine Vorstrafen, keine Festnahmen.«

»Vielleicht als Zeuge?«

»Na, also das ...« Kolja hob dramatisch die Arme. »Du verlangst Unmögliches, Anastasija Pawlowna. Aber du bist ihm wohl kaum begegnet, das ist keiner von deinen Kunden. Hier, sieh mal.« Er holte ein Notizbuch aus der Tasche. »Hilfsarbeiter, Packer, ohne Arbeit, nächtliche Warenannahme in einem Milchladen, dann wieder ohne Arbeit, dann wieder Packer. Dann war er zwei Jahre weg, seine Mutter sagt, in Sibirien, ist erst vor kurzem zurückgekommen. Ich habe eine Anfrage hingeschickt, ist doch interessant, was er da zwei Jahre gemacht hat.«

»Ja, das ist interessant«, erwiderte Nastja mit zitternder Stimme, »wirklich interessant.«

Zwei Jahre! Zwei Jahre ... Ja, natürlich, dieses Gesicht mit dem Muttermal und den schmalen Lippen hatte Alina in ihrem Tagebuch beschrieben. Von diesem Gesicht hatte sie geträumt, und vor genau zwei Jahren hatte sie geschrieben, dass sie keine Angst mehr davor haben müsse. Vor zwei Jahren war ihr Spiel plötzlich besser geworden. Und vor zwei Jahren war dieser Woloschin, der Mann mit dem Muttermal und den schmalen Lippen, der ganz in der Nähe des Hauses wohnte, in dem sie aufgewachsen war, nach Sibirien gegangen. Und dann wurden alle beide, Alina und Woloschin, fast gleichzeitig getötet. Zufall?

Selujanow

Am nächsten Tag flog Selujanow nach Krasnojarsk, von dort mit einer vorsintflutlichen AN 2 weiter bis zur Kreisstadt, und anschließend brachte ein Milizjeep ihn über Holperstrecken bis zu einer Gasprom-Baustelle. Dort war der vor einigen Tagen in Moskau ermordete Viktor Woloschin fast zwei Jahre lang als Hilfsarbeiter beschäftigt gewesen.

Als Erstes suchte Selujanow das Haus auf, in dem Woloschin gewohnt hatte. Es gehörte einer kräftigen jungen Frau, die aus Tjumen stammte, auf der Baustelle arbeitete und das Haus zu einem moderaten Preis von zwei alten Leutchen gekauft hatte, die zu ihren Kindern nach Krasnojarsk gezogen waren. Sie empfing Kolja freundlich, doch als der Name Woloschin fiel, hörte sie auf zu lächeln.

»Ist ihm was zugestoßen?«, fragte sie erschrocken, die dick geschminkten Augen auf Kolja gerichtet.

Dann weinte sie lange, wobei sie immer wieder Satzfetzen ausstieß wie: »Was hat ihm hier denn gefehlt …«, »Warum musste er auch unbedingt weg …« Schließlich hatte sie sich ausgeweint und erzählte mehr oder weniger zusammenhängend.

Die erste Zeit hatte Viktor mit anderen Arbeitern zusammen in einem Bauwagen gelebt, dann hatte er sie, Raissa, kennen gelernt und war zu ihr gezogen. Er war ein wenig sonderbar, irgendwie menschenscheu, ging manchmal einfach weg, in den Wald – der Wald, sagte er, beruhige ihn. Viktor sagte, er sei weg aus Moskau, um näher an der Taiga zu sein. Er war eigentlich ein guter Mann, hatte nicht getrunken, war nicht fremdgegangen. Nur eben ein bisschen sonderbar. Sie wollten heiraten, schafften sich zusammen Sachen an: einen teuren Fernseher, einen Videorecorder, was hatte man hier in der Taiga sonst schon für Abwechslung. Mehrmals waren sie zusammen in Krasnojarsk, hatten Raissa von Kopf bis Fuß eingekleidet, auch ihm was zum Anziehen gekauft und Alkoholvorräte für die Hochzeit angelegt.

Eines Tages Anfang Juni sagte Woloschin zu Raissa, er müsse wegfahren. Er habe in Moskau was zu erledigen, und solange er das nicht getan habe, könne von Hochzeit nicht die Rede sein. Wie hatte sie ihn angefleht, nicht zu fahren, geweint – vergebens. Er tat, was er gesagt hatte. Packte seine Sachen und fuhr weg.

»Hat er alle Sachen mitgenommen?«, fragte Selujanow.

»Nein, nicht doch. Nur für unterwegs. Seine Mutter lebt doch in Moskau, und seine Schwester auch, er hatte da also eine Bleibe. War ja auch nur für zwei Wochen. Nicht länger, hat er versprochen. Und nun ...«

Sie wollte wieder weinen, aber Kolja lenkte sie rasch mit einer neuen Frage ab:

»Sagen Sie, Raissa, verdienen Sie viel auf Ihrer Baustelle?«

»Wir können nicht klagen.« Sie wischte sich die Augen und schniefte. »Ich bin Meister, ich hab natürlich mehr als Viktor. Er war ja Hilfsarbeiter.«

»Und das hat ihn nicht gestört, dass er Ihnen auf der Tasche lag? Von wessen Geld haben Sie denn die teuren Sachen gekauft?«

»Na, von seinem!«

Raissa war so erstaunt über Selujanows Vermutung, dass

irgendjemand ihr auf der Tasche liegen könnte, dass sie das Weinen ganz vergaß.

»Wie, von seinem? Von seinem Hilfsarbeitergehalt?«

»Aber nein! Er hat alle drei Monate aus Moskau Geld bekommen. Viktor hat erzählt, er hätte einem Freund eine große Summe geliehen, und die zahlte der nun alle drei Monate in Raten ab. Viktor bekam regelmäßig per Postanweisung Geld geschickt.«

»Wie groß waren denn die Raten?«

»Wissen Sie, auf den Postanweisungen standen immer irgendwie krumme Beträge. Viktor hat gesagt, sein Freund zahlt ihm fünfhundert Dollar in Rubeln, zum aktuellen Wechselkurs.«

»Wahnsinn!« Selujanow lachte. »Wo nehme ich einen Freund her, der mir alle drei Monate fünfhundert Dollar schickt? Raissa, haben Sie die Auszahlungsbelege vielleicht aufgehoben?«

»Hab ich.« Sie seufzte. »Viktor wollte sie wegwerfen, aber das habe ich nicht zugelassen.«

»Wieso? Wozu solchen Müll aufheben?«

»Nicht doch!« Raissa war aufrichtig entrüstet. »Das waren doch Schulden. Wie soll man sich denn merken, wie viel er geschickt hat? Da kann man sich doch leicht verrechnen. Nein, nein.«

»Na ja, da haben Sie Recht«, stimmte Selujanow ihr zu. »Geben Sie mir bitte die Belege, mal sehen, wer dieser Freund von Viktor ist.«

»Sie meinen, er hat ihn …? Weil er seine Schulden nicht zurückzahlen wollte?«

»Wer weiß? Kommt alles vor im Leben«, bemerkte Selujanow philosophisch. »Und zeigen Sie mir auch gleich seine Sachen.«

Raissa ging ins Nebenzimmer und kehrte bald darauf zurück, in der Hand sechs Zahlungsbelege von Postanweisungen. Wirklich lauter »krumme« Beträge. Selujanow rechnete im Kopf nach – tatsächlich, immer fünfhundert Dollar. Nicht schlecht, wie dieser Woloschin das arrangiert hatte, zumal, wenn man bedachte, dass er garantiert niemandem Geld geliehen hatte, jedenfalls nicht von dem, was er in Moskau verdient hatte. Höchstens gestohlenes ... Sie mussten sich alle unaufgeklärten Diebstähle und Raubüberfälle aus der Zeit vor seiner überstürzten Flucht aus der Hauptstadt ansehen. Vielleicht war das Geheimnis seiner Ermordung Ärger mit einem Komplizen? Und hatte mit Nastjas Schauspielerin überhaupt nichts zu tun?

Selujanow öffnete den Kleiderschrank und sah Woloschins Kleidungsstücke durch. Ein Anzug, ein Halbpelz, eine Lammfelljacke, ein teurer englischer Trenchcoat, zwei Jeans, mehrere gute Hemden. Für alle Fälle untersuchte er auch die Taschen – nichts, keine Zettel, keine vergessenen Briefe oder Telegramme.

»Sagen Sie, Raissa, hat Viktor gelesen?«

»Aber ja, das hat er. Und weil es hier keine Bibliothek gibt, ist er immer in die Kreisstadt gefahren und hat sich Bücher gekauft. Da stehen sie alle.«

Sie zeigte auf ein Bücherregal, das über einem breiten Doppelbett hing. Selujanow nahm ein Buch nach dem anderen heraus und blätterte sie rasch durch.

»Was suchen Sie denn?«, fragte Raissa schließlich. »Sagen Sie es mir ruhig, vielleicht weiß ich, wo es ist.«

»Ich weiß es selbst nicht, Raissa«, bekannte Selujanow ehrlich. »Ich suche nur auf gut Glück, wer weiß, vielleicht findet sich ja etwas.«

»Wie Sie meinen«, sagte sie kühl und presste beleidigt die Lippen zusammen. »Essen Sie mit mir zu Mittag oder wie?«

»Erst esse ich mit Ihnen, und dann ›oder wie‹.« Selujanow zwinkerte ihr fröhlich zu. Er begriff, dass er sie unabsichtlich gekränkt hatte, indem er ihre Hilfe ablehnte, denn sie wollte doch dem Mann, der den Mörder ihres Beinahe-Ehemannes suchte, so gern helfen.

Aus Raissas Verhalten schloss Selujanow, dass sie in ihrem Leben mehr als genug Erfahrungen gesammelt hatte mit der Spezies »Kerl«. Als Woloschin nach zwei, nach vier und auch nach sechs Wochen nicht zurückkam und sich nicht einmal meldete, war ihr schnell klar, dass sie auch diesmal reingelegt worden war. Woloschin war Mitte Juni weggefahren, vor drei Monaten, und die unermüdliche Raissa hatte den sonderbaren, menschenscheuen Viktor längst aus ihrem Leben gestrichen, hatte aufgehört, auf ihn zu warten, und die geplante Hochzeit vergessen. Solche gescheiterten Hochzeiten hatte es in ihrem Leben wahrscheinlich schon mehrfach gegeben, und sie hatte gelernt, gefasst darauf zu reagieren, ohne Hysterie. Darum hatte sie die Nachricht von Viktors Tod nicht als Tragödie genommen, die ihr Leben zerstört hatte, sondern nur aus Trauer um den guten Mann, der anderthalb Jahre mit ihr zusammengelebt und dreitausend »Grüne« in ihren Haushalt eingebracht hatte, ein bisschen geweint.

Er schlug ein Buch mit dem Titel »Tausendundeine Frage zum Thema Nr. 1« auf, und ein Blatt Papier fiel zu Boden. Selujanow bückte sich und hob es auf. Es war das vierfach gefaltete Titelblatt der Zeitschrift »TV Park« vom ersten Juni fünfundneunzig mit einem Bild von Alina Wasnis.

»Wissen Sie zufällig, warum Viktor das aufgehoben hat?«, fragte er Raissa, die in der Küche wirtschaftete.

»Keine Ahnung.« Sie zuckte mit den kräftigen runden Schultern. »Das sehe ich zum ersten Mal.«

Kamenskaja

Wieder war Montag. Der Mord an Alina Wasnis rückte allmählich in den Hintergrund: In Moskau nahmen die Morde kein Ende – Politiker, Bankiers, Journalisten, berühmte Anwälte –, und die Kripobeamten hetzten von einem Verbrechen zum nächsten, unternahmen die ersten, vordringlichsten Schritte, schafften nichts und vergaßen schnell, was eine Woche zuvor geschehen war.

Am Samstag war Kolja Selujanow zurückgekommen, mit Neuigkeiten über Viktor Woloschin, sechs Zahlungsbelegen von Geldanweisungen und einem vierfach gefalteten Titelblatt mit dem Bild des Filmstars. Die Geldanweisungen waren von verschiedenen Moskauer Postämtern abgeschickt worden, und die sechs Chefs dieser Postämter mussten unter Tränen angefleht werden, am Sonntag einen Mitarbeiter zur Arbeit zu beordern, der die entsprechenden Einzahlungsquittungen heraussuchte.

Selujanow hatte Nastja am späten Abend angerufen. Hunger, Müdigkeit und Schlafmangel hielten ihn nicht von seinen ständigen Witzeleien ab, so war er nun mal.

»Wie es in dem unanständigen uralten Witz so schön heißt: ›Es ist der Urin des Herzogs von Orleans und die Handschrift der Königin‹«, verkündete er ohne Vorrede.

»Geht's nicht ein bisschen einfacher?«

»Doch. Namen und Adresse des Absenders sind alle gefälscht, aber die Handschrift ist immer dieselbe.«

»Wessen denn?«

»Na, meine Liebe, das geht aber zu weit.« Er lachte. »Bring mir erst mal Vergleichsmuster, dann kannst du mich das fragen.«

Am Montagmorgen legte Nastja die Auszahlungsbelege und Alinas Tagebuch vor sich auf den Schreibtisch. Ihre Hypothese brach vor ihren Augen zusammen. Woloschin hatte das Geld nicht von Alina Wasnis bekommen. Dabei war die Hypothese so verführerisch gewesen! Woloschin hatte Alina erpresst, sie wollte sich von ihm loskaufen, hatte mit ihm vereinbart, dass er verschwindet und sie ihm Geld schickt. Dann hatte ihm irgendetwas nicht gepasst, vielleicht war der Betrag ihm zu klein, und er war zurückgekehrt. Vielleicht hatte er sogar Alina getötet. Kurz, wenn sich herausgestellt hätte, dass sie ihm das Geld geschickt hatte, hätte man die unsinnige Spekulation zum Thema Smulow ad acta legen können. Und Nastja hätte erleichtert aufgeatmet. Sie konnte nicht begreifen, was den Regisseur dazu bewogen haben sollte, Alina zu töten, und deshalb kam sie sich vor wie eine alberne Spinnerin.

Beim stupiden Betrachten der Quittungen erwischte sie Korotkow.

»Warum so traurig, meine Alte? Wieder ein Reinfall?«

»Total«, bestätigte sie betrübt. »Weißt du, insgeheim hatte ich wahrscheinlich gehofft, dass meine Vermutungen wegen Smulow sich nicht bestätigen. Er ist einfach zu … Ich weiß gar nicht, wie ich das ausdrücken soll. Begabt. Attraktiv. Und hat kein Motiv für den Mord. Jedenfalls kann ich keins erkennen.

»Und was hat er dir da aufgeschrieben?«

»Wo?«

»Na hier.«

Er trat an den Schreibtisch und betrachtete die viereckigen Kartonabschnitte.

»Das ist doch seine Handschrift. Was sind das für Papiere?«

»Die Zahlungsbelege der Geldanweisungen an Woloschin. Die hat Kolja Selujanow aus Krasnojarsk mitgebracht. Moment mal, Jura, bist du dir sicher, dass das Smulows Handschrift ist?«

»Sieht ganz so aus.«

Er nahm zwei Belege und hielt sie sich dicht vor die Augen.

»Sieht ganz so aus«, wiederholte er nachdenklich. »Ich hab ihn doch eine Erklärung schreiben lassen an dem Tag, als wir Alinas Leichnam gefunden haben. Sie liegt bei Gmyrja in der Akte, das können wir der Technik zum Vergleich schicken. Auf den ersten Blick kann man das natürlich nicht so genau sagen, aber diese Schnörkel beim ›d‹ und beim ›s‹ sind ziemlich typisch, das ist mir aufgefallen.«

191

Nastja wählte rasch Gmyrjas Nummer. Der versprach, einen Schriftvergleich anzuordnen und zusammen mit einem Textmuster von Smulow per Boten in die Petrowka zu schicken.

»Steck deine Papiere in einen Umschlag und bring sie zu Swetka Kassjanowa, ich ruf sie an, dass sie das schnell erledigen soll. Und vergiss nicht, das Tagebuch auch mit reinzulegen, ich will die Techniker bitten, auch die Wasnis zu überprüfen. Wer weiß, vielleicht hat ja doch sie die Postanweisungen geschickt und bloß ihre Handschrift verstellt.«

»Dass sie aussah wie die von Smulow?«, fragte Nastja ungläubig.

»Man merkt, dass du keine Kinder hast.« Gmyrja lachte dröhnend. »Weißt du, was ein Gesetz des Lebens ist? Wen wir lieben, den ahmen wir nach. Besonders, wenn wir ihn nicht nur lieben, sondern bewundern.«

Nastja legte den Hörer auf und schaltete den Wasserkocher ein.

»Sag mal, hat Gmyrja Kinder?«, fragte sie Korotkow.

»Fünf. Er ist doch unser Heldenvater. Sag bloß, das wusstest du nicht? Darum ist er doch weg vom operativen Dienst, er hat gesagt, wenn ihm was passiert – allein kriegt seine Frau die fünf nicht groß.«

Bis zum Ende des Arbeitstages erledigte Nastja einen Haufen Dinge, half ihren Kollegen, die in verschiedenen Mordfällen zusammengetragenen Informationen zu analysieren, indem sie Diagramme entwarf und verschiedene Hypothesen durchging. Mit Entsetzen dachte sie daran, dass der Zwanzigste schon vorbei war und sie dem Chef noch nicht die monatliche Statistik über die in Moskau begangenen Gewaltverbrechen geliefert hatte. Bei jedem Klingeln des Hausapparates setzte ihr Herz einen unangenehmen Moment lang aus: Vielleicht verlangte Gordejew jetzt das fällige Papier?

Den Umschlag von Gmyrja bekam sie gegen fünf und lief damit sofort zur Kriminaltechnik, die Kassjanowa suchen. Gmyrja hatte sie familiär Swetka genannt, dabei war sie eine stattliche Dame in mittleren Jahren mit viel ungefärbtem Grau im Haar und einem wie erstarrt wirkenden widerwilligen, unzufriedenen Gesichtsausdruck. Doch der Schein trog zum Glück, Swetlana Michailowna lächelte charmant und lachte herzlich.

»Ach, Boris«, sagte sie, während sie rasch die Anordnung las. »Er sitzt mit seinen fünf Kindern auf dem hohen Ross und meint, wer nicht fünf Kinder hat, sondern nur zwei, der ist frei wie ein Vogel. Schon gut, schon gut, keine Angst, meine Kinder sind im Unterschied zu Boris' schon erwachsen, die brauchen keine Aufsicht mehr, ich bin, nebenbei gesagt, schon Oma. Wollen Sie bleiben, bis ich fertig bin, oder können Sie sich bis morgen gedulden?«

»Ich warte, egal, wie lange es dauert«, bedankte sich Nastja überschwänglich. »Ich habe sowieso noch zu tun.«

Sie ging zurück in ihr Büro und setzte sich an die Statistik, wobei sie unaufhörlich weiter über die Verbindung zwischen der Schauspielerin Alina Wasnis und dem Hilfsarbeiter Viktor Woloschin nachdachte. Alina kannte Woloschin also seit vielen Jahren, und die Bekanntschaft war nicht besonders angenehm. Woloschin erschien ihr in ihren Albträumen, und nach diesen Träumen hatte sie Depressionen. Dann, vor zwei Jahren, geht Woloschin nach Sibirien, und Alina weiß das, denn sie atmet auf und glaubt, nun müsse sie keine Angst mehr haben. Keine Angst mehr ... Warum hatte sie Angst vor ihm? Hat er sie bedroht? Erpresst? Aber wenn sie sich seit vielen Jahren kannten, noch aus der Zeit, als sie in benachbarten Straßen wohnten, warum wussten dann Alinas Angehörige nichts davon? Und sie wussten tatsächlich nichts davon. Korotkow hatte sie nach Alinas Beerdigung aufgesucht, ihnen Woloschins Namen genannt und ein Foto von ihm gezeigt. Sie kannten ihn nicht, hatten ihn nie gesehen, jedenfalls erinnerten sie sich nicht an sein Gesicht.

Zwei Jahre lang bekommt Woloschin regelmäßig beträchtliche Geldanweisungen aus Moskau nach Sibirien geschickt. Dann kehrt er zurück. Und drei Monate nach seiner Rückkehr kommt Alina Wasnis tragisch ums Leben, zwei Tage darauf er selbst. Was war da passiert? Und was hatte der Regisseur Andrej Smulow mit all dem zu tun?

Er hatte etwas damit zu tun, das stand fest. Stassow hatte getan, was er Nastja versprochen hatte, und bereits am Samstag hatte sie gewusst, dass die »Informationswelle« über Alinas unschönes, grausames und taktloses Verhalten an einem einzigen Tag verbreitet worden war, und zwar am fünfzehnten September. Smulow behauptete, Alina habe an diesem Tag nur mit halber Kraft gearbeitet, was sie mit dem überraschenden Erfolg der Muster und der durch die freudige Erregung verursachten Schlaflosigkeit begründet habe. Um eins waren die Dreharbeiten im gemieteten Studio beendet, und Smulow hatte ihr angeblich geraten, nach Hause zu fahren, zu entspannen und auszuschlafen, um am Samstagmorgen wieder in Form zu sein. Am Samstag sollte wieder von sieben bis eins gedreht werden. Bereits am Freitag, während der Dreharbeiten, gab es die ersten Schwingungen, die ein negatives Verhältnis zu Alina Wasnis erzeugen sollten. In den Pausen telefonierte Smulow ständig, allerdings hörte niemand, worum es ging, er sprach nur halblaut. Doch dann, nach den Dreharbeiten, als Alina nach Hause gefahren war, wurde das leichte Kräuseln auf der Wasseroberfläche zum Sturm. Es war also vollkommen offensichtlich, dass Smulow Alinas Ermordung vorbereitet hatte. Aber solange nicht klar war, wozu er das alles inszeniert hatte, solange keine stichhaltigen Beweise belegten, dass Smulow ein Motiv für den Mord gehabt hatte, war es zwecklos, ihn entlarven zu wollen. Sie hatten kein einziges direktes Indiz, nur indirekte. Sie mussten ihn also dazu bringen, alles selbst zu erzählen. Und dafür gab es nur ein Mittel: Ihn zu erdrücken mit dem Wissen um Details, um das, was wirklich passiert war.

Die Zeit verging unmerklich, und Nastja war bass erstaunt, als sie auf die Uhr schaute und feststellte, dass es bereits fast neun war. Kurz nach neun rief endlich die Kassjanowa an.

»Die Adressen auf den Postanweisungen weisen dieselbe Handschrift auf wie das von Smulow unterschriebene Dokument«, teilte sie Nastja mit.

»Ich danke Ihnen, Swetlana Michailowna. Was für Pralinen essen Sie am liebsten?«

»Von den eigenen Leuten nehme ich nichts.« Die Kriminaltechnikern lachte. »Pralinen esse ich nicht, ich wiege sowieso zu viel, aber Boris schuldet mir eine gute Flasche.«

Also doch Smulow. Aber warum?

Neuntes Kapitel

Korotkow

Nastja hatte Recht, irgendetwas musste am Vortag, am vierzehnten September, passiert sein, weshalb Smulow am nächsten Tag begann, die öffentliche Meinung über Alina zu beeinflussen, ein Bild post mortem zu entwerfen. Kolja Selujanow überprüfte Smulow in Bezug auf den Mord an Viktor Woloschin, und Jura befragte erneut die Mitarbeiter von Sirius, um alles, was Alina am vierzehnten September getan hatte, zu rekonstruieren, den ganzen Tag, Stunde für Stunde. Von sieben Uhr früh bis eins wurde auf dem Gelände des Gorki-Studios gedreht, wie die ganze Woche. Dann fuhr Alina mit Smulow Mittag essen. Anschließend war sie offenbar nach Hause gefahren und hatte sich umgezogen, denn der Regieassistentin Albikowa war aufgefallen, dass Alina bei der Mustervorführung ein schickes kanadisches Kostüm trug, während sie zu den Dreharbeiten am Morgen wie immer in Hosen und Pullover gekommen war – sie musste sich ja ohnehin umziehen.

Die Vorführung begann um fünf Uhr nachmittags und dauerte bis sieben. Danach verabschiedete sich Alina und fuhr weg. Vermutlich nach Hause, denn es fanden sich Zeugen, die sie zwischen zwanzig und dreiundzwanzig Uhr angerufen und auch erreicht hatten. Während sie zur Vorführung in prächtiger Stimmung erschienen war, erklärten diejenigen, die am Abend mit ihr telefoniert hatten, sie sei nervös gewesen. Sie war offenkundig nicht zum Reden aufgelegt und bestrebt, das Gespräch möglichst rasch zu beenden, mit der Begründung, sie habe starke Kopfschmerzen und sei müde.

Also, wenn irgendetwas geschehen war, dann zwischen fünf und acht Uhr abends. Diesen Zeitraum mussten sie minutiös überprüfen. Doch eigentlich gab es da nicht viel zu untersuchen. Von fünf bis sieben, genauer, bis zehn vor sieben, hatte Alina zusammen mit Smulow im Vorführsaal gesessen, anschließend war sie sofort in ihr Auto gestiegen und nach Hause gefahren. Smulow blieb noch bis halb neun, um mit Jelena Albikowa die Dreharbeiten für den nächsten Tag vorzubereiten. Was Smulow anschließend getan hatte, überprüfte Korotkow nicht, denn bereits um halb neun war Alina am Telefon nervös und gereizt. Das heißt, zu diesem Zeitpunkt musste schon etwas geschehen sein. Aber wo? Auf dem Weg nach Hause? Das war unmöglich zu rekonstruieren. Das hätte nur Alina beantworten können. Blieb nur der Zeitraum zwischen fünf und sieben. Aber da hatte sie doch im Vorführsaal gesessen und sich zusammen mit allen anderen das Material der Außenaufnahmen angesehen!

Korotkow seufzte und fuhr Stassow suchen. Zwanzig Minuten später saßen sie beide im Vorführsaal, und der Filmvorführer Wolodja zeigte ihnen eine Szene nach der anderen. Korotkow fiel ein, dass Nastja ihn gebeten hatte, besonders auf die Szene zu achten, über die so viel geredet und die so gelobt worden war.

»Weiß der Teufel, Jura«, hatte sie nachdenklich gesagt, »vielleicht ist die Wasnis gar keine so große Schauspielerin. Vielleicht war sie einfach nur erschrocken. Verstehst du? Echt erschrocken, nicht, weil es im Drehbuch stand. Deshalb das jähe Erblassen, die grauen Lippen und die eingefallenen Augen. Schau genau hin, vielleicht fällt dir ja irgendetwas auf.«

Darum bat Jura, mit dieser Szene zu beginnen. Das Gesicht der Schauspielerin fesselte ihn, es spiegelte so anschaulich wachsendes Entsetzen, dass Korotkow in diesem Augenblick Nastjas Bitte ganz vergaß und auf nichts sonst achtete. Die Leinwand erlosch, und da erst kam er zu sich.

»Bitte noch einmal«, bat er schuldbewusst.

»Hat dir irgendwas nicht gefallen?«, fragte Stassow erstaunt. »Warum willst du es nochmal sehen?«

»Ich hab überhaupt nicht richtig hingesehen«, erwiderte Korotkow ärgerlich. »Mein Blick hat so an Alina geklebt, dass ich alles andere vergessen habe.«

Die Szene begann erneut; diesmal bemühte er sich, die Schauspielerin nicht anzusehen, und registrierte aufmerksam alles, was ins Bild kam.

»Stop!«, schrie er. »Das ist es!«

Der erschrockene Filmvorführer kam aus seinem Kabuff gerannt.

»Was ist los?«

»Nichts«, antwortete Korotkow, nun wieder ruhig. »Halt den Apparat an, die Vorführung ist beendet. Und mach mir eine Rolle mit dem Film fertig, den nehme ich mit.«

Wolodja ging achselzuckend zurück in sein Kabuff.

»Und, was ist da drauf?«, fragte der vor Ungeduld brennende Stassow.

»Sie hat Woloschin gesehen. Warum bloß hatte sie solche Angst vor ihm?«

Selujanow

Die Mutter des ermordeten Viktor Woloschin konnte nichts Besonderes mitteilen. Selujanow interessierte vor allem die Frage, warum Viktor vor zwei Jahren so Hals über Kopf nach Sibirien gegangen war, doch das wusste sie nicht.

»Mein Gott, ich war ja so froh, dass er gefahren ist«, sagte sie unter Tränen. »Hier in Moskau hat er doch nichts Vernünftiges gemacht. Die zehnte Klasse hat er nur mit Ach und Krach beendet, er mochte nicht mehr lernen, hat auch keinen Beruf. Hilfsarbeiter – finden Sie, das ist das Richtige für einen Mann? Manchmal hat er überhaupt nicht gearbeitet. Ich kann nicht, Mama, hat er gesagt, ich kann nicht arbeiten, mir tut der Kopf weh. Ich konnte nichts machen. Und dann wollte er urplötzlich weg, ich fahre, hat er gesagt, Geld verdienen, mein Leben einrichten. Ich war froh, hab gedacht, er ist endlich zu Verstand gekommen. Zu den Novemberfeiertagen ist er weg. Wir haben nochmal alle zusammen gesessen, die ganze Familie, meine Tochter war da mit ihrem Mann und den Kindern, und haben Viktor verabschiedet.«

»Und als er zurückkam, was hat er da gesagt? Hat er irgendwie erklärt, warum er gekommen ist?«

»Gar nichts hat er erklärt. Wiedersehen wollte er mich, hat er gesagt, hat Sehnsucht gehabt. Geld brauchte er keins, in den drei Monaten hat er nicht eine Kopeke von mir genommen, da hab ich mir gedacht, dass er da in Sibirien wohl gut verdienen muss.«

»Und was hat er hier gemacht? Hat er sich mit jemandem getroffen? Oder den ganzen Tag geschlafen?«

»Er war immer unterwegs, ist früh aus dem Haus und erst abends wiedergekommen. Dabei wurde er von Tag zu Tag finsterer. Erst war alles in Ordnung, da war er fröhlich, aber dann wurde er immer mürrischer. Nach zwei Monaten hat er kaum noch mit mir geredet. Dann ist er verreist, eine Woche war er weg. Oder ein bisschen länger, vielleicht zehn Tage. Als er zurückkam, war er ganz still, irgendwie friedlich, und hat wieder mit mir gesprochen. Ein paar Tage war alles gut, dann ist er am Freitag früh wie immer aus dem Haus, und gegen vier kam er zurück, die Augen haben geglänzt, die Hände gezittert, er war wie ausgewechselt. Ich wollte mit dem Sechsuhrzug zur Tochter auf die Datscha fahren und hab zu ihm gesagt: Komm doch mit, da ist es so schön, da bist du an der frischen Luft, siehst deine Neffen mal wieder. Er wollte nicht. Frische Luft, hat er gesagt, hatte ich in der Taiga genug, das reicht für den Rest meines Lebens. Da bin ich eben allein gefahren. Ich habe ihn nicht mehr lebend wieder gesehen.«

»Sagen Sie, hat Viktor Ihnen je von jemandem erzählt, der beim Film ist?«

»Von wem denn?«, fragte die Frau erstaunt.

»Zum Beispiel von dem Regisseur Smulow.«

»Nein.« Sie schüttelte den Kopf. »Nie gehört.«

»Und von Alina Wasnis?«

»Aber nein, nicht doch.«

»Aber Sie haben von ihr gehört?«

»Ja, natürlich, die habe ich im Fernsehen gesehen. Ein hübsches Mädchen.«

»Wissen Sie, dass sie zwanzig Jahre lang hier um die Ecke gewohnt hat?«

»Was Sie nicht sagen!« Woloschins Mutter klatschte in die Hände. »Nein, so was! Und ich hab das nicht gewusst. Aber warum fragen Sie das? Hat mein Viktor sie etwa gekannt?«

»Das weiß ich nicht.« Selujanow seufzte. »Vielleicht. Das ist es ja, ich möchte es herausfinden, aber niemand weiß es.«

Kein Wunder, dachte er, als er das Haus verließ, in dem Woloschin gelebt hatte und getötet wurde, wir kennen oft nicht einmal unsere unmittelbaren Nachbarn, geschweige denn die Leute aus der benachbarten Straße. Die viel zitierte Anonymität in der Großstadt mit den riesigen Hochhäusern, wo jeder mit seinen eigenen Problemen zu tun hat und keiner sich für den anderen interessiert.

Er beschloss, die Sache von der anderen Seite anzugehen, und fuhr dorthin, wo der renommierte Regisseur Andrej Smulow seine Kindheit verbracht hatte. Vielleicht fand er ja irgendwelche alten Freunde von ihm, die etwas Interessantes erzählen konnten. Später würde Selujanow sich nicht mehr erinnern, was ihn veranlasst hatte, in Smulows Kindheit zu graben. Ob es eine plötzliche Eingebung gewesen war, die Einflüsterung einer inneren Stimme oder einfach sein gut geschultes professionelles Gespür. Jedenfalls fuhr er hin. Das unterschied ihn von Nastja Kamenskaja. Bevor Nastja irgendwohin rannte, überlegte sie erst einmal lange und kalkulierte, welche Informationen sie einholen wollte, wie sie die bekommen und was sie anschließend damit anfangen konnte. Selujanow berechnete eine Situation selten im Voraus, er ließ sich von seiner Intuition leiten, handelte mitunter auch einfach auf gut Glück, vor allem, wenn er nicht wusste, was er als Nächstes tun sollte.

Selujanow begann wie üblich beim Milizrevier, denn wer lange bei der Kriminalpolizei arbeitet, hat auf jedem Revier Bekannte. Auch auf dem Revier im Bezirk Samoskworetschje, in dessen Zuständigkeit die Straße fiel, in der Andrej Smulow und seine Mutter gewohnt hatten, kannte Selujanow jemanden.

Endlich schien das Glück, das ihn so lange gemieden hatte, ihm die Sonnenseite zuzuwenden. Der Bekannte war an seinem Platz, erinnerte sich noch an Kolja und war guter Laune, jedenfalls legte er seine Arbeit sofort beiseite und widmete sich seinem Gast, holte sogar eine Flasche aus dem Safe. Der Bekannte hieß Giraffe, das heißt, laut Ausweis und Milizdokument hieß er Rafik Shigarewski, aber der lange dünne Hals, der nahtlos in den langen, mageren Rumpf überging, verführte dazu, seinen Namen auf diese Weise zu karikieren.

»Smulow?« Er verzog das Gesicht und leerte ein drittel Wasserglas Wodka in einem Zug. »Der Regisseur? Ein widerlicher Typ. Aber seine Alte, die ist klasse. Kann man glatt neidisch werden.«

Selujanow nahm einen großen Schluck, trank aber nicht

alles aus. In seinem Inneren breitete sich angenehme Wärme aus, wie immer, wenn er nach langer, erfolgloser Suche spürte, dass er endlich den richtigen Faden gefunden hatte. Nun durfte er ihn bloß nicht wieder verlieren, diesen Faden.

»Du kennst ihn?«

»Nicht richtig …« Giraffe machte eine komische ruckartige Bewegung mit dem langen Hals. »Ich hab ihn mal verhört, vor zwei Jahren. Wegen einer Leiche.«

»Rafik, ich schulde dir eine Flasche, aber bring bitte nichts durcheinander«, flehte Selujanow.

Er wusste, dass Giraffe seinen Spitznamen nicht mochte, und benutzte in entscheidenden Momenten, wenn er ihm »Respekt erweisen« musste, seinen Vornamen.

»Was soll ich da durcheinander bringen, du bist gut. Eines Tages gibt's in meinem Revier eine Leiche – ein gewisser Tatossow. Wir suchen natürlich in seiner engeren Umgebung. Nichts. Wir ziehen die Kreise weiter, du kennst das ja. Also eine größere, weitläufigere Umgebung. Wieder nichts. Der Mann ist allgemein beliebt, die Frauen verrückt nach ihm, dabei sah er nach nichts aus, Ehrenwort. Hässlich, unscheinbar. Aber sie sind verrückt nach ihm. Und überhaupt sagt keiner ein böses Wort über ihn. Was tun? Wir nehmen uns den nächsten Kreis vor – seine Studienkollegen. Dann die Schulkameraden. Da stellt sich raus, die Frau eines Schulkameraden hat ihren Mann verlassen und ist zu diesem Tatossow gegangen. Allerdings ist sie auch bei ihm nicht lange geblieben, sie haben sich bald wieder getrennt, und außerdem war das zehn Jahre vor dem Mord, aber der Ordnung halber, du weißt ja, suchen wir diesen Klassenkameraden und fragen ihn, guter Mann, wo warst du an dem und dem Tag um die und die Zeit. Der Klassenkamerad hat ein Alibi. Er war, sagt er, bei seiner Geliebten, Sie können sie gern fragen, sie wird das bestätigen. Wir hin zu der Geliebten, und sie: Ja, er war den ganzen Abend bei mir. Na ja, wir haben sie natürlich befragt, mehr pro forma, war ja auch so klar, dass er kein Motiv hatte. Das ist die ganze Geschichte.«

»Wie – die ganze Geschichte?«, kreischte Selujanow. »Und Smulow? Was hat der damit zu tun?«

»Was schreist du so?«, fragte Giraffe beleidigt. »Hör auf zu singen. Smulow war der Klassenkamerad, den die Frau verlassen hat. Wir haben ihn gar nicht ernsthaft verdächtigt. Überleg mal selbst mit deinem glatzköpfigen Schädel: Die Frau ist ihm vor zehn Jahren weggelaufen, und nach ein paar Monaten hat sie auch diesen Tatossow wieder verlassen. Sie waren doch keine Rivalen, sie waren eher Gefährten im Unglück. Das zum einen. Zweitens – zehn Jahre. Und drittens – wer eine so tolle Geliebte hat wie Smulow damals, der vergisst doch jede Eifersucht. Erst recht, wenn die Geschichte zehn Jahre her ist.«

»Erinnerst du dich vielleicht, wie die Geliebte hieß?«, fragte Selujanow voller Hoffnung.

»Hör auf dich zu winden, Kolja«, sagte Giraffe mit einem spöttischen Lachen. »Wir sind auch nicht mit dem Klammerbeutel gepudert. Der Name ging doch durch alle Rapporte. Wasnis, die Schauspielerin. Du bist doch ihretwegen hier, richtig?«

»Wenn ich ehrlich sein soll, bin ich weniger ihretwegen hier als wegen eines unbedeutenden, merkwürdigen Individuums. Sagt dir der Name Viktor Woloschin was?«

»Nein. Wer soll das sein?«

»Ein Mann, der die Wasnis gekannt hat und der drei Tage nach ihrem Tod ermordet wurde.«

»Na so was!« Giraffe schüttelte den Kopf; seine ganze Haltung drückte Mitgefühl aus. »Da hast du ja zu tun. Ganz schön verworrenes Knäuel. Und was wolltest du in unserer Gegend erkunden?«

»Irgendetwas. Ich weiß selber nicht genau. Vielleicht sollte ich mit jemandem reden, der Smulow gut kannte?«

»Das wird wohl kaum was. Das weiß ich noch vom Fall Tatossow, die Freunde aus der Kindheit sind alle weggezogen, unser Bezirk ist ja alt, die meisten wohnen jetzt in Neubaubezirken. Der eine war im Gefängnis, der nächste hat geheiratet, der dritte die Wohnung getauscht. Sie sind jetzt alle um die vierzig, die Schulzeit liegt fünfundzwanzig Jahre zurück. Was können die dir schon Interessantes erzählen? Aber Smulows Mutter wohnt noch hier. Willst du die Adresse?«

»Gib her. Und wer hat nun deinen Tatossow ermordet?«

»Weiß der Teufel.« Giraffe reckte erneut den Hals und sah dabei dem liebenswerten Tropentier verblüffend ähnlich.

»Nicht aufgeklärt oder was?«

»Oder was. Sag mal, trinkst du gar nicht, Kolja? Ich hab dir nur einen kleinen Schluck eingegossen, und nicht mal den hast du ausgetrunken.«

»Doch, ich trinke, Rafik«, sagte Selujanow traurig. »Das ist ja gerade mein Unglück. Aber nur abends und nur zu Hause. Tagsüber versuche ich mich zu beherrschen. Wenn ich nämlich einmal anfange, dann kann ich nicht mehr arbeiten.«

Kamenskaja

Immer neue Details ergänzten das Bild, aber statt Klarheit entstand ein wirres Durcheinander. Nastja hatte die ganze Zeit das Gefühl, der Schleier würde jeden Moment reißen, und dann wäre alles klar und einleuchtend. Doch der Nebel wurde immer dichter und verhüllte die Antwort auf die so einfache Frage: Warum musste der Regisseur Andrej Smulow die Schauspielerin Alina Wasnis töten?

Aus alter Gewohnheit zeichnete Nastja Diagramme, die halfen ihr beim Nachdenken. Am neunten November dreiundneunzig wurde ein gewisser Michail Tatossow getötet, der eine schlecht bezahlte Stelle als Augenarzt in einer Poliklinik hatte. Am achten November, also einen Tag vor dem Mord an Tatossow, stieg Viktor Woloschin in ein Flugzeug und flog nach Krasnojarsk. Am vierundzwanzigsten November befragten die Milizionäre, die den Mordfall Tatossow bearbeiteten, seinen ehemaligen Klassenkameraden Andrej Smulow und fanden heraus, dass dieser am Mordtag erst bei Dreharbeiten war und anschließend bei seiner Geliebten Alina Wasnis.

Viktor Woloschin blieb fast zwei Jahre in Sibirien, dort erhielt er alle drei Monate aus Moskau Geld von Smulow, jedes Mal einen Betrag von umgerechnet fünfhundert Dollar. Am achtzehnten Juni fünfundneunzig kehrt Woloschin nach Moskau zurück, vom einunddreißigsten August bis zum neunten September hält er sich in Sotschi auf, wo gerade die Dreharbeiten zu »Wahn« laufen und wo ihn Alina sieht. Alina bekommt einen großen Schreck.

Am vierzehnten September erblickt Alina bei der Mustervorführung auf der Leinwand Woloschins Gesicht, und das bewirkt einen heftigen Stimmungsumschwung. Seltsam. Schließlich wusste sie vorher, dass sie ihn sehen würde, doch Augenzeugen bestätigen, dass sie bester Laune war. Also hatte sie nicht erwartet, dass er mit im Bild war? War er aber. Na und? Warum war sie so nervös und gereizt?

Am fünfzehnten September unternimmt Smulow gewaltige Anstrengungen, um bei den Sirius-Mitarbeitern eine negative Meinung über Alina Wasnis zu erzeugen. Am späten Abend (nehmen wir das dem Experiment zuliebe zunächst einmal an) tötet er Alina. Am achtzehnten tötet jemand (derselbe oder jemand anders?) Viktor Woloschin.

Verzwickt. Nichts passte zusammen. Smulow durften sie vorerst nicht anrühren, es gab keinen Grund, ihn festzunehmen, und wenn sie nur mit ihm redeten, würde er sich herauswinden und sich noch etwas Neues einfallen lassen. Ein Meister seines Fachs, verdammt!

Nastja saß zu Hause in der Küche auf ihrem kleinen Sofa vorm Fenster, die Beine angezogen, vor sich auf dem Tisch Blätter mit Diagrammen, die nur sie verstand. Im Zimmer sah Ljoscha bei gedämpftem Ton fern. Es war schon sehr spät, aber er ging noch nicht schlafen, sondern wartete auf sie.

»Ljoscha!«, rief sie. »Komm, lass uns was essen.«

Ljoscha erschien in der Küche, hünenhaft, schlaksig, mit einem unbändigen roten Haarschopf, der ihn irgendwie unernst aussehen ließ, gar nicht wie einen Doktor und Professor, der er eigentlich war.

»Hast du Hunger?«

»Nein, aber Stillstand im Gehirn. Ich muss mich ablenken. Ist vom Abendessen noch was übrig?«

»Kartoffeln und Huhn. Willst du?«

»Ja.«

Sie sammelte rasch ihre Blätter ein, schnitt Brot und deckte den Tisch, während Ljoscha das übrig gebliebene Hähnchenragout aufwärmte. Sie hatte eigentlich keinen Hunger, aber ein warmes Essen war oft eine hilfreiche Ablenkung.

»Ljoscha, was meinst du, wovor haben normale Menschen am meisten Angst?«

»Vor dem Tod«, antwortete er prompt. »Das steht an erster Stelle.«

»Und an zweiter?«

»Gespenster.«

»Ach, hör auf! Nein, im Ernst.«

»Das meine ich ernst. Wenn du zum Beispiel allein in der Wohnung bist und plötzlich ein unerklärliches Geräusch hörst, und zwar ganz in der Nähe, kriegst du dann keinen Schreck?«

»Doch, natürlich.«

»Na eben. Und nun überleg mal: Du weißt doch, dass du allein in der Wohnung bist, dass außer dir niemand da ist. Wovor hast du also Angst?«

»Na ja, eigentlich …« Sie drehte die Ketchupflasche in der Hand, unschlüssig, ob sie welchen auf das Ragout geben sollte oder nicht. »Genau genommen fürchtet der Mensch alles Unerklärliche, alles, was außerhalb seines Begriffsvermögens liegt. Unter anderem Gespenster.«

Alina kennt Woloschin seit vielen Jahren und hat Angst vor ihm. Dann verlässt Woloschin Moskau, und Alina weiß das ganz offensichtlich, denn sie schreibt in ihr Tagebuch, sie müsse nun keine Angst mehr vor ihm haben. Wahrscheinlich hat Smulow Woloschin dafür bezahlt, dass er verschwand und Alina in Ruhe ließ. Bis dahin geht alles auf. Woloschin kommt zurück und taucht in Alinas Blickfeld auf. Und zwar nicht zufällig. Er fährt an ihren Drehort. Er sucht sie. Warum? Okay, dazu später. Alina sieht ihn und … Sie erschrickt so, als hätte sie ein Gespenst gesehen. Keinen Menschen, den sie kennt und vor dem sie Angst hat, sondern ein Gespenst. Ihr Gesicht spiegelt so ungespieltes Entsetzen, dass sie wirkt wie am Rande des Wahnsinns. Und was ist ein Gespenst? Der Geist eines Toten. Alina glaubte, Woloschin sei tot, darum war sie sich so sicher, ihn nicht mehr fürchten zu müssen. Denn wäre er einfach nur weggefahren, hätte er ja jeden Moment wiederkommen können. Doch davon ist im Tagebuch nicht die Rede. Kein einziges Mal, wenn sie ihren Furcht einflößenden Traum beschreibt, erwähnt sie, dass der Mann mit dem Muttermal auf der Wange und den schmalen Lippen wieder auftauchen könnte. Nein, jedes Mal schreibt sie überzeugt: »Wie gut, dass ich keine Angst mehr haben muss.«

»Ich verstehe«, sagte sie in den Raum hinein.

»Was verstehst du?«

»Ich verstehe«, wiederholte sie, selig lächelnd. »Jetzt verstehe ich alles. Ljoscha, das Huhn schmeckt toll. Tu mir bitte noch was auf.«

Korotkow

Sie fuhren zu dritt zu Smulow: Gmyrja, Anastasija und Korotkow. Den ganzen Tag hatten sie sich auf das Gespräch vorbereitet, die Reihenfolge der Fragen und Fallen besprochen, verzweifelt eine Variante nach der anderen verworfen und immer wieder von vorn angefangen. Gmyrja war für einen Frontalangriff.

»Ich finde, wir sollten ihn überrumpeln, ihm die Tat auf den Kopf zu sagen. Dann gerät er ins Schwimmen.«

»Aber nein, Boris Vitaljewitsch, wenn er uns sieht, wird er im Gegenteil sofort misstrauisch und auf unangenehme Überraschungen gefasst sein. Wir müssen ihn beruhigen, ihn ablenken, damit er sich entspannt«, widersprach Nastja hitzig. »Smulow ist von überdurchschnittlicher Intelligenz, talentiert und außergewöhnlich. Er wird uns noch einen Haufen Lügengeschichten auftischen, wenn wir nicht auf Anhieb ins Schwarze treffen.«

»Wieso meinst du, wir würden nicht ins Schwarze treffen?«, fragte Gmyrja erstaunt. »Wir sind doch alle Meisterschützen!«

»Machen Sie ruhig Witze, aber ich spüre genau, dass wir uns was einfallen lassen müssen, irgendwas …«

Was genau, konnte sie nicht formulieren.

Sie fanden Smulow bei Sirius, fingen ihn im Flur ab und fragten ihn freundlich lächelnd, wo sie sich in Ruhe mit ihm unterhalten könnten. Es würde nicht lange dauern, aber sie bräuchten unbedingt einen Tisch, um Protokoll zu führen. Smulow erleichterte ihnen die Aufgabe, indem er Stassows Büro vorschlug. Der war wie verabredet an seinem Platz und erwartete sie bereits.

»Soll ich rausgehen?«, fragte er höflich.

»Nicht doch, Wladislaw Nikolajewitsch, es dauert nur fünf Minuten und ist auch nicht geheim. Wenn wir Sie nicht stören.« Nastja lächelte, so charmant sie konnte.

Sie machten es sich bequem. Gmyrja setzte sich an den Tisch, um das Gespräch zu protokollieren, Smulow und Korotkow setzten sich ihm gegenüber in die Besuchersessel, Nastja und Stassow in die Ecke, wo zwei weitere bequeme weiche Sessel standen. Gmyrja übertrug Smulows Personalien in das Protokollformular.

»Andrej Lwowitsch, waren Sie sehr gekränkt, als Sie Ihre Mutter fragten, ob sie Sie liebe, und sie daraufhin nur lachte?«

Smulow wandte sich abrupt zu Nastja um.

»Was tut das zur Sache?«, fragte er wütend.

»Nichts, nur so«, antwortete sie gelassen. »Ich habe mir nur Ihre Filme angesehen und bemerkt, dass dieses Motiv in allen Ihren Filmen vorkommt. Auch in denen, die Sie vor Ihrer Bekanntschaft mit Alina gedreht haben. Und dann hat einer unserer Kollegen mit Ihrer Mutter gesprochen. Sie war es, die Sie auf diese Weise verletzt hat, nicht Alina. Warum haben Sie uns beschwindelt?«

»Ich habe Sie nicht beschwindelt. Leider hat auch Alina mich so verletzt. Diese Geschichte aus der Kindheit hatte ich längst vergessen.«

Er lächelte und schlug die Beine übereinander, bemüht, leger zu wirken. Die Hände, die zuvor locker auf den Beinen gelegen hatten, verschränkte er nun vor der Brust, für Korotkow ein Zeichen für Smulows Anspannung – er »machte dicht«, obgleich er das Gespräch zuvor nicht als Bedrohung aufgefasst hatte.

»Mit Ihrem Gedächtnis stimmt offenbar etwas nicht«, mischte sich Gmyrja ein, ohne den Kopf vom Protokoll zu heben. »Erst vor zwei Wochen waren Sie bei Ihrer Mutter und haben ihr erneut vorgeworfen, sie habe Sie nie geliebt. Und sie dabei auch an diese Geschichte erinnert.«

»Was tut denn meine Mutter zur Sache? Worauf wollen Sie hinaus?«

»Auf gar nichts«, meldete sich Nastja aus ihrer Ecke

friedfertig. »Wir wollen nur begreifen, warum Sie die ganze Zeit die Unwahrheit sagen. Verstehen Sie, wir werden Ihnen jetzt ein paar Fragen stellen müssen, und wir fürchten natürlich, dass Sie uns wieder belügen werden.«

»Was meinen Sie mit Unwahrheit? Seien Sie so gut und drücken Sie sich klarer aus.«

»Mein Gott, Sie lügen doch ständig!«, explodierte Korotkow, wie vom Szenario vorgesehen. »Erst haben Sie Alina angelogen, ihr erzählt, Sie hätten Woloschin getötet, dabei haben Sie ihn in Wirklichkeit laufen lassen und ihm sogar noch Geld geschickt, damit er möglichst lange wegblieb. Dann erzählen Sie uns, Alina hätte gute Nerven gehabt und nie etwas Stärkeres genommen als Baldrian und Hopfentee. Sie lügen doch ständig.«

Nun sollten laut Plan einige Fragen zu anderen Themen folgen, und während Smulow sie beantwortete, sollte ihn der Gedanke quälen, dass sie Woloschin erwähnt hatten. Er musste schnell entscheiden, ob er auf den Köder reagieren sollte oder so tun, als hätte er es überhört, nicht begriffen. Sie würden erst wieder darauf zurückkommen, wenn er »reif« war. Er durfte nicht zur Ruhe kommen, denn dann würde er auf jeden Schlag angemessen reagieren, sich schnell konzentrieren und nicht aus der Fassung geraten. Der Gedanke an Woloschin würde ihn beschäftigen, er würde nervös sein, weil er gleichzeitig über Korotkows gefährliche, wenngleich nur beiläufige Äußerung nachdenken musste und über die Fragen, mit denen Gmyrja ihn bombardieren würde. Und dann, wenn er erschöpft und entkräftet war, konnten sie zum entscheidenden Schlag ausholen. Und zwar aus einer ganz anderen Richtung, als Smulow vermutete.

»Sagen Sie bitte, von welchem Geld wurde die Wohnung gekauft, in der Alina Wasnis lebte?«

»Von welchem Geld wurde ihr Auto gekauft?«

»Die Garage?«

»Hat Alina vielleicht den Schmuck ihrer Mutter verkauft?«

»Was genau? Wann? An wen? Zu welchem Preis?«

»Wie hoch waren Alinas Gagen in Ihren Filmen?«

»Wer machte die Verträge? Was für Beträge standen in den Verträgen? Welche Summe hat Alina versteuert?«

»Bei welcher Bank hatte Alina ihre Ersparnisse? Warum gerade bei dieser Bank? Wer hat ihr zu dieser Art der Anlage geraten?«

»Warum haben Sie Tatossow getötet?«

Andrej Smulow und Alina Wasnis

Solange er denken konnte, hasste er Mischa Tatossow.

Andrej Smulow war die ganzen zehn Schuljahre lang immer Klassenbester gewesen. Er war ein sehr intelligenter, begabter Junge, und das Lernen fiel ihm leicht. Die Lehrer stellten ihn ständig als Vorbild hin, er gewann Stadt- und Kreisolympiaden in Literatur und Geschichte.

Mischa Tatossow stand zwischen Zwei und Drei in Fächern, die ihn nicht interessierten, bessere Noten bekam er lediglich in Chemie und Biologie sowie in Physik, aber nur, als die Optik behandelt wurde. Von allen anderen Gebieten der Physik hatte er keine Ahnung und wollte er nichts wissen. Andrej Smulow lobten die Lehrer, Mischa dagegen liebten sie abgöttisch, sie verwöhnten ihn und verziehen ihm alles, selbst seine unverhohlene Gleichgültigkeit gegenüber ihrem Fach.

Andrej Smulow war der hübscheste Junge der drei Parallelklassen, die Mädchen drehten sich nach ihm um, schrieben ihm Briefchen und warteten bangend auf seine Antwort. Er hatte immer die große Auswahl, aber wenn sein wählerischer Blick auf eine Kandidatin fiel, endete die Sache jedes Mal überraschend und unerklärlich rasch. Er lud das Mädchen höflich ins Kino ein, in den höheren Klassen in die Diskothek, und nach zwei Tagen wollte es nichts mehr von ihm wissen, ging ihm sogar aus dem Weg.

Mischa Tatossow war der Kleinste in der Klasse, hässlich und sommersprossig. Selbstredend drehte sich kein Mädchen nach ihm um oder schrieb ihm Briefchen. Doch wenn ihm ein hübsches Mädchen gefiel, dann handelte er. Wie genau, das wusste niemand, aber nach ein paar Tagen lief das Mädchen Mischa buchstäblich hinterher, und zwar so lange, bis er sie verließ, weil er ein neues Objekt seiner Leidenschaft gefunden hatte.

Zu Mischas Geburtstag ging die ganze Klasse. Einmal wollte auch Andrej seinen Geburtstag mit seinen Klassenkameraden feiern, lud alle ein und bat seine Mutter, genug zu essen zu machen. Hinterher wälzte er sich lange schlaflos im Bett, die Fäuste geballt und gegen die Tränen ankämpfend. Nur zwei Mädchen waren gekommen, die eine war zu dem Zeitpunkt heimlich in ihn verliebt, die andere noch neu in der Klasse.

Die ganzen Jahre quälte Andrej eine einzige Frage: Warum? Warum wurde der hässliche, unscheinbare Dreienschreiber von allen vergöttert, er dagegen, gut aussehend und zweifellos begabt, gemieden? Warum? Andrej beneidete Mischa und hasste ihn dafür. Weil er, eine schillernde, außergewöhnliche Persönlichkeit, dieses primitive Wesen beneidete.

In der neunten Klasse brach Andrej sich einen Arm und musste, solange er den Gips trug, zu Hause bleiben. Nur ein einziger Mensch kam ihn besuchen: Mischa Tatossow. Andrej war von widersprüchlichen Gefühlen zerrissen: Hass auf Mischa und Dankbarkeit, weil er ihn besuchte. Einmal kam Mischa am Abend, als Andrejs Mutter zu Hause war. Sie ging »anstandshalber« zu den Jungen hinein, brachte ihnen Tee und Piroggen, wechselte mit dem Gast ein paar nichts sagende Sätze und ... blieb bei ihnen sitzen. Geschlagene zwei Stunden saß sie in Andrejs Zimmer und plauderte fröhlich mit Mischa, lachte herzlich über seine Scherze, erzählte und sah dabei die ganze Zeit nicht ihren Sohn an, sondern Mischa.

Als der Gast aufbrach, begleitete sie ihn zur Tür und ging zurück zu Andrej.

»Was für ein netter Junge«, sagte sie. »Warum kommt er so selten zu uns? Sag ihm doch, er soll öfter kommen.«

Andrej wurde ganz übel.

»Mit mir sitzt du nie zwei Stunden lang zusammen«, sagte er vorwurfsvoll. »Und mir erzählst du nie etwas. Wieso ist er besser als ich?«

»Er strahlt Wärme aus. Menschliche Wärme und Güte. Mit ihm fühlt man sich wohl.«

»Und mit mir nicht?«

»Junge, du hörst doch niemandem zu. Du interessierst dich doch für niemanden, nur für dich selbst.«

Von da an wurde der Hass hundertmal heftiger. Andrej meinte, Mischa Tatossow habe ihm die Liebe seiner Mutter gestohlen. Der Vater hatte sie vor langer Zeit verlassen, die Mutter war eine schöne junge Frau und hatte natürlich Männer. Manche kamen auch zu ihnen ins Haus, aber auf sie war Andrej nie eifersüchtig. Eine erwachsene Frau brauchte einen erwachsenen Mann, daran gab es keinen Zweifel. Aber das Lob für Mischa – das war etwas ganz anderes. Für die Mutter hatte nur ein einziger Junge auf der Welt zu existieren – er, Andrej. Und auf keinen Fall Mischa Tatossow.

Sie beendeten die Schule und begannen zu studieren. Andrej an der Filmhochschule, Mischa am Medizinischen Institut. Sie wohnten noch immer im selben Bezirk und trafen sich häufig auf der Straße oder beim Einkaufen. Mit sechsundzwanzig heiratete Smulow ein Mädchen, in das er wahnsinnig verliebt war, und bei einer dieser zufälligen Begegnungen lernte sie Tatossow kennen. Mischa, genauso alt wie er, bekam bereits eine Glatze und wirkte, klein und das Gesicht voller Fältchen, wie ein alter Mann. Doch seine Augen funkelten noch immer fröhlich, und seine Stimme war samtig und einnehmend.

Anderthalb Jahre nach der Hochzeit erklärte Andrejs Frau, sie verlasse ihn wegen Tatossow.

»Aber warum?«, schrie Smulow, der mit Mühe die Tränen der Wut unterdrückte. »Was ist so schlecht an mir? Was ist an Mischa besser?«

»Alles«, antwortete Galina müde. »Du bist ein kalter Egoist, du willst von den Menschen nur eins: dass sie dich bewundern, deine Schönheit und dein Talent. Nur dazu brauchst du die anderen. Du benutzt die Menschen nur, um dich in ihnen zu spiegeln und um deine Überlegenheit zu genießen. Sie sollen an deinen Lippen hängen und sich von dir rumkommandieren lassen. Du willst geliebt werden und bewundert, aber du selbst willst nichts dafür geben.«

»Und was gibt er?«

»Alles. Er gibt sich selbst. Er kann zuhören, Mitgefühl empfinden, trösten und helfen, selbst wenn er jemanden überhaupt nicht kennt. Er hat Wärme, Herzenswärme, verstehst du? Mit ihm ist es schön und leicht. Mit dir dagegen ist es kalt und schlecht. An deiner Seite war mir kalt. Kannst du das begreifen?«

Er konnte es nicht. Er wollte so gern von Menschen umgeben sein, die ihn liebten, die an ihm hingen. Er wollte im Mittelpunkt stehen. Doch um ihn herum herrschte Leere.

Galina ging zu Tatossow, und nach ein paar Monaten verließ er sie. Er hatte eine neue Passion, noch schöner als Galina. Smulow wartete, dass Galina zu ihm zurückkäme. Er wollte sie zunächst demütigen, ihr eine gebührende Lektion erteilen, dann aber Großmut demonstrieren und sie in seine Arme schließen. Zum Glück, dachte er, haben wir uns ja nicht scheiden lassen. Aber sie kam sonderbarerweise nicht zurück.

Smulow fuhr zu ihren Eltern, nahm Blumen und Pralinen mit und schlug seiner Frau vor, zu ihm zurückzukommen.

Sie schüttelte den Kopf. »Nein.«

»Warum denn nicht?«

»Ich werde warten. Vielleicht holt er mich ja zurück.«

»Das wird er nicht! Er hat eine Neue, und auch die wird nicht die Letzte sein.«

»Trotzdem. Zu ihm gehe ich zurück, wenn er mich fragt. Aber zu dir nicht.«

Die Liebe zu Galina verging ziemlich bald. Der Hass auf Tatossow dagegen blieb lebendig, schlug immer tiefere Wurzeln, erstarkte und trieb Blüten. Smulow drehte seinen ersten Film, in den er seinen ganzen Schmerz hineinlegte. Die beiden Protagonisten hatten verblüffende Ähnlichkeit mit ihm selbst und Mischa Tatossow. Ein düsterer Beau, von niemandem verstanden und von allen verdächtigt, ein Mörder sein, und ein fröhlicher, gutmütiger, hässlicher, netter Kerl, den alle vergöttern und der sich am Ende als der Mörder entpuppt, brutal und zutiefst unmoralisch. Ein guter Film, der Smulow berühmt machte. Doch in seinem Innern änderte sich nichts. Er verstand noch immer nicht, warum ihn niemand liebte, warum die Frauen sich so schnell und leicht wieder von ihm trennten, warum er von dumpfer Leere umgeben war. Er wollte so gern geliebt werden!

Mit sechsunddreißig begegnete er Alina. Zunächst verliebte er sich in sie nur, weil sie attraktiv war, und für ihr Innenleben interessierte er sich lediglich, weil er sie dazu bringen wollte, vor der Kamera das zu tun, was ihm vorschwebte. Doch ganz überraschend erntete er ihre Bewunderung und Dankbarkeit. Er bekam von ihr genau das, was er bei anderen Frauen nie gefunden hatte. Er war glücklich.

Alina erzählte ihm nach und nach von ihren Ängsten, von dem Mann, der sie seit frühester Kindheit verfolgte und den sie so fürchtete, dass sie nicht mehr normal leben und arbeiten konnte. Andrej begriff: Alina Wasnis war »seine« Schauspielerin, und er tat alles in seiner Macht Stehende, um ihr zu seelischer Ruhe zu verhelfen. Er liebte sie, weil sie ihn liebte. Ihn vergötterte. Sie hing an seinen Lippen, sog begierig jedes Wort auf. Für sie war er der Allerbeste. Der Allerbegabteste. Dennoch verschwand ihre Angst nicht endgültig. Smulow war verzweifelt.

Eines Tages bekannte Alina voller Bitterkeit:

»Du tust so viel für mich, es tut mir so weh, dass alles so vergebens ist. Wir werden es nicht schaffen.«

»Nicht doch, Liebes«, widersprach Smulow. »Ich bin ja immer bei dir, und solange ich an deiner Seite bin, wird er sich dir nicht nähern.«

»Du kannst nicht immer bei mir sein. Und solange er lebt, werde ich keine Ruhe haben.«

Immer wieder musste Smulow an dieses Gespräch denken. Schließlich begriff er, dass er, Andrej Smulow, ebenfalls keine Ruhe haben würde, solange Mischa Tatossow lebte. Hass und Neid fraßen an ihm, brannten in ihm, nahmen ihm die Luft, vernebelten ihm die Augen. Smulow galt als »ausgebrannt«, als »Ein-Film-Regisseur«. Weil der Hass auf Mischa ihn zwang, in seinen Filmen immer wieder rauszulassen, was er im Herzen trug – die Frage: Warum? Er würde erst aufatmen können, wenn Tatossow tot war. Wenn er niemanden mehr beneiden und hassen musste.

Alina zeigte Smulow mehrmals den Mann, der sie verfolgte.

»Schau, da ist er. Er lauert mir wieder auf.«

»Komm, wir gehen zur Miliz und zeigen ihn an«, schlug Andrej vor. »Ich schnappe ihn mir und bringe ihn aufs Revier. Du erstattest Anzeige, und dann wird er eingesperrt.«

»Wofür? Dafür gibt es doch gar keinen Paragraphen.«

»Unsinn, groben Unfug kann man ihm immer anhängen. Und ihm wäre es eine Lehre.«

»Und was soll ich in der Anzeige schreiben?«

»Was schon? Alles, wie es war.«

»Nein«, sagte Alina erschrocken. »Ich kann das nicht alles erzählen. Ich schäme mich.«

Smulow prägte sich das Gesicht des Mannes gut ein. Da er wusste, dass er irgendwo in der Nachbarschaft von Alinas Eltern wohnte, fand er ihn rasch.

»Hör zu, du Schwein«, sagte er leise und wütend. »Ich gebe dir Geld, aber verschwinde für immer von hier. Kapiert? Ich könnte dich problemlos ins Gefängnis bringen, aber mir tut Alina Leid. Du hast ihre Nerven ruiniert, ihre Seele verstümmelt. Wie viel verlangst du, damit weder sie noch ich dich hier je wieder sehen?«

Sie wurden sich rasch einig. Woloschin nannte eine Summe, die Smulow sich durchaus leisten konnte.

»Hier hast du Fahrgeld«, sagte Andrej und zückte seine Brieftasche. »Geh dir gleich ein Ticket kaufen, möglichst weit weg. Morgen treffen wir uns wieder hier, dann zeigst du es mir.«

Woloschin kaufte ein Flugticket nach Krasnojarsk für den achten November. Und Smulow schmiedete seinen Plan. Es war der einunddreißigste Oktober.

Am achten November fuhr Smulow zum Flughafen, überzeugte sich, dass Woloschin abreiste, und am nächsten Tag ging er dorthin, wo er seine Kindheit verbracht hatte und wo Mischa Tatossow noch immer lebte. Er war darauf gefasst, mehrere Anläufe unternehmen, auf günstige Umstände warten zu müssen. Aber er hatte Glück. Die Umstände waren gleich am ersten Tag günstig. Smulow stand im Hausflur, den Rücken in die unbeleuchtete Nische zwischen äußerer und innerer Haustür gepresst, und wartete, bis Tatossow von der Arbeit kam. Mischa war allein, das Treppenhaus leer, und Smulow spaltete ihm mit einem Pflasterstein den Schädel. Mischa war wesentlich kleiner als Smulow, der Schlag also kein Problem.

Er fuhr sofort zu Alina.

»Ich habe ihn getötet«, sagte er, ließ sich aufs Sofa fallen und schlug die Hände vors Gesicht. »Dieses Schwein wird dich nicht mehr erschrecken. Jetzt hast du Ruhe. Aber ich bitte dich, Liebste, wenn die Miliz herkommt und fragt, wo ich heute war, sag, ich sei direkt nach den Dreharbeiten hergekommen und bis morgen früh bei dir geblieben. Okay?«

»Natürlich«, flüsterte Alina mit zitternden Lippen. »Mein Gott, Andrej, was für eine Sünde hast du da auf dich geladen! Du hast einen Menschen getötet!«

»Keinen Menschen, sondern ein Vieh, das dein Leben vergiftet hat. Gott wird mir verzeihen, denn ich habe es ja für dich getan, für die Frau, die ich liebe.«

Alinas Hingabe kannte keine Grenzen. Andrej hatte das für sie getan! Nun stand sie bis zum Ende ihrer Tage in seiner Schuld.

Nach zwei Wochen kam tatsächlich jemand von der Miliz, ein komischer Mann mit langem Hals.

»Erinnern Sie sich bitte, hat Andrej Lwowitsch Ihnen gegenüber vielleicht einmal erwähnt, dass er mit einem gewissen Mischa Tatossow Streit hatte?«

»Nein«, antwortete Alina fest. »Den Namen habe ich noch nie gehört.«

»Wo war Smulow am neunten November?«

»Wir waren den ganzen Tag zusammen. Zuerst am Drehort, dann fuhren wir zu mir. Er blieb bis zum nächsten Morgen bei mir, und früh fuhren wir wieder zusammen zum Drehort.«

Sie hielt sich strikt an das, worum Andrej sie gebeten hatte. Das war das Mindeste, was sie ihm schuldig war zum Dank dafür, dass er sie von ihrer ewigen Angst erlöst hatte.

Alles wurde anders. Ihre Liebe blühte auf, gefestigt durch das Geheimnis eines fremden Todes. Alina, befreit von ihren hemmenden Fesseln, spielte endlich mit voller Kraft.

Smulow drehte einen Film, der sie beide berühmt machte, und ging sofort an den nächsten, der noch besser zu werden versprach.

Das alles brach in einem einzigen Augenblick zusammen. Am vierzehnten September rief Alina ihn spätabends an.

»Ich will wissen, wen du wirklich getötet hast«, presste sie hervor, als müsse sie den aus ihrer Kehle dringenden hysterischen Schrei gewaltsam zurückhalten.

»Wovon redest du?«, fragte Smulow verblüfft und spürte eine unangenehme Kälte den Rücken hinunterrieseln.

»Er lebt. Du hast ihn nicht getötet. Aber die Miliz war hier und hat gefragt, wo du warst. Du brauchtest ein Alibi. Das heißt, irgendjemanden hast du doch umgebracht. Ich will wissen, wen.«

»Warte, warte …«

Schneller, als er erfasste, was vorging, verlor er den Boden unter den Füßen.

»Alina, du irrst dich. Er kann nicht am Leben sein. Ich habe ihn getötet. Wir klären das alles, das verspreche ich dir, aber nicht am Telefon. Sonst hört uns noch jemand. Geh schlafen und mach dir keine Gedanken, das sind nur die Nerven, du wirst sehen. Morgen früh hast du dich wieder beruhigt.«

Am nächsten Morgen kam sie blass zum Set, das Gesicht zerquält und die Augen krank. Sie spielte erbärmlich. Am Set waren sie ständig von Leuten umgeben, das ersparte ihm Erklärungen. In den Pausen ging er ihr aus dem Weg, telefonierte, redete mit den Mitarbeitern des Drehstabs. In der Nacht hatte er eine Entscheidung getroffen. Er musste Alina loswerden. Der Mord an Tatossow war nie aufgeklärt worden, und nun war Alina die Einzige außer Smulow, die die Wahrheit kannte. Als er ihre Stimme am Telefon gehört hatte, war ihm klar gewesen: Sie würde keine Ruhe geben, sie würde ihn nicht decken. Er war nur deshalb ihr Abgott gewesen, weil er eine schreckliche Sünde auf sich geladen hatte, um sie zu retten. Dass dem nicht so war, würde ihrer Liebe und Bewunderung ein Ende bereiten. Sie würde ihn ohne Zögern ausliefern.

Nach den Dreharbeiten ging er in Begleitung mehrerer Personen (absichtlich, um eine Aussprache zu vermeiden) zu Alina.

»Du bist heute irgendwie nicht in Form. Wir haben dieses Studio nur noch zwei Tage, wir können uns keine verschenkten Takes leisten. Fahr nach Hause, Liebste, nimm was zur Beruhigung und leg dich hin. Du musst dich ordentlich ausschlafen.«

Er beugte sich zu ihr, küsste sie auf die Wange und flüsterte ihr zu:

»Ich komme heute Abend vorbei, dann reden wir über alles. Mach dir keine Sorgen, es ist alles in Ordnung, das versichere ich dir. Du hast dich getäuscht.«

Am Abend, gegen elf, kam er zu Alina. Es stand noch schlimmer, als er vermutet hatte.

»Red mir ja nicht ein, ich wäre verrückt!«, schrie Alina. »Red mir nicht ein, ich hätte mich getäuscht. Ich war heute da, ich habe ihn gesehen und mit ihm geredet. Er hat mir erzählt, wie du ihn überredet hast wegzufahren und dass du ihm Geld geschickt hast. In Wirklichkeit hast du einen anderen getötet, einen gewissen Tatossow. Ich kannte ja den Namen von diesem Irren nicht. Die Milizionäre haben mich nach Tatossow gefragt, und ich Idiotin dachte, das sei er. Ich habe dich gedeckt! Du hast mich zur Komplizin gemacht! Du Mistkerl, du kalter, herzloser Mistkerl! Du hast mich einfach benutzt, du hast meine Treue und Dankbarkeit ausgenutzt!«

Er hatte sofort bemerkt, dass Alina Tabletten genommen hatte. Ihre Bewegungen waren schlaff, irgendwie verzögert, sie sprach zeitweise verworren. Smulow wurde immer klarer, dass es kein Zurück gab. Er musste sie töten.

»Ich hasse dich«, murmelte sie, erschöpft von ihrer langen Rede. »Mein Gott, wie ich dich hasse. Du bist mir zuwider. Du warst so wundervoll in meinen Augen, solange ich dachte, du hättest DAS für mich getan. Aber du ... Ich habe dich all die Jahre ertragen, weil ich meine Schuld begleichen wollte. Und nun stellt sich heraus, ich schulde dir gar nichts. Und du hast mich in einen Mord hineingezogen ...«

Das ertrug er nicht. Er drückte ihr das Kissen so lange aufs Gesicht, bis sie sich nach einem letzten Zucken nicht mehr regte.

Dann atmete er tief durch, um wieder zu sich zu kommen. Er sah sich um. Als Erstes fand er die Tagebücher. Er wusste genau, wo sie lagen. Er streifte die Glacéhandschuhe über, die er mitgebracht hatte, blätterte vorsichtig alle Hefte durch und suchte in dem mit großer runder Schrift geschriebenen Text nach Stellen, wo der Irre erwähnt wurde. Ein Heft war alt, es endete im März, darin fand Smulow nichts, das für ihn gefährlich werden konnte. Das zweite Heft hatte Alina Mitte April begonnen, auch gestern und heute hatte sie etwas geschrieben. Das musste weg. Da stand alles drin. Gut, das letzte Heft würde er also vernichten, das davor aber mitnehmen, vielleicht konnte er es noch gebrauchen.

Smulow untersuchte gründlich alle Orte, an denen Alina ihre Medikamente aufbewahrte, entfernte alle Tranquilizer und steckte sie ein. Mühelos fand er den Umschlag mit dem Geld, das Charitonow gebracht hatte. Ihren Schmuck versteckte Alina nie, sie hatte keine Angst vor Dieben. Sie hatte überhaupt vor nichts Angst, außer allem, was irgendwie mit Woloschin zusammenhing. Er wischte einige Flächen ab, auch die Türklinken und den Klingelknopf. Dann spülte er sorgfältig zwei Tassen, die er aufs Geratewohl vom Geschirrbrett nahm. So, das war wohl alles. Die perfekte Illusion, dass ein Fremder in der Wohnung war und seine Spuren beseitigt hat. Ein Fremder, nicht Smulow, der

Alina regelmäßig besuchte, quasi bei ihr wohnte. Spuren von ihm gab es natürlich in der ganzen Wohnung – selbstverständlich. Dass Xenija Masurkewitsch große Mengen Beruhigungsmittel schluckte, wusste jeder. Mochte der Verdacht ruhig auch auf sie fallen. Und auf Charitonow. Und auf Gott weiß wen noch ... Nur nicht auf ihn, Andrej Smulow.

Zu Hause verbrannte er Alinas letztes Tagebuch und spülte die Asche in der Toilette hinunter. Das alte Heft würde er am Montag Pawel Schalisko unterschieben. Wenn die Detektive nicht von selber auf Pawel kamen, konnte man sie ja darauf bringen. Was er mit dem Geld und den Brillanten machen sollte, würde er später entscheiden, vorerst deponierte er sie an einem ›geheimen‹ Ort. Je nachdem, wie die Ermittlungen liefen, würde er sie später vielleicht jemandem unterschieben müssen. Es war nicht mehr viel Schmuck, den Großteil hatte Alina verkauft, um die Wohnung zu bezahlen und später die Renovierung. Aber was ging das die Detektive an? Er würde ihnen eine vollständige Beschreibung liefern, wenn sie danach fragten – sie sollten ruhig denken, der Mörder habe es auf diesen erheblichen Wert abgesehen gehabt.

Am Samstag und Sonntag spielte er öffentlich den vor Kummer untröstlichen Geliebten. Er litt tatsächlich, denn er hatte Alina ja geliebt, und ihre Worte, sie habe ihn nur ertragen, um ihre Schuld zu begleichen, hatten ihm schneidenden Schmerz bereitet. Alles war umsonst gewesen, alles. Mischa Tatossow lebte nicht mehr, doch er, Smulow, verstand noch immer nicht, worin das Geheimnis seiner Anziehungskraft gelegen hatte. Er verstand noch immer nicht, warum ihn, Smulow, niemand liebte. Selbst Alina ... Und er hatte ihr so vertraut!

Blieb noch Woloschin. Wer weiß, was diese Verrückte ihm alles erzählt hatte. Mit dem musste er auch reinen Tisch machen.

Zu Woloschin fuhr er am Montag, nachdem er Alinas Tagebuch in Schaliskos Schreibtisch deponiert hatte.

»Warum bist du zurückgekommen? Wer hat dir erlaubt, hier wieder aufzutauchen? Was zum Teufel willst du hier?«

»Ich kann nicht anders«, flüsterte Woloschin. »Ich hab gedacht, ich halte es aus. Das verfolgt mich mein ganzes Leben. Ich habe ausgehalten, solange es ging, ich wollte sogar heiraten, ich habe da in Sibirien eine Frau gefunden. Aber dann sah ich Alinas Bild in der Zeitschrift und wusste, dass ich wieder … Ich habe sie gesucht, bin um ihr Haus herumgeschlichen, aber sie war nicht da. Ich dachte, ich verliere den Verstand.«

»Du hast längst den Verstand verloren! Du bist ein sexueller Psychopath, du hast dich an eine Minderjährige rangemacht! Sie war sechs Jahre alt, als du angefangen hast, sie zu belästigen. Du gehörst in Behandlung! Ich bring dich ins Irrenhaus, du Schwein!«

»Ich kann nicht anders«, wiederholte Woloschin klagend.

»Was hat sie zu dir gesagt? Warum hat sie sich am Freitag mit dir getroffen?«

»Sie dachte, ich wäre tot. Sie dachte, du hast mich umgebracht. Sie hat mich nach meinem Namen gefragt. Und gesagt, du hättest irgendeinen Tatossow ermordet. Ich hab überhaupt nichts kapiert. Ich hab sie nur angesehen …«

Na schön, dachte Smulow mit seltsamer Gleichgültigkeit, damit hat sie dein Todesurteil ausgesprochen. Selber schuld.

Er verließ Woloschins Wohnung, in der nun ein Leichnam lag, stieg auf den Dachboden, versteckte dort Alinas Schmuck und den Umschlag mit dem Geld von Charitonow. Mochte es für alle Fälle dort liegen bleiben. Er brauchte es sowieso nicht, und wenn sie es hier finden würden, wären sie endgültig verwirrt. So Gott wollte, würden sie den Mord an Alina vielleicht dem Irren anhängen. Erst als er das Haus verließ, zog er die Handschuhe aus.

Das war's, dachte er wehmütig, während er langsam durch die von der Herbstsonne beschienenen Straßen lief. Vorbei die Liebe, die mich vier Jahre lang glücklich gemacht hat. Vorbei die Arbeit, denn jetzt bringe ich nichts mehr zustande. Alina ist tot. Tot auch Mischa Tatossow, den ich wenigstens hassen könnte und mich dadurch lebendig fühlen. Nichts ist mir mehr geblieben. Nur noch Leere um mich herum. Alles war umsonst.